教育部人文社会科学研究青年项目（18YJC751072）经费资助

浙江树人学院省级一流本科专业"汉语言文学"经费资助

宋代俳谐诗研究

周　斌　著

ZHEJIANG UNIVERSITY PRESS
浙江大学出版社
·杭州·

目　录

绪　论

第一节　"俳谐"的历史文化语境

王国维在《人间词话》中指出："诗人视一切外物，皆游戏之材料也。然其游戏，则以热心为之。故诙谐与严重二性质，亦不可缺一也。"❶

王国维此话，借鉴了西方文艺理论中的游戏说，将文学创作看成一种游戏，虽有以偏概全之嫌，但无疑也揭示了文学在严肃的言志载道或者真切的情感抒发以外的另一种功能，即"诙谐""游戏"。王国维眼中的"严重"的文学，即严肃文学，向来被人们重视，并在一定程度上形成了今天的文学阐释标准与接受范式。而"诙谐"的文学，在历史上虽不乏零星的发掘阐述者，但与严肃文学相比，其所受到的重视程度显然不同。

对于这种诙谐的文学受到轻视的历史事实，我们可以用大量事例证明。如在《文心雕龙》中，刘勰就关注到了"俳谐文学"这一门类，专辟《谐隐》一篇来论述俳谐的种种问题。不过，刘勰认为包括俳谐诗在内的俳谐文学"本体不雅，其流易弊"❷，将俳谐文学的价值评价得十

---

❶　王国维：《人间词话》，云南人民文学出版社 2016 年版，第 293 页。
❷　（梁）刘勰著，范文澜注：《文心雕龙注》卷三，人民文学出版社 1962 年版，第 270 页。

分有限。并且在最后总结时，刘勰又指出"会义适时，颇益讽诫；空戏滑稽，德音大坏"❶，把俳谐文学的意义，仅导向以谲言讽谏为目的的儒家传统文教观念。这种对俳谐文学价值的轻视与遮蔽，在刘勰之后也不乏其人。如宋初的张咏说："洎诗人失正，采诗官废，淫词嫚唱，半成谑谈。"❷将"谑谈"的俳谐诗视为"诗人失正，采诗官废"之后的衰世之音。需要指出的是，刘勰与张咏的时代，正是古代俳谐文学的两个高峰期，他们对俳谐文学的态度如此，其他轻视、反对俳谐文学的言论，更不难想见。

但是，以言志载道、忧国忧民、感怀伤时为精神基调的严肃文学，显然不是唯一的文学史实。文学的目的，有时并不经世载道，也不一往情深，它常常以调笑、游戏、滑稽的面貌出现。虽然刘勰与张咏等人对文学的俳谐功能加以低调化处理甚至大加贬斥，但是，文学中存在游戏或者调笑滑稽的现象，却是不争的事实。甚至如谭艺常言，"游戏"，就是文学艺术的起源之一。不仅总体文学为然，同时，只要我们稍微考察一下各个文学体裁的历史演变轨迹，就可以看到这种有趣的现象：某种文体在兴始之处，往往都与游戏、滑稽或者诙谐有不解

---

❶（梁）刘勰著，范文澜注:《文心雕龙注》卷三，第 272 页。

❷（宋）张咏:《许昌诗集序》，曾枣庄、刘琳主编:《全宋文》第 6 册，上海辞书出版社、安徽教育出版社 2006 年版，第 124 页。

之缘❶。既然文学在起源之时，就带有强烈的自娱游戏、诙谐滑稽的目的，那么在文学创作中，许多作者自然也不忘初心，时或出之游戏、滑稽、诙谐之辞，将文学当成调笑娱乐的工具，也是可以理解的了。这就像在魏晋时期，随着文学的自觉，一方面，曹丕在《典论·论文》中提出了"文章经国之大业、不朽之盛事"❷这种极其注重文学世教功用的言论；另一方面，以戏谑调笑为目的的俳谐文学，其发展也在魏晋时期首次达到了高峰❸。这种情况，正是辩证地体现了王国维所说的文学"诙谐与严重二性质，亦不可缺一也"的功能意义。而宋代也是如此。一方面，宋人提倡文学的淑世精神，以文章节义彪炳史册；另一方面，宋人普遍注重文学的戏谑调笑用途。事实上，诙谐——或者说

---

❶ 如作为赋的起源的荀子《赋篇》，就带有强烈的游戏娱乐的动机，马积高认为："盖《赋篇》之文，虽质朴而甚古雅，有学人风范……又今存古之隐语，其辞多简奥，盖为士大夫之游戏三昧。"（马积高：《历代辞赋研究史料概述》，中华书局 2001 年版，第 40 页。）冯沅君先生也指出："汉赋乃是优语（'优'即指'俳优'——笔者注）的支流。"（冯沅君：《汉赋与古优》，《中原》1943 年第 2 期。）在四言诗占统治地位、具有价值论意义上的"雅正"的时代，五言、七言诗则被认为是不入流的俚俗滑稽之作，比如（梁）钟嵘《诗品序》云："五言居文词之要，是众作之有滋味者也，故云会于流俗。"［（梁）钟嵘著，曹旭集注：《诗品集注》，上海古籍出版社 1994 年版，第 36 页。］又如挚虞《文章流别论》指出："五言者，'谁谓雀无角，何以穿我屋'之属是也，于俳谐倡乐多用之……七言者，'交交黄鸟止于桑'之属是也，于俳谐倡乐世用之……夫诗虽以情志为本，而以成声为节，然则雅音之韵，四言为正，其余虽备曲折之体，而非音之正也。"［（晋）挚虞：《文章流别论》，严可均辑校：《全上古三代秦汉三国六朝文》，中华书局 1958 年版，第 1905 页。］又如小说的起源，《汉书·艺文志》"小说类"序云："小说家者流，盖出于稗官，街谈巷语、道听途说者之所造也。"［（汉）班固：《汉书》卷三十，中华书局 1964 年版，第 1745 页。］因其俚俗，故而也具有下里巴人式的滑稽性质。而词在起源之处，由于应歌性与场合性，也是一种娱乐文学，所谓"词曲者，古乐府之末造也……然章章豪放之士，鲜不寄意于此者，随亦自扫其迹，曰'谑浪游戏而已也'"。［（宋）胡寅：《向芗林酒边集后序》，《全宋文》第 189 册，第 358—359 页。］

❷ （魏）曹丕：《典论·论文》，郭绍虞主编：《中国历代文论选》第 1 册，上海古籍出版社 2001 年版，第 159 页。

❸ 关于魏晋俳谐文学的盛况，可参阅徐可超博士的《汉魏六朝诙谐文学研究》，复旦大学 2003 年博士论文。

是幽默，是人类的天性，这一天性，自然又会体现在作为生命之学的文学之中，促成诗人们对文学俳谐功能的重视。

话虽如此，但在传统语境中，俳谐文学还是受到了人们的轻视。对于这种情况，笔者认为可以从"俳谐"一词的语源及其背后所承载的文化意蕴考见其出现的原因。

俳谐即滑稽、诙谐、幽默之意。《史记·滑稽列传》中司马贞"索隐"引姚察语："滑稽犹俳谐也。"❶ "俳谐"一词，与古代的俳优有渊源关系。《说文解字》释："俳，戏也。从人，非声。"段玉裁注曰："以其言戏之谓之俳，以其音乐言之谓之倡，亦谓之优，其实一物也。"❷ 可见俳与优在古代意义相同。孔颖达谓："优者，戏名也。《晋语》有优施，《史记·滑稽列传》有优孟、优旃，皆善为优戏，而以'优'著名。"❸ "谐"在《说文解字》中释为："谐，詥也。从言，皆声。"❹ 《汉书·东方朔传》："上以朔口谐辞给，好作问之。"❺ 《汉书·叙传》又称"东方赡辞，诙谐倡优"❻。综合以上材料，可见俳谐意为诙谐、滑稽，这一解释，本来清楚明确，没有问题，但或许是为使解释更为形象化，同时也受到"考镜源流"的传统学术观的影响，古人还把"俳谐"的承事者定位在了"俳优"这一角色身上。这样一定位，不仅窄化了俳谐的内涵，同时又产生了严重的问题：本来，俳谐是人类的天性，各行各业、各种阶层的人，谁还不会偶尔来几句俳谐之语？即便是圣人孔子，

---

❶ （汉）司马迁：《史记》卷一百二十六，中华书局 1982 年版，第 3197 页。

❷ （汉）许慎撰，（清）段玉裁注：《说文解字注》卷八，上海古籍出版社 1981 年版，第 683 页。

❸ （晋）杜预注，（唐）孔颖达正义：《春秋左传正义》卷三十八，中华书局 1980 年版，第 1999 页。

❹ （汉）许慎撰，（清）段玉裁注：《说文解字注》卷三，第 187 页。

❺ （汉）班固：《汉书》卷六十五，第 2860 页。

❻ （汉）班固：《汉书》卷一百下，第 4258 页。

也会用"前言戏之耳"的玩笑来打趣学生。但古人把俳谐的承事者缩小到了俳优身上，加之俳优的社会地位，连带使俳谐一词也染上了贬义色彩。

古代俳优多是在宫廷中供皇帝或贵族笑乐之人，其职责是"以歌舞调谑为事"❶。但需要说明的是，在古人眼中，俳优有两种不同的价值功能，相应地也得到了两种不同的价值评判。第一种是口谐辞给，专门用各种好笑的言行取悦国君的俳优。这种俳优，往往使得国君沉溺取乐、荒湎朝政，从而造成国家的混乱。如《国语·齐语》中载："优笑在前，贤材在后，是以国家不日引，不月长。"❷可见作者把俳优视为国家祸乱之源。又如《管子·四称》中载："昔者无道之君……进其谀优，繁其钟鼓。流于博塞，戏其工瞽。诛其良臣，敖其妇女。獠猎毕弋，暴遇诸父。驰骋无度，戏乐笑语。"❸这里把俳优的祸害具体化：作为国君的弄臣，俳优以戏乐笑语赢得宠幸，进而使国君荒淫无度。正因为有这一类优人，俳谐便隐含了戏谑无度、流于低俗、有害于政的意味，故而不仅受到主流文化的排拒，同时更波及后世对俳谐文学的看法。如枚皋认为自己"为赋乃俳，见视如倡"，因而"自悔类倡也"❹。司马迁甚至激愤地认为自己"文史星历，近乎卜祝之间，固主上所戏弄，倡优畜之"❺。

但是，古代还有另一类俳优，虽然他们与前者身份无甚区别，但他们的功能价值却与前者有高下之别。这类俳优，常常凭借自己的机智与诙谐，或担任出使馆伴的重大任务；或以微言解纷，化矛盾于笑

❶　王国维：《宋元戏曲史》，华东师范大学出版社1995年版，第5页。
❷　徐元诰：《国语集解》，中华书局2002年版，第218页。
❸　（清）黎翔凤撰，梁运华整理：《管子校注》卷十一，中华书局2004年版，第617页。
❹　（汉）班固：《汉书》卷五十一，第2367页。
❺　（汉）班固：《汉书》卷六十二，第2732页。

谈；或对君王的无道行为进行谲言讽谏，因而得到后人的赞许。典型如司马迁的《史记》。或许是出于一种同情的理解，司马迁前无古人后无来者地给滑稽人物立传。《史记·滑稽列传》中记载了淳于髡、优孟、优旃三人的奇言逸事，褚先生又补叙了郭舍人、东方朔、东郭先生、淳于髡、王先生、西门豹六人的故事。其中，优孟"常以谈笑讽谏"，用归谬法制止了楚庄王贱人贵马的荒唐之举，并得到贤相孙叔敖的临终托付；优旃用"寇从东方来，令麋鹿触之足矣"的反语制止了秦始皇增修苑囿……诸如此类，其传主或身份卑微，言语滑稽，但言谈谐笑中，颇见其遇事敢言的国士之风，被司马迁赞为"天道恢恢，岂不大哉！谈言微中，亦可以解纷"❶，"岂不亦伟哉"❷！这无疑改变了传统观念对于俳优的看法，提高了俳优的地位。

由于俳优具有上述两种截然相反的品质，因而俳谐的含义中也包括了两种高下立判的特质——空戏滑稽与谲言讽谏，所谓"'优谏'之外有'优诙'，自上古以迄后世之优皆然"❸。有鉴于此，或许就能更好地理解刘勰为何会在《文心雕龙》中给在今天似不起眼的俳谐文学单独列出一篇。在《谐隐》篇中，一方面，刘勰肯定"辞虽倾回，意归义正"❹的俳谐文学，此即上承《滑稽列传》的"优谏"传统；另一方面，刘勰也批评了"抃笑衽席，而无益时用""曾是莠言，有亏德音"❺的空戏滑稽之作，这当然是上承"优诙"传统而来。可以看出刘勰对俳谐文学的评价，其实是有条件地肯定，且这个肯定已经窄化在谲言讽谏这种非常狭小的范围内。明人郭子章《谐语》亦承此意："顾谐有二：有无

---

❶ （汉）司马迁：《史记》卷一百二十六，第3197页。
❷ （汉）司马迁：《史记》卷一百二十六，第3203页。
❸ 任二北：《优语集》，上海文艺出版社1981年版，总说第2页。
❹ （梁）刘勰著，范文澜注：《文心雕龙注》卷三，第270页。
❺ （梁）刘勰著，范文澜注：《文心雕龙注》卷三，第271页。

益于理乱，无关于名教，而御人口给者，班生所谓口谐倡辩是也；有批龙鳞于谈笑，息蜗争于顷刻，而悟主解纷者，太史公所谓谈言微中是也。"❶

从上述例子可见，由于古人将"俳谐"言行的承事者窄化到了"俳优"这一群体，同时又划分了俳优不同的角色功能，所以在古人的观念中，俳谐也呈现出价值的高下之分：其高者是谲言讽谏，这是有条件地肯定；其下者是空戏滑稽，这是无条件地否定。但本质上也可以看出，不管是有条件地肯定还是无条件地否定，其实都是从一种社会政教的立场出发的，这无疑窄化了观察文学的视角。正像笔者上文指出的，俳谐（诙谐、幽默）是人类的天性，有时候，它不免表现出轻率的插科打诨、戏笑嘲骂；而从更广阔的视角看，它是消解物我对立、淡化人生悲苦、摆脱存在荒诞的有效手段。所以，尽管在一些书面的批评中，古人对俳谐文学大加贬斥，但是，古代俳谐文学大量的创作实绩，却更深刻地说明了问题。

第二节 研究现状

俳谐诗是俳谐文学中的一个门类，在介绍俳谐诗的研究现状前，首先有必要对俳谐文学的整体研究现状进行回顾。"俳谐文学研究，在20世纪的文学研究史中，从少有人问津到逐渐被人关注，体现了现代学者学术视野的拓宽、学术兴趣的转移，以及学术观念的变化。在20世纪八九十年代以后，出现了一些俳谐文学的专著。"❷举其要者，有郑凯《先秦幽默文学论》（暨南大学出版社1992年版）、徐可超《汉魏

---

❶ （明）郭子章：《六语》，《四库存目丛书》第251册，齐鲁书社1997年版，第144页。
❷ 王毅：《中国古代俳谐词史论》，上海古籍出版社2013年版，第6页。

六朝诙谐文学研究》（复旦大学 2003 年博士学位论文）、李锦《唐代幽默文学研究》（陕西师范大学 2006 年博士学位论文）、王毅《中国古代俳谐诗史论》（上海古籍出版社 2013 年版）、赵欣《明代诙谐文学研究》（云南大学 2019 年博士学位论文）、魏裕铭《中国古代幽默文学史论（先秦至宋）》（南京大学出版社 2010 年版）等。可以看出，这些论著，有些是对断代俳谐文学的整体观照，有些是对某一俳谐文体的通代疏论，甚至还出现了俳谐文学的通代史论，均可以说立意宏阔，基本可以体现俳谐文学研究的整体情况。落实到宋代的俳谐文学研究，迄今虽还未出现关于整体的宋代俳谐文学研究的大部论著，但研究某一体裁的单篇论文，数量众夥。总体而论，词多于诗、诗多于文。词由于在兴起之初就具有"浪谑游戏"的谐谑性，故而最受论者注意，研究成果无算❶。俳谐文的领域，比之诗词，成果无法等量齐观，笔者知及所见，有刘成国《宋代俳谐文研究》（《文学遗产》2009 年第 5 期）、李建军《宋代俳谐赋论析》[《北京大学学报（哲学社会科学版）》2011年第 5 期]、程章灿《文儒之戏与词翰之才——〈文房四友除授集〉及其背后的文学政治》[《清华大学学报（哲学社会科学版）》2017 年第 5 期]、侯体健《复调的戏谑:〈文房四友除授集〉的形式创造与文学史意义》（《学术月刊》2018 年第 2 期），以及杜晓霞、张海燕《论苏轼小品文的幽默与诙谐特征》[《青岛农业大学学报（社会科学版）》2009 年第 4 期]等代表论文。重点要梳理的是俳谐诗领域的研究成果。

　　古典诗歌由于"言志""缘情"的发生机制和"温柔敦厚"的体性特征，容易与谐谑科诨、嬉笑怒骂的俳谐风旨产生冲突，也遮蔽了我们对诗歌的观照视野。不过，在属于现代学术奠基期的民国时期，学

---

❶　关于俳谐词的研究现状，前引王毅的《中国古代俳谐词史论》第 10—15 页有详细综述，可参看。

界鸿儒们却对俳谐在古典诗歌中的表现多有关注。如朱光潜的诗学专著《诗论》，在第一章总论"诗的起源"后，第二章的醒目位置就是"诗与谐隐"，讨论了俳谐在诗歌中的种种妙用。胡适在《白话文学史》第十四章论述杜甫时，特别提到了杜甫性格中"滑稽风趣"的一面，解读了杜甫的一些谐诗，并指出因为滑稽风趣，杜甫才"终身在贫困之中而意兴不衰颓，风味不干瘪"。这一解读，揭示了杜甫在"诗圣"光环下的另一种形象，可谓独具慧眼。受西方喜剧传统的启示，并且在一定程度上出于改造旧文学的时代使命，五四学者们以俳谐的视角"重发现"中国古典诗歌，可谓有筚路蓝缕之功，但这一传统在嗣后一度中断。

中华人民共和国成立以来，较早以俳谐的角度解读宋诗的，是韩经太在 1993 年发表于《中国社会科学》第 5 期的《论宋诗谐趣》一文。韩先生在此文中揭示了宋代俳谐诗的社会文化背景、功能表现和艺术特色，并指出："以诗为戏（游戏、戏谑），则正是宋诗的特点之一。如果我们很有必要去发掘中国传统诗歌中的谐趣宝藏的话，那么，宋诗，就应该是重点发掘对象。"由于韩先生此文，且又联系到宋诗领域大量的俳谐事实，宋诗中的俳谐现象也逐渐被学界关注，使论者常以俳谐的视角解读宋诗宋人。如常玲《论诚斋谐趣诗的三味》（《文学遗产》2000 年第 5 期），解读杨万里的谐趣诗及其生命意识。王德明《从陆游的"戏作"看其诗歌创作的幽默调侃风格》（《中国文学研究》2008 年第 2 期），打破人们对爱国诗人陆游的视野固化，发掘其直节劲气性格外的另一面。甚至国外学者对宋代俳谐诗也颇感兴趣，如加拿大学者柯霖（Colin Hawes）在《凡俗中的超越》一文中，细致地解读了欧阳修的一些俳谐诗，肯定了这些俳谐诗在欧阳修超越日常凡俗生活时的重要作用，并指出夸张、戏谑与幽默在欧诗中起到了非常重要的作用（载于朱刚、刘宁主编《欧阳修与宋代士大夫》，上海人民出版社 2007 年版）。另外，对于苏轼、黄庭坚、朱熹等宋代著名诗人的俳谐诗及人生意趣，均有大量论文进行研究，兹不赘述。除了个案解读外，关于俳谐诗理论的研究，也开始涌现。周裕锴先生《文字禅与宋代诗学》（高等教育出版社 1998 年版）一书，在第四章中有"游戏三昧：从宗教解脱到艺术创造"一节，从禅宗与诗歌的互动中，对苏轼与黄庭坚的以诗为戏的现象有所阐释。姚华《论宋诗对俳谐传统的吸收与抒情转化——以"俳谐式拟人写物"为中心》（《文学遗产》2018 年第 4 期），探讨宋诗在拟人写物时对文章中的俳谐手法的借鉴。吴晟的《黄庭坚"以剧喻诗"辨析》（《文学遗产》2005 年第 3 期），认为黄庭坚"打诨而出"的诗是一种幽默诗法，它借鉴杂剧的形态，完成幽默的表达效果。还有论者将俳谐诗与社会文化进行互动，将俳谐诗置于更大的场域中去讨论。如熊海英《"游戏于斯文"——论北宋集会诗歌的竞技与谐谑性质》（《中华文化论坛》2008 年第 1 期），论述了北宋的文人集会与宋诗游戏性的关系。姚华《诗到相嘲雅见知：论宋代交游文化语境中的"戏人之诗"》（《浙江学刊》2017 年第 3 期），将传统戏嘲类的俳谐诗放置在宋代的交游文化中去讨论，提高了戏嘲诗的品格。最后，关于宋代俳谐诗的编集，也开始出现。如张福清教授的《北宋戏谑诗校注》（暨南大学出版社 2020 年版）、《南宋戏谑诗校注》（花木兰文化事业有限公司 2021 年版），对俳谐诗里的一类题材"谐戏诗"进行了辑校，为更深入地研究宋代俳谐诗提供了文本基础。

第三节　研究意义

研究宋代俳谐诗，则俳谐诗的意义与价值，构成了一个难以回避的问题。在一般印象中，俳谐，很容易让人想到仅仅是一些无关宏旨的幽默，不登大雅之堂的打趣笑骂而已。这种用俳谐的方式写成的诗歌，有意义吗？

要回答这个问题，不妨以明代许学夷在《诗源辩体》中的一段话来说明，其云："宋主变，不主正，古诗、歌行，滑稽议论，是其所长，其变幻无穷，凌跨一代，正在于此。"❶值得注意的是，许学夷将"滑稽"与"议论"提升到了同等重要的高度。众所周知，"好议论"，是宋诗典型的艺术手法之一，方家对此也多有撰述，故而好"滑稽"，也理应成为我们认识宋诗的一个视域。与"以文为诗""资书为诗""好议论"等艺术手法一样，俳谐滑稽手法在宋诗中的运用，十分常见。因而，作为一种重要的诗体、艺术手法与表现功能，我们不能不对宋代俳谐诗或宋诗中的俳谐现象视而不见。

同时，要阐明宋代俳谐诗的意义，还可以对上述疑问本身进行追问，即论者为什么会轻视俳谐诗的价值。这种轻视的态度，当然渊源有自。正如笔者前面所提到的，这是人们站在儒家思想的立场上，基于俳谐一词与俳优的语源关系而形成的对俳谐的价值否定。这是一种总体的背景。而从诗歌本身的诗学传统出发，这种轻视的态度更能突出问题。

自"诗言志"成为中国古典诗学的开山纲领以降，关于诗歌的精神宗旨与艺术法则，传统诗学提倡"温柔敦厚""诗缘情""不平则鸣""欢愉之词难工而穷苦之词易好""诗庄""诗歌须有为而作"……这样一些标准。这些论述，虽意义指向略有不同，但大抵可以总结为这样一种观念：诗歌必须是严肃优雅、具有真情实感与有效意义诉求

---

❶ （明）许学夷:《诗源辩体》，人民文学出版社 1987 年版，第 377 页。

的作品。这种观念不需要再过多引论，只要翻开各种文学史著作，就足以说明情况了。

这种诗歌评价标准，在用来论述、评价宋前诗歌时，它或许显得相当有效。而我们对诗歌史的建构，也正是以这种标准而建立起来的。但笔者认为，它在碰到宋诗时，则容易捉襟见肘。因为"宋主变，不主正"，宋诗正是作为唐诗（包括唐前诗）的一种"反题"的面貌而出现的。

诚然，对于宋诗特有的艺术手法与功能，包括以文为诗、资书为诗、好议论这些，后人的研究相对而言已经比较充分了，并且也在逐渐建立一套与之适应的研究范式与阐释系统。但是，关于宋诗好俳谐的研究范式与阐释系统，却显得相对不足。我们秉持的"诗歌必须是严肃庄重的言志作品"这样一种标准，使得我们对宋代俳谐诗的艺术感受力被削弱了，因为俳谐诗在表面上，常常是曲言其意，乃至呈现出一种细碎化、无意义的特征。同时，由于俳谐的观念还未被充分发掘阐释，因此我们对宋诗的解读与处理，常常不免显得较为单一。不妨稍举几个例子来管窥问题。

《红楼梦》中香菱学诗的故事颇为著名。黛玉问香菱喜欢什么诗，香菱说喜欢陆游的"重帘不卷留香久，古砚微凹聚墨多"，立刻遭到了黛玉的差评："断不可看这样的诗！"并提倡学诗要以李白、杜甫、王维为法。钱穆先生在一篇文章中也指出，这句诗里"没有人"❶，是恶诗。

钱穆先生对陆游这句诗的评价，无疑见解犀利，发人深省。所谓诗中"没有人"，是指陆游此句的感物方式过于琐屑，不够深沉；而过

---

❶ 钱穆：《谈诗》，《中国文学论丛》，生活·读书·新知三联书店 2002 年版，第 112 页。

于工巧的偶对刻画，则又伤害诗歌的情感之真。这种批评的潜在观念，无疑是基于一种非常传统的诗学标准。不过，文学评论提倡知人论世，不妨先来将诗歌看全：

> 美睡宜人胜按摩，江南十月气犹和。重帘不卷留香久，古砚微凹聚墨多。月上忽看梅影出，风高时送雁声过。一杯太淡君休笑，牛背吾方扣角歌。（《书室明暖，终日婆娑其间，倦则扶杖至小园，戏作长句二首》其一）

从诗题"戏作"中可以看出，这首诗恰恰就是俳谐诗，作者本来就是用轻松戏谑的态度写就的。既然诗人早已言明"戏作"，这就恐怕不能责义过深，批评陆游写得不够深沉，从而与作者本意南辕北辙。从全诗来看，"重帘不卷留香久，古砚微凹聚墨多"，无疑与诗歌的总体基调相得益彰：所谓"一杯太淡君休笑"，诗人正是故意用这些浅淡的语句、琐碎的意象与略带幽默的笔法，来勾勒闲居生活中的一些轻松况味，把握当下片刻的余裕闲暇。

所以，由于没有建立对这种书写日常生活谐趣的俳谐诗的观照范式，因此就可能造成一种错位阐释。在陆游的作品中，确实不乏一些激情洋溢、大声鞺鞳的作品，由此也为其赢得了"爱国主义诗人"的称号。不过事实上，只要翻开《剑南诗稿》，就可以发现像上引这种浅淡琐屑并带有谐趣的诗歌，在陆游近一万首诗歌中占据了大部分，这反映了陆游身上的双重性格。一方面，生活在边患危机严重、民族关系紧张的南宋，陆游一生以收复失地为志向，表现在诗歌中，就是像《示儿》《书愤》《十一月四日风雨大作》《秋夜将晓出离门迎凉有感》等这些激情洋溢、深沉磅礴的作品；另一方面，陆游生命中的大部分时光，或在地方赋闲，或做一冷官而远离权力中枢，这种状态，则对其政治理想是一种极大的摧抑，为调整情绪也好，为娱情适性也罢，这就使陆游的诗歌回到了由欧阳修等人建构的注重日常生活并且努力发掘生活之趣用以超越现实世界的沉闷枯燥的老调。扩而言之，陆游其实就是宋代士大夫的典型缩影，他既忧国忧民、心怀淑世，但又私情闲暇、诙谐余裕，因而在诗歌中，陆游也不可避免地受到宋代士大夫的生活方式与文学观的影响——如注重日常生活，着力发掘生活之趣，并以诙谐的笔法来表现这种乐趣，上引这首饱受批评的诗歌就是这种价值观念的充分体现。而在发掘生活之趣的过程中，也正是需要俳谐的观照与表现，才能打破自唐以来陈陈相因的写物形模，使沉闷枯燥的生活得以生机盎然。俳谐，在陆诗乃至宋诗中，有非常重要的意义。再以与陆游同时代的诗人杨万里为一个例子。

关于杨万里的诗，钱锺书认为："杨万里的主要兴趣是天然景物，关心国事的作品远不及陆游的多而且好，同情民生疾苦的作品也不及范成大的多而且好；相形之下，内容上见得琐屑。"[1]可在宋代，杨万里却自创诗风，主盟诗坛，受到连陆游在内的绝大多数诗人的服膺。孤立地看，杨万里的诗歌写儿童戏水敲冰、瓶中的梅花、行船时的"打头风"、雨帘外的青山、酒杯中的月……确实显得很琐碎。但是，杨万里的诗歌，以挖掘平凡生活中的点滴之趣为主旨，并且运用俳谐幽默的笔法，把自然万物写得趣味盎然，这典型地体现了杨万里乃至宋人的生活美学与生命意识，恐怕并不能用琐屑来一笔抹杀。如绝句《小雨》：

雨来细细复疏疏，纵不能多不肯无。似妒诗人山入眼，千峰故隔一帘珠。

---

[1] 钱锺书：《宋诗选注》，生活·读书·新知三联书店 2002 年版，第 256 页。

这首诗姿态摇曳，且充满了谐趣。在传统诗歌中，物象的安排，往往受比兴系统支配，是为更好地言情达意服务的。在比兴思维的支配下，物在诗歌中，往往不具有独立的属性，诗人们在言志抒情时，常常将"物"作为"我"的情绪的外化象征。如杜甫《登高》："风急天高猿啸哀，渚清沙白鸟飞回。无边落木萧萧下，不尽长江滚滚来。"这些意象的铺陈，兼具比兴，将物象恰如其分地嵌入某种情感模式，以此凸显"我"之情感 ❶。而杨万里的诗歌，则经常将物独立出来，使物成为诗歌的主角，它们不再屈从于比兴原则的支配，也不受抒情主体的情绪左右，常常具有自己的性情、喜好，由此呈现出多情灵性、摇曳生姿的人格化色彩。"雨来细细复疏疏，纵不能多不肯无"，还不免带有以我观物的色彩。但"似妒诗人山入眼，千峰故隔一帘珠"，则使物独立了。那细细疏疏的小雨，似乎嫉妒诗人因为看山而对其视而不见，故而在诗人眼前调皮地隔出"一帘珠"。这首诗，不从正面说雨中看山如何，而是将雨当成描述的主体，运用"俳谐式的写物方法"，并赋予其灵性调皮的人格色彩，使诗歌姿态摇曳，谐趣横生。而这类风格的诗歌，在"诚斋体"中是最堪注意的部分。

从上引两首诗歌中略可看出，宋人在一些诗歌中，经常将生活与自然诸要素谐趣化，以谐乐的观照，来超越生活的平庸琐碎。而宋人如何通过俳谐的手法建构自然与生活之趣，自然是本书所关注的内容。

所以，宋代俳谐诗的价值，在于它关乎宋人特有的诗学理想，并且与前代诗学传统形成极大的差异；同时，宋代俳谐诗又与宋代特有

---

❶ 王国维在《人间词话》中，把物我关系分为"以我观物"与"以物观物"两种模式。前者如"可堪孤馆闭春寒，杜鹃声里斜阳暮"，杜鹃、斜阳，作为主体情绪的外化而出现；后者如"寒波澹澹起，白鸟悠悠下"，物我融为一体。不过，即便是以物观物，"物"还是落实于"我"的情绪、视野之内，由"我"产生。如上引诗句，所谓"澹澹""悠悠"这些看似形容物的词，实际还是以"我"的闲适恬淡的心绪赋予物的直接结果。

的文化背景、宋人的思想性格与生命意识息息相关，值得引起我们的重视。

当然，宋代俳谐诗的价值，不仅在于表现宋人生活与自然之趣这方面，还体现在下述几个方面。如俳谐诗体现了在扬弃悲哀的心理机制下，宋代诗人们观照视角的转化，由此彰显了宋人自由潇洒、豪迈旷达的时代精神。

对悲哀的重视与表现，是宋前诗歌中的一个核心主题。这源于"诗可以怨"的诗学主张与普遍的"士不遇"的心理机制。可到了宋代，诗人们不再专注于表现悲哀，对悲哀进行了扬弃。但是，宋诗中对悲哀的扬弃，并不等于宋代诗人在现实生活中没有悲哀。事实上，宋人在诗歌中对悲哀进行了转化，以自嘲、调侃的精神来转化悲哀、超越悲哀。这样的转化，就使得诗歌呈现出俳谐的色彩。典型如王禹偁、欧阳修、苏轼、黄庭坚、李纲、陆游等诗人，身处贬所或谪居之时，均作有大量俳谐诗，将贬谪的悲哀作为一种调侃的对象。王禹偁贬官商州，自嘲"三月降霜花木死，九秋飞雪麦禾灾。虫蝗水旱霖沾雨，尽逐商山副使来"（《自嘲》），将贬谪的悲哀转化为一部热闹的"自然交响曲"，显得谐趣横生。苏轼贬黄州，自嘲"自笑平生为口忙，老来事业转荒唐"（《初到黄州》）；贬岭南，将柳宗元过于悲哀的"海畔尖山似剑铓，秋来处处割愁肠"（《与浩初上人同看山寄京华亲故》）两句点化为"系闷岂无罗带水，割愁还有剑芒山"（《白鹤峰新居欲成，夜过西邻翟秀才》）的险诨，并作了大量诸如"罗浮山下四时春，卢橘杨梅次第新。日啖荔枝三百颗，不辞长作岭南人"（《惠州一绝》）等正话反说、庄语谐出的俳谐诗。

对悲哀的调侃与转化，体现了宋代诗人超越悲哀、追求从容潇洒的精神气度。得益于祖宗家法所制定的优待士人的国策，宋代士人的主体精神得到极大张扬，表现出对士之价值的强烈自我认同。不过，宋人也正是因为过于突出的主体精神，在政治实践中出现了舍我其谁、不容商量的偏执型人格，进而诱发了党争，造成群体性的贬谪。并且随着政治文化的发展演进，党争愈演愈烈、贬谪愈来愈酷，最终成为贯穿宋代政治始末的一个结构性病症。但宋人也正是由于这强烈的主体精神，在贬谪中不轻言悲哀，乃至嘲调悲哀、超越悲哀。而要达到这一目的，宋人注定不能以传统那种情景交融、物我合一为诗美理想的诗歌来完成；反之，正是有赖于俳谐幽默的诗歌，才能更好地调侃悲哀，并把宋人潇洒旷达的精神境界传达出来。

俳谐诗还体现了宋人的思想性格与审美好尚，较为典型地展示了宋人士风与文学风貌的辩证关系。

俳谐诗历代有之，可到了宋代，俳谐诗才从涓涓细流汇成汪洋大海。宋人普遍地在诗歌中进行俳谐，也是由宋人的思想性格所决定的；简言之，就是宋人雅好俳谐，具有俳谐幽默的性格基因。翻开笔记小说，关于宋人俳谐性格的记载与幽默笑话的摭录，层出不穷（详见本书第二章）。

从传统的角度看，俳谐也许是一些生活中无关紧要的打趣笑骂而已。但是，如果把俳谐置于不自由、充满局限性的现实人生中，那么，俳谐就不仅仅是一种简单的打趣笑骂，它更有了消解物我对立、淡化人生苦难的超越性意义。而宋人之所以喜嘲谑、好俳谐，无疑也是看到了俳谐独一无二的功能。正如笔者在后文中所指出的，俳谐具有四个方面的作用：俳谐充当了促进人情的润滑剂，在宋人社交活动中具有重要的作用；以谐谑的手法进行嘲调，表现了宋人博学机谲的个性，成为时人茶余饭后的谈资，受到时人的喜爱；以俳谐态度安慰失意中的友人，进行自嘲，体现了宋人崇尚通脱、潇洒不拘的生活态度；以

俳谐的手法，对世间可笑之人与荒谬之事进行嘲调，可以更好地达到
讽刺的效果，在幽默一笑中，使其丑态百出、原形毕露。

最后，以游戏的形态出现的俳谐诗，可以体现宋人才高力博、不
主故常的创作才力，进而体现了宋人"游戏篇章，得大自在"的生命
美学。

宋人一反前人轻视俳谐诗的态度，反而对俳谐诗情有独钟。正如
两宋之交的诗人黄彻指出的：

> 子建称孔北海文章多杂以嘲戏，子美亦戏效俳谐体，退之亦有寄
> 诗杂诙俳，不独文举为然。自东方生而下，祢处士、张长史、颜延年
> 辈，往往多滑稽语。大体材力豪迈有余，而用之不尽，自然如此。韩
> 诗"浊醪沸入口，口角如衔箝"，"试将诗义授，如以肉贯串"，"初食
> 不下喉，近亦能稍稍"，皆谑语也。坡集类此不可胜数……皆斡旋其章
> 而弄之。信恢刃有余，与血指汗颜者异矣。❶

所谓"血指汗颜者"，说的是以苦吟为主的晚唐诗。晚唐诗人普遍追求
苦吟，至有甚者，"吟安一个字，捻断数茎须"（卢延让《苦吟》），这
种做法遭到了宋人的鄙弃。究其原因，是宋代诗人的身份意识发生了
变化。与宋前感士不遇的寒士诗人们相比，宋人普遍追求集官僚、学
者、文人于一身的复合型身份，具有多层次、丰富的人生实践。"宋
代普遍的文学观念是，把诗视为文章的末事"❷，而文章的创作，则又
是他们及物济溺、问学探道之中的一个环节。所以诗歌的创作，就更
成为余力之事。就像即便是毕生对诗歌用力甚勤、对诗艺颇为自负的
黄庭坚，也如同理学家一样，反复申说"文章乃其粉泽，要须探其根

❶ （宋）黄彻：《䂬溪诗话》，丁福保辑：《历代诗话续编》，中华书局1983年版，第395页。
❷ 周裕锴：《宋代诗学通论》，巴蜀书社1997年版，第12页。

本"❶，"然孝友忠信，是此物（文章）之根本"❷。黄庭坚如此，其他人对诗歌的态度，更不难想见。既然诗歌创作是余力之事，那么当然不必像苦吟诗人那样"血指汗颜"，如临大敌一般。而脱去了苦吟，以轻松的态度来进行诗歌创作，这就势必使诗歌向俳谐戏谑的游戏旨趣接近了。

在文学多元论的起源中，游戏，向来是一个重要命题。不过，随着诗歌观念的演进，中国诗歌越来越注重内容的严肃性与抒情的情感强度，而游戏的诗歌，只能屈居于主流诗学的边缘。但到了宋代，这种情况也发生了改变。以诗为戏成为宋诗中的一个重要功能，这与"诗言志""诗缘情"的传统功能一起，共同构成了宋诗的创作机制与表达指向。

对诗歌游戏功能的重视，也是由宋诗的发生机制与情感指向所决定的。诗歌到了宋代，一个突出的特点是诗歌的唱和现象越来越突出。正如阿德勒认为，人类的一切行为都受"向上意志"的支配，人天生就有一种追求优越的倾向。❸宋人的唱和诗也不例外，因其追求优越，以期压倒他人，因此使宋代唱和诗常常呈现出诸如"得韵窄，则不复傍出，而因难见巧，愈险愈奇"❹与"绸缪反复，若断若续，而时发于奇怪，杂以诙嘲笑谑"❺这类怪奇特点，这都体现出了一种"追求优越"的智力愉悦与智力趣味，也因这一目的，宋诗逐渐呈现出对传统的陶写情性功能的淡化，而表现出"强行作诗"、为议论而议论、戏谑调笑的风格，这也即是游戏的旨趣。游戏为宋诗中的一个重要现象。

---

❶ （宋）黄庭坚：《与徐甥师川》，《全宋文》第 104 册，第 312 页。
❷ （宋）黄庭坚：《与洪驹父》，《全宋文》第 104 册，第 334 页。
❸ 转引自周冠生主编：《新编文艺心理学》，上海文艺出版社 1995 年版，第 204 页。
❹ （宋）欧阳修：《六一诗话》，（清）何文焕辑：《历代诗话》，中华书局 1981 年版，第 272 页。
❺ （宋）欧阳修：《礼部唱和诗序》，《全宋文》第 34 册，第 56 页。

如欧梅等人在嘉祐二年的礼部唱和诗，苏黄等人在元祐期间的馆阁酬唱诗，许多都带有游戏的意图。要之，如何以游戏的观念来发现宋诗，揭示宋人"游戏篇章，得大自在"的生命美学，这也是本书着力关注的内容。

以诙谐的态度来发掘生活之趣，超越现实生活的沉闷枯燥；以嘲调的精神，转换穷处境遇中的悲哀情累，达到旷达洒脱的人格境界；以富赡的才力，以无间入有余，将诗歌当成一种轻松愉悦的率性游戏，体现"游戏篇章，得大自在"的生命美学：这就是宋代俳谐诗所呈现的价值与意义。这是以文学创作主体而论。以文体本位视角而论，俳谐诗中诸多俳谐手法的运用，也具有诗歌艺术价值上的独特意义。宋代俳谐诗所体现出来的精神，并不仅仅是一些无关宏旨的幽默、不登大雅之堂的打趣笑骂而已，它与宋人的思想性格、审美趋向与生命意识息息相关，值得引起重视。

第一章　俳谐的产生机制与宋代俳谐诗的主要类型

第一节　俳谐的产生机制

研究俳谐诗，则俳谐的产生机制，是一个不可回避的问题。俳谐即滑稽、幽默之意。不过，古今中外关于俳谐、滑稽、幽默等的产生机制，并未很好地揭示。有人这样阐释幽默：

> 幽默的性质业已证明是难以捉摸的，甚至连伟大的思想家，在研究它时也感到困惑。亚里斯多德从不协调性这一方面确定了对幽默的定义：任何荒谬可笑的事物都包含了"某种不会酿成伤害和痛苦的缺陷或丑"。根据伊曼纽尔·康德的观点："笑是在紧张的期待突然消失之际产生的一种情感。"西格蒙德·弗洛伊德则认为，幽默的情趣要靠发泄人类行为中被抑制的意向。高谈阔论，各有千秋，但幽默的最佳定义恐怕还要数那个最简单的说法了：幽默乃是一切滑稽可笑的事物。❶

这一界定，很难让我们满意。故而揭示文学作品中谐趣的产生机

---

❶　转引自任绍伟：《幽默笑话语言学》，吉林人民出版社 2004 年版，第 24—25 页。

制，成为研究俳谐诗时一个不可回避的理论问题。笔者认为，要阐明俳谐的发生机制，可以从其本意推导之。

正如刘勰在《文心雕龙·谐隐》篇指出，"谐之言皆也，辞浅会俗，皆悦笑也"❶。俳谐的目的是让人发笑，这是毫无疑问的。虽然古今中外关于笑的机制的讨论，也是千差万别，不过其中康德对笑的揭示，经常被人引述："笑是在紧张的期待突然消失之际产生的一种情感。"对此，康德还有具体的举例："当有人讲述一名印第安人在苏拉特的一个英国人的宴席上看到打开一瓶英国啤酒，而这啤酒全都变成泡沫冒了出来时，便用连声呼叫来表示他的巨大惊异，而当英国人问他：'到底有什么可以如此惊异的？'回答是：'我奇怪的也不是它冒了出来，而是您是如何能够把它装进去的。'这时我们就会发笑，它使我们感到真心的愉快；不是由于我们感到自己例如说比这个无知的人更聪明，或者此外又是关于知性在这里让我们注意到的某种令人愉悦的东西的愉快，而是我们的期待曾经是紧张的，而突然消失为虚无。"❷康德指出了笑所发生的瞬间，感性活动经历的两个阶段：第一是心理紧张或心理期待；第二是由于紧张期待的突然落空，使之显得有些多余，于是在由期待到落空的过程中，笑就产生了。

而当我们读到一段文字时，之所以觉得它幽默，也正是由于我们的心理流程遵循上述康德所揭示的从期待到落空的原则。典型如《论语·公冶长》中的一段文字：

子曰："道不行，乘桴浮于海，从我者，其由与！"子路闻之喜。

---

❶ （梁）刘勰著，范文澜注：《文心雕龙注》卷三，第270页。
❷ ［德］康德著，邓晓芒译：《判断力批判》，人民出版社2012年版，第179页。

子曰："由也，好勇过我，无所取材。" ❶

　　这段话非常幽默。前一个"子曰"，孔子赞许子路与自己志同道合，让我们理所当然地以为子路得以追随孔子，故而也难怪"子路闻之喜"。而正当我们以为孔子要如何对子路进一步赞扬一番，以便论证他的观点时，后一个"子曰"，却一下子就打断了我们这种想法：原来孔子并不是肯定子路身上精神性的要素，只是让其备位随从，充当自己在遭遇危难时的"保镖"而已。前一阶段，因我们对孔子此话的意蕴产生了一种不自觉的期待，认为子路与孔子一样崇高，故而我们心理上产生了一种广义的紧张感，而后一阶段，当子路的崇高性一被解构，我们的紧张感消失，期待一下子落空了，于是在这层张力中，就产生了谐趣。从这个意义上说，谐趣的产生，是由于我们的心理经历了从期待到落空的过程。

　　如果我们再把康德的话进行仔细分析，就可以发现，主体心理之所以会经历从期待到落空的过程，乃是因为主体思维逻辑经历了以下两种过程：其一，主体思维中某种期待性的东西被解构；其二，主体牢固的逻辑链被打断，使之朝另一种相反乃至不相关的逻辑演进。这在康德所举的例子中也体现得非常清楚：当那个英国人问印第安人啤酒冒泡有什么值得惊异时，他期望得到的是一个关于对问题本身的回答，即指向"啤酒"的回答。可是，那个印第安人却把答案的焦点转移到了英国人自身，这是一种逻辑的跳跃。所以这个回答一出来，使英国人（也即是读者）对答案的本应有的期待理路断裂，所以笑就产生了。当然，在康德所举的这个例子中，主体期待视野的被解构与一元逻辑链的被打断这两种过程，是相伴而生、互为因果的，不过笔者认为，其

---

❶　程树德：《论语集释》，中华书局1990年版，第299页。

实任何一种过程都可以产生笑（谐趣）。下面对这一结论进行详细分析。

一、由期待视野的解构产生的谐趣

接受美学认为："在文学阅读之先及阅读过程中，作为接受主体的读者，基于个人与社会的复杂原因，心理上往往会有既成的思维指向与观念结构。读者的这种据以阅读文本的既成心理图式，叫作阅读经验期待视野，简称期待视野。"❶ 而当这种期待视野遭到解构，使之落空，就能产生谐趣。不妨以梅尧臣的一首小诗来说明问题：

去日觅钓竿，定能垂钓否？若不暇钓鱼，钓竿当去取。（《王殿丞赴莫州日，就余求钓竿数茎以往，今因其使回，戏赠》）

这首作品，用诗的形式表达作者问朋友"借去的钓竿什么时候还"这个问题。这一主旨，相比传统诗歌那种深度的抒情感怀，可以说它过于实用，甚至没有艺术的意味。所以，尽管诗歌字面上并没有什么诸如荒诞、戏仿、黑色幽默等所谓的俳谐手法，但读后我们还是觉得非常滑稽。这种滑稽，就在于作者打破了我们对诗歌这一文体的期待视野。

我们对诗歌的文体特性以及文体功能的期待视野，有如下一些由传统观念与创作实践不断积淀而成的图式：其一，诗歌必须是有充实内容、言之有物的作品，忧国忧民、感怀伤时的诗歌常能让人感动，是好的作品；其二，诗歌语言是一种"温柔敦厚""诗庄"的雅言，即便是浅白得连老妪都能解，但它还是必须遵循"诗化"的特色，有一种内在的"合诗性"；其三，诗歌必须押韵，具有结构美与对称美，重复

---

❶ 童庆炳：《文学理论教程》（修订二版），高等教育出版社2004年版，第332页。

出现的字词与意象是忌讳的；其四，诗歌思维以形象性思维为佳，以文为诗、议论手法亦可，但总不能溢出诗歌本身的艺术规则……这些当然是笼统论之，并且，其标准也可以有所伸缩。但是，关于诗之所以为诗的要素，读者心中总有一些稳定的标准。正因为有种种期待视野的存在，故而我们的思维意识中产生了某种程度的"紧张感"（事实上，凡是期待，总会产生一定程度的心理强度的"紧张感"），而当这些标准（期待视野）被打破，造成我们紧张感的消解时，谐趣就由此产生。上面梅尧臣的诗歌，即是大幅度地解构了读者对诗歌的雅言性以及内容的言之有物的期待视野，所以就产生了谐趣。从这一意义上来说，古代有一些诸如离合体、药名诗、人名地名诗、双声叠韵体等杂体诗，由于这些诗注重创作的游戏性，因而使读者对诗歌创作的严肃性与表达内容的言之有物的期待视野有不同程度的解构，故而也有谐趣。

　　这种对读者的文学期待视野的解构，是古代俳谐文学的一个常用之法，比如在俳谐文中被提及较多的韩愈的《毛颖传》，也是如此。《毛颖传》以史传的笔法，以物拟人，虚构了一支毛笔从发迹升官到裂土封侯最终因老见弃的故事，被认为是以文滑稽的产物。当然，《毛颖传》的滑稽手法是多方面的，但无疑此文解构了读者对文章体制的期待视野，是很重要的一个原因。史传体的特色，正如《文心雕龙·史传》篇所说，由于其"表征盛衰，殷鉴兴废"❶的纪实性与意义深度，而被赋予严肃的文体品格，这一文体品格又内化到读者的意识结构中，使读者形成了对史传体的文体期待视野，而韩愈以史传的笔法叙写一个如此荒诞无稽的题材，这就解构了读者对史传体这一文体的期待视

---

❶ （梁）刘勰著，范文澜注：《文心雕龙注》卷四，第286页。

野，造成了期待落空，这就如同康德所说，"我们的期待曾经是紧张的，而突然消失为虚无"，于是就产生了滑稽的效果。

如果我们把由期待视野的解构造成期待落空的张力作为俳谐的产生机制，那么，诗文的俳谐效果，其实是随着时代的不同而变化的。这就回答了绪论中所提出的为什么某些文体在兴始之初常常会被认为是滑稽俳谐的问题。如在四言诗还是主要诗体的汉魏时代，五言、七言诗在当时被视为俳谐体。这是因为五言、七言这些诗体，对魏晋人的诗歌体制的期待视野进行了解构，使他们产生了期待落空。不过，这在唐代以后是不可想象的——因为五七言诗已被唐人广泛地创作实践，从而内化在时人的期待视野之内了。又如中国古代文章学讲究"文各有体"，文体的不同体制以及由各体而来的独特的表现功能不可逾矩，这是古人对文章体制的期待视野，故而欧阳修破体为文，以赋笔写记体的《醉翁亭记》，被宋人陈鹄认为是"用杜牧《阿房赋》体，游戏于文者也"❶。"游戏"一词，也揭示出了此文具有谐趣。但在今天，由于这种"文各有体"的传统观念已为历史陈迹，此文的谐趣也就消失了。可是，在古今意识中，还是有一些稳定的观念结构，并不随时代的变化而发生剧变。就如韩愈的《毛颖传》一样，纵然我们今人不会执着于对史传体这一特定文体的期待视野，但我们还是期待史传所写的总是真实历史，故而像韩愈这样书写荒唐无稽之事的传记，我们还是能感受到谐趣。

这种期待视野其实存在于关于文学文体、文学语言、文学形象乃至万事万物的各个层面，是人们认识事物的结构图式，因为皮亚杰的"图式"理论指出，"图式既是标志认识结构的概念，又是认识结构

---

❶ （宋）陈鹄：《耆旧续闻》卷十，上海师范大学古籍整理研究所编：《全宋笔记》第六编·五，大象出版社 2013 年版，第 109 页。

发生、发展的起点"❶。人们在认识事物时都会以一种先在图式为基础，这种图式，在用文学领域，其实就是期待视野。以此出发，再来看苏轼的这首《续丽人行》：

> 深宫无人春日长，沉香亭北百花香。美人睡起薄梳洗，燕舞莺啼空断肠。画工欲画无穷意，背立东风初破睡。若教回首却嫣然，阳城下蔡俱风靡。杜陵饥客眼长寒，蹇驴破帽随金鞍。隔花临水时一见，只许腰肢背后看。心醉归来茅屋底，方信人间有西子。君不见孟光举案与眉齐，何曾背面伤春啼。

这首诗写得十分诙谐。前四联写一个画中的美人，倒不怎么诙谐，但从第五联开始将杜甫扯了进来后，诙谐之意就开始呈现了：穷酸落魄的杜甫，尾随于争看美女的金鞍玉马队伍，最终却只能临水一见，睹其项背，并且回家后还念念不忘。这里的杜甫之所以是诙谐的，是因为苏轼解构了我们脑海中对杜甫的期待视野，造成了期待落空。由于历史的阐释，杜甫在我们脑海中形成了诸如"忧国忧民""诗圣"这些严肃而崇高的形象，因这种崇高性，杜甫的形象在我们思维中造成了"紧张感"，不过在苏轼的诗中，杜甫却变成了一个偷觑美女的登徒子，故而使我们的紧张感一下子消失了。这几联与其说是以夸张与滑稽的手法突出了杜甫的可笑性，倒不如说是解构了杜甫的形象在我们脑海中的期待视野，使我们的期待落空，故而产生了谐趣。

杜甫的形象被解构，能产生谐趣，这当然源于文史学家对杜甫这一崇高形象的阐释。不过事实上，即便不是杜甫，而是其他任何人，只要放置在如上场景中，都会产生谐趣。这是因为我们的思维不仅具

---

❶　石向实：《论皮亚杰的图式理论》，《内蒙古社会科学》1994 年第 3 期。

有图式结构，同时带有"逻各斯中心主义"的结构，即人们在认识事物时，常常会带上一种对立的二元价值判断，在诸如意义／形式、灵魂／肉体、直觉／表现、理智／情感、美／丑等等二元对立的思维结构中，"其间高一等的命题是从属于逻各斯，所以是一种高级呈现，反之，低一等的命题则标示了一种堕落。逻各斯中心主义故此设定第一命题的居先地位，参照与第一命题的关系来看第二命题，认为它是先者的繁化、否定、显形或瓦解"❶。所以在认识事物时，倘若有"低一等"的概念对"高一等"的概念造成了解构，谐趣便产生了。这样的事例屡见不鲜，如《西游记》中用夸张的手法描写猪八戒大快朵颐的贪婪吃相时，往往令我们发笑。这是"低一等"的概念对"高一等"的解构：我们会认为餐桌礼仪是人的基本品质，这是一种"高一等"的思维指向，可猪八戒的吃相，就解构了这种思维指向，所以就产生了谐趣。明乎此，不妨再来看《诗经》中的两首诗：

> 新台有泚，河水弥弥。燕婉之求，蘧篨不鲜。新台有洒，河水浼浼。燕婉之求，蘧篨不殄。鱼网之设，鸿则离之。燕婉之求，得此戚施。（《邶风·新台》）

> 螽斯羽，诜诜兮。宜尔子孙，振振兮。螽斯羽，薨薨兮。宜尔子孙，绳绳兮。螽斯羽，揖揖兮。宜尔子孙，蛰蛰兮。（《周南·螽斯》）

《新台》是讽刺卫宣公强占儿媳妇的诗。作者将卫宣公比作一只癞蛤蟆：高高的新台上，盘踞着一只癞蛤蟆，坐拥着一个美女，讽刺得十分诙谐。《螽斯》则将后妃比作螽斯，希望她的子孙如螽斯般延绵不

---

❶ ［美］乔纳森·卡勒著，陆扬译：《论解构：结构主义之后的理论与批评》，中国社会科学出版社1998年版，第79页。

绝。可以清楚地看出，这两首诗虽然都用了动物比拟法，可第一首诗非常诙谐，第二首诗却没有谐趣。之所以如此，乃在于《新台》一诗，在卫宣公（本体）与癞蛤蟆（喻体）之间，构成了"高一等"与"低一等"的关系：卫宣公是统治阶层，本应具有庄重威严的形象，这种形象是"高一等"的，而用癞蛤蟆这种"低一等"的形象，则将作为统治者的卫宣公本应具有的庄重威严的形象解构了，所以就产生了谐趣。而在《螽斯》中，本体（后妃）之于喻体（螽斯），并没有这层"高一等"与"低一等"的关系，相反，人的繁殖力不如昆虫，对昆虫来说，人反而是"低一等"，喻体并不对本体造成解构，所以就没有俳谐。

二、由逻辑的错位产生的谐趣

俳谐产生的另一条机制，是逻辑的错位，即是说，主体牢固的一元逻辑链条被打断，使之朝另一种逻辑转化，在此过程中产生谐趣。为了说明这个问题，不妨以历史上著名的一首打油诗为例：

江山一笼统，井上黑窟窿。黄狗身上白，白狗身上肿。

这首诗的谐趣，除了在于语言的俚俗而对诗歌的雅言性造成解构外，还在于第二联的逻辑跳跃。第二联"黄狗身上白"，接以"白狗身上□"，按照我们惯常的逻辑，这里的□必定是一个表示颜色的词，以便与上句构成意义对称。可是，作者用了"肿"字，这里就有一层逻辑的跳跃与错位。这层逻辑的错位，带来了两个功能，从而产生了两种性质上有所不同的笑。其一是它解构了读者先前的心理紧张。因为"黄狗身上白"这一句，是一个险句，下雪之后，黄狗既已变白，于是就变无可变了，这就给下句的接续带来了极大的难度，从而造成了我们读者的紧张感。可"白狗身上肿"，既已接出，则把读者的紧张感消解了，所以这就产生了笑。其二是它给读者所带来的一种机智与妙悟。"白狗身上肿"这句话，并不符合现实逻辑，因为"肿"只能是摔倒或被打后所产生的效果，但"白狗身上肿"这句话，形容至为巧妙，它符合艺术本身的逻辑，让读者得到一种智性的解悟与享受。而从心理状态来说，凡是智性的解悟，都可以产生一种轻松的感觉，所以也就产生了笑（谐趣）。这两种笑（谐趣），第一种可以说是由"出其不意"所产生的笑（谐趣），第二种是由智性、妙悟——或者更专业地说，是由"机智"所产生的笑（谐趣）。

当然，在由逻辑错位所产生的谐趣这一原则中，这两种性质的谐趣不必一定要同时兼具，只要有其中一种就可以了。比如黄庭坚的《王充道送水仙花五十枝欣然会心为之作咏》：

凌波仙子生尘袜，水上轻盈步微月。是谁招此断肠魂，种作寒花寄愁绝。含香体素欲倾城，山矾是弟梅是兄。坐对真成被花恼，出门一笑大江横。

诗歌尾联写得谐趣横生。前三联，作者对水仙花作各种角度的铺陈描写，用语典雅、包含典故，而末句却宕开一笔，将水仙花抛弃，跳跃到"出门一笑大江横"这样与前面无甚逻辑连接的叙述中，与诗歌前三联构造的意境以及语言风格形成一种错位与跳跃，使我们连贯的逻辑被打断，于是笑就产生了。之所以如此，乃是因为在这逻辑被打断的过程中，我们先前的思维指向集于作者前三联所建构的典雅化、典故化的意蕴之内，故而有一种紧张感，可这一思维指向的被打断，使我们的紧张感顿时消解，所以就产生了笑。

故而，谐趣的产生，笔者认为是遵循一个原则、两个机制、三种类型。所谓"一个原则"，是指谐趣的产生，必须是主体心理状态经历从紧张到放松的过程。这是一个非常重要的原则，倘若缺少了这个原则，谐趣就不会产生。比如，我们看到某人遭遇车祸，受了重伤，虽然车祸的发生往往是"出其不意"的，但是，由于车祸本身就是一种灾难，它不会让我们经历任何心理状态从紧张到放松的过程，所以看到车祸，但凡正常人都笑不出来。这种从紧张到放松的原则，其实也就包含了有些评论家所说的幽默的"无害性"原则，如上面引亚里士多德所说的"某种不会酿成伤害和痛苦"的无害性。

所谓"两种机制"，即是上面说过的由期待视野的解构与逻辑的错位而造成的谐趣。所谓"三种类型"，即是三种内涵各有不同的谐趣，一种出于"滑稽"的谐趣，一种出于"出其不意"的谐趣，一种则出于"机智"或者"妙悟"的谐趣。当然在诗歌中，两种机制的使用，常常是相互配合，并且有重叠交叉的。下面以苏轼的一首谐诗为例，对这一情况再稍加论述，并以此作为本节的结尾。

白衣送酒舞渊明，急扫风轩洗破觥。岂意青州六从事，化为乌有一先生。空烦左手持新蟹，漫绕东篱嗅落英。南海使君今北海，定分百榼饷春耕。（《章质夫送酒六壶，书至而酒不达，戏作小诗问之》）

此诗充分体现了苏诗善于打趣调笑的艺术风格，可作为典型的谐诗来分析，因为它几乎把所有的谐趣营造之法都用到了。那么，此诗令人发笑的要点何在？

首联"白衣送酒舞渊明，急扫风轩洗破觥"就写得很好笑。与其说是苏轼用夸张的笔法写出了自己在得知章质夫送酒的消息后，那种喜不自禁、急不可耐的可笑之状，不如说是解构了我们的一般思维印象。因为在我们的一般观念中，"急扫风轩洗破觥"这样洒扫盥洗所供奉的对象，只能是神明。而苏轼却用在酒身上，这就突出了其非理性的要素，解构了我们对于理性精神的期待，因此产生了谐趣。且更妙的是苏轼对陶渊明形象的解构："渊明"虽以诗人自比，可现在陶渊明却跳起舞来，出人意料，取得了令人喷饭的效果。这还是期待视野与期待落空的张力所致。因为我们期待视野中的陶渊明，不管是"浑身是静穆"还是"金刚怒目"，都是严肃而崇高的形象，而苏轼用一个活泼的"舞"字，就把我们对陶渊明的刻板印象解构了，让我们的期待落空，所以也就有了谐趣。这两种谐趣，都是属于滑稽的范畴。同时，整整一联，又进行了一种情境的建构与渲染，以为颔联出场做准备。

颔联"岂意青州六从事，化为乌有一先生"，意为没想到这几瓶酒在路上丢失了。这一联包含两种谐趣。一种是出其不意的谐趣，"青州从事"是酒的别称，加上"六"，形成一层数目语义与意蕴密集度上的张力，"岂意青州六从事"后接以"化为乌有一先生"，使密集的层次一下子化为空无的状态，故而有一层逻辑断裂，从而在出其不意中产生了谐趣。同时，这种出其不意，又包含了机智或者妙悟的谐趣，因为这句话属对精妙，用事妥帖，让我们不禁为苏轼的才华所深深折服。同时整一联，与上一联也构成一种出其不意的承接关系，因此也有谐趣。

颈联"空烦左手持新蟹，漫绕东篱嗅落英"，用夸张的笔法，写自己无酒可喝的失落感，似乎把自己形容成了一个酒鬼，这是以人的可笑之态来解构人类本应有的精神性的崇高，也非常诙谐，但与下联合观则更明显：自己烦闷如甚，但友人章质夫却毫不知情，正在"百楹饷春耕"，勤政爱民呢。这两联也构成了一种逻辑断裂的关系。"空烦左手持新蟹，漫绕东篱嗅落英"写自己无酒可喝的烦闷，而之所以写自己无酒可喝的烦闷，按照惯常的逻辑演进，是希望友人能够得知此情此景的，但友人的毫不知情，又解构了作者（也是读者）的心理期待，因此，笑又产生了。

　　要之，判断文学作品中是否具有谐趣，在于明确这样的一些关系：第一，它是否对我们某些期待视野有所解构；第二，它是否构成了一种逻辑错位，而不应仅就一些诸如双关、反讽、荒诞、戏仿等修辞手法泛泛而谈。

第二节　宋代俳谐诗的主要类型

　　研究俳谐诗，还需要对俳谐诗的基本类型做一个分类。今人王毅在《"俳谐"考论——以诗词为中心》（《文艺理论研究》2012 年第 5 期）一文中，把古代的"俳谐体"分为俗言体、游戏体、戏嘲体三种类型，这种分类法虽在某些地方有所交叉重叠，但大致指明了俳谐体在古人眼中的内涵。本节则以此出发，结合宋人的意见与创作事实，对俳谐诗做一个基本的分类，以此明确本书的研究范围。

一、俳谐与浅俗体

　　正如刘勰在《文心雕龙·谐隐》篇指出的，"谐之言皆也，辞浅会俗，皆悦笑也" ❶，将"辞浅会俗"即语言浅切俚俗的作品视为俳谐体。这在宋人口中也常常提到。宋人把以俗言俚语或方言入诗视作俳谐诗的标志，如陶谷《清异录》载："晋出帝不善诗，时为俳谐语，《咏天》诗曰：'高平上监碧翁翁。'" ❷"碧翁翁"即是俗语。又如张表臣云"又戏

---

❶ （梁）刘勰著，范文澜注：《文心雕龙注》卷三，第 270 页。
❷ （宋）陶谷：《清异录》卷上，上海师范大学古籍整理研究所编：《全宋笔记》第一编·二，大象出版社 2003 年版，第 15 页。

作俳优体二首，纯用方语"❶。方言也是俗语的一种，因此作者把这种用方言写成的诗歌视为俳优体，亦即俳谐体。

除了俗语方言，宋人还把语言呆板、艺术水准不高的语句视为俳语，如刘辰翁评杜诗云："'第五桥东流恨水，皇陂岸北结愁亭'，恨水愁亭，俳语耳。"❷"愁亭"与"恨水"，虽然在表面上看不出是俚俗的词语，但之所以说它们是"俳语"，是因为这一组偶对词太过浅切率意，艺术水平不高，所以也被视为浅俗的俳语。

需要指出的是，语意俚俗并不能完全与俳谐等同。有些俚俗的语言，常常体现了民间智慧的精髓，而浅俗的意思，也可以表现深刻的思想。但也不得不指出，在古代，在"诗庄""诗言志""温柔敦厚"的雅文学观的传统视野之下，如果有意以俚语俗言入诗，则往往能解构诗歌的雅言性，一反常态，取得令人喷饭的效果。正如胡仔《苕溪渔隐丛话》引《蔡宽夫诗话》指出："今毗陵人平语皆曰钟，京口人曰兜，淮南人曰坞，犹楚人曰些。尝有士人学为骚词，皆用此三语，闻者无不拊掌。"❸ 其实也就把骚词中"兮"这样的语助词替换成了方言而已，但还是令听者哄堂大笑。

宋诗的口号是"以俗为雅"，因而以浅俗语或方言入诗，打破唐代以来诗歌用语日趋模式化的陈陈相因，常常成为宋人一种自觉的追求。事实上，也只有使用浅俗易懂的词语，才能快速达到令人会意发笑的效果。如果我们以语言浅俗的标准来检读宋诗，则可发现这样的俳谐诗在宋诗中为数不少，如卢多逊应制作《新月》诗，云："谁家玉

❶ （宋）张表臣：《珊瑚钩诗话》卷三，《历代诗话》，第 475 页。
❷ （元）高楚芳编：《千家注杜工部集》卷四，明万历九年刻本。
❸ （宋）胡仔：《苕溪渔隐丛话》（前集），人民文学出版社 1962 年版，第 139 页。

匣开新镜，露出清光些子儿。"太祖大喜。❶ 最后"些子儿"这个俗语嵌在诗歌中，使诗歌整体语言风格失去了平衡，由此破坏了诗歌优雅的意境，故而使赵匡胤觉得很有趣。隐士杨朴对真宗作诗："更无落魄耽杯酒，更莫猖狂爱咏诗。今日捉将官里去，这回断送老头皮。"俗言俗意，其结果也是"上大笑"❷。又如西昆体诗人杨亿《傀儡》诗："鲍老当筵笑郭郎，笑他舞袖太郎当。若教鲍老当筵舞，转更郎当舞袖长。"陈师道以为"语俚而意切，相传以为笑"❸。陈师道自己亦好用俗语。庄绰指出："陈无己诗，亦多用一时俚语。如'昔日剜疮今补肉。百孔千疮容一罅。拆东补西裳作带。人穷令智短'……而东坡亦有'三杯软饱后，一枕黑甜余'，皆世俗语。"❹ 黄庭坚《乞猫》诗云："闻道狸奴将数子，买鱼穿柳聘衔蝉。"（"衔蝉"为俗语，指猫）被陈师道赞为"虽滑稽而可喜，千载而下，读者如新"❺。这种用俗语的文人诗，在杨万里的诚斋体中达到了高峰。诸如此类不胜枚举。另外，由于宋代禅悦之风盛行，宋代士大夫常常喜作模仿禅师颂偈的作品。这些模仿之作，悟道高下姑且不论，但其语言亦汲取了禅偈语言下里巴人、了无准的的特色。如王安石《拟寒山拾得二十首》其十一云："傀儡只一机，种种没根栽。被我入棚中，昨日亲看来。方知棚外人，扰扰一场呆。终日受伊谩，更被索钱财。"可见其语言风格之一斑。不仅喜用俗语方言入诗，宋人还从理论上对此进行提升：苏轼以为"俚俗语有可取者"❻；

❶　（宋）陈师道：《后山诗话》，《历代诗话》，第314页。
❷　（宋）苏轼：《东坡志林》卷二，《全宋笔记》第一编·十，第41页。
❸　（宋）陈师道：《后山诗话》，《历代诗话》，第304—305页。
❹　（宋）庄绰：《鸡肋编》卷下，中华书局1983年版，第117页。
❺　（宋）陈师道：《后山诗话》，《历代诗话》，第308页。
❻　（宋）苏轼：《俚语说》，（明）茅维编：《苏轼文集》佚文汇编卷五，中华书局2004年版，第2548页。

王琪认为"诗家不妨间用俗语，尤见工夫"**❶**；释惠洪则认为"句法欲老健有英气，当间用方言为妙"**❷**；而张戒甚至认为"世徒见子美诗多粗俗，不知粗俗语在诗句中最难，非粗俗，乃高古之极也"**❸**。宋人提倡以俗为雅，而以俗语俚语入诗，是宋诗以俗为雅的表现形态之一。

浅俗的第二层内涵，还代表作品内容的浅显低俗，如上引杨亿的《傀儡》诗、梅尧臣的"取钓竿"诗、黄庭坚《乞猫》等，或嘲戏傀儡戏中的角色，或抒写日常生活中的细屑琐事，比之一些"正体诗"，其取材本身就不登大雅之堂。当然，诗歌的语言与内容，是不可分割的要素，而宋人如何利用俗语俗题来进行谐谑、表达幽默，则是本书研究的内容。

二、俳谐与游戏诗体

古代诗歌中有形形色色的杂体诗，如集句、回文、离合、药名诸体，古人往往将其视为文字游戏之作，因而也常常视之为俳谐体。如严羽在《沧浪诗话·诗体》中，列有"杂体"一类，在列举了风人、蒿砧、五杂俎、两头纤纤、盘中、回文、反覆、离合等杂体诗之后，严羽谓"至于建除、字谜、人名、卦名……之诗，只成戏谑，不足为法也"**❹**，把杂体诗看成戏谑之作。而金代王若虚在《滹南诗话》中也把杂体看成诗人的游戏滑稽之作，可供人一笑：

山谷最不爱集句，目为百家衣，且曰："正堪一笑。"予谓词人滑稽，未足深诮也。山谷知恶此等，则药名之作、建除之体、八音列宿

---

❶ （宋）魏庆之：《诗人玉屑》卷六，中华书局 2007 年版，第 184 页。
❷ 转引自（宋）阮阅：《诗话总龟》卷九，人民文学出版社 1987 年版，第 108 页。
❸ （宋）张戒：《岁寒堂诗话》卷上，《历代诗话续编》，第 450 页。
❹ （宋）严羽著，郭绍虞校释：《沧浪诗话校释》，人民文学出版社 1983 年版，第 100—101 页。

之类，独不可一笑耶？ ❶

　　清代薛雪在《一瓢诗话》中也说："杂体诗昔亦有之，原属游戏。" ❷
正因为古人把杂体当成戏谑滑稽的游戏之作，相应地便把杂体也视为
一种俳谐体。

　　虽然杂体诗被视为俳谐体，但这并不妨碍宋人率尔操觚，投入这
些游戏诗体的创作。如"丁晋公在朱崖，作州郡名配古人姓名等诗及
双声叠韵" ❸，"陈亚郎中性滑稽，尝为药名诗百首" ❹。王安石的游戏杂
体之作在其集中亦为数不少。❺ 苏轼作有"吃语诗"❻（即双声叠韵）、风
人体 ❼、禽言诗 ❽。黄庭坚则有《二十八宿歌赠别无咎》《八音歌赠晁尧
民二首》《古意赠郑彦能八音歌》《冲雨向万载道中得逍遥观托宿，
遂戏题》（连边体）等游戏杂体。以上所引材料，可见宋人对以诗为
戏的热衷。而集句的创作，则更为流行，如"荆公始为集句诗，多者
至百韵，皆集合前人之句，语意对偶往往亲切过于本诗。后人稍稍有
效而为者" ❾。至如嘲讽王安石的集句"正堪一笑"的黄庭坚，也不免技
痒，作有《同吉老饮清平戏作集句》这一首集句，而其晚年《谪居黔南

---

❶　（金）王若虚：《滹南集》第三十九卷，文渊阁四库全书本。

❷　（清）薛雪：《一瓢诗话》卷五，人民文学出版社 1979 年版，第 119 页。

❸　（宋）胡仔：《苕溪渔隐丛话》（前集），第 9 页。

❹　（宋）司马光：《温公续诗话》，《历代诗话》，第 278 页。

❺　如《两山间》《即事二首》《自遣》《梦》《谢安墩二首》其一、《定林所居》《游钟山》
　　等诗皆为复字诗，《和微之药名劝酒》《既别羊王二君，与同官会饮于城南，因成一篇追
　　记》为药名诗，又有《字谜诗二首》《用字谜》等游戏杂体。

❻　如《戏和正辅一字韵》《西山戏题武昌王居士》等。

❼　如《席上代人赠别三首》等。

❽　如《五禽言五首》等。

❾　（宋）沈括：《梦溪笔谈》卷十四，上海师范大学古籍整理研究所编：《全宋笔记》第二
　　编·三，大象出版社 2006 年版，第 115 页。

十首》，也是"摘乐天句"❶的摘句游戏。有些诗人别集中的诗篇竟全集他人之句，如胡伟《胡伟宫词》一卷，释绍嵩《亚愚江浙纪行集句诗》七卷，李龚《梅花衲》一卷、《剪绡集》一卷，文天祥《集杜诗》一卷❷，可见此风之盛。以上所引俳谐杂体，除文天祥的集杜诗以外，大部分都属于游戏之作，但或"亲切过于本诗"❸，或"不失诗家之体"❹，亦体现了宋人"古人不到处，吾子独留心"❺的创作态度，因而也值得研究一番。

如果我们把文字游戏的杂体诗定为俳谐诗，那么，俳谐诗的范围就扩大了。因为到了宋代，诗歌的交际功能更为突出。宋人连篇累牍、不厌其烦地用诗歌进行酬唱、次韵、赠答。这些诗歌中，虽不乏表现友朋真情、安慰失意同道的真情之作，但其中文字游戏的成分也越来越突出。宋人甚至提出了"诗战"的观点，用诗歌进行诗艺的切磋竞技、较量才力，而其中，有很大一部分是文字游戏之作。如王禹偁贬商州时，与同年进士冯亢多有唱和之作，后来编成《商於唱和集》，里面的诗歌就多带有俳谐游戏的成分。最典型的是欧阳修等嘉祐诗人。嘉祐二年，欧阳修权知贡举，连同王圭、谢绛、梅挚、范缜四人同知，并辟梅尧臣为小校官。六人在礼部锁院期间相与酬唱、交章往来，产生了大量的诗作，后编集为《礼部唱和诗》，轰动一时。在创作过程中，欧阳修第一次对诗歌"滑稽嘲谑"的功能作了肯定，所谓"余六人

❶ （宋）黄庭坚著，（宋）任渊、（宋）史容、（宋）史季温注：《黄庭坚诗集注》，中华书局2003年版，第442页。
❷ 以上所引诸集，今人祝尚书有详细考辨，详见《漫话宋人集句诗》，中华书局编辑部编：《学林漫录》第14集，中华书局1999年版，第153—165页。
❸ （宋）沈括：《梦溪笔谈》卷十四，《全宋笔记》第二编·三，第115页。
❹ （宋）司马光：《温公续诗话》，《历代诗话》，第278页。
❺ （宋）王得臣：《麈史》卷中，《全宋笔记》第一编·十，第48页。

者，欢然相得，群居终日，长篇险韵，众制交作……间以滑稽嘲谑，形于风刺，更相酬酢，往往烘堂绝倒。自谓一时盛事，前此未之有也"❶。在这种"间以滑稽嘲谑"精神的指导下，便产生了欧阳修《思白兔杂言戏答公仪忆鹤之作》《戏答圣俞》《和梅龙图公仪谢鹇》和梅尧臣《莫登楼》《莫饮酒》《依韵和永叔劝饮酒莫吟诗杂言》《和永叔内翰思白兔答忆鹤杂言》《和永叔内翰戏答》等等这样的作品，都以娱乐调笑、空戏滑稽为主。对此，笔者在第四章"宋诗与游戏"中还会详细分析。

当然，游戏毕竟不能和俳谐等同起来。诗歌中某些艺术手法与表达方式，在兴始之初可能是基于一种文字游戏的态度，但如果这些手法一经固化，为后人广泛运用后，俳谐的意蕴可能就并不强烈了。这正如集句在兴始之初是一种文字游戏，具有形式上的俳谐色彩，而宋末文天祥集杜诗而作集句，表达丧家亡国之痛，这就不是俳谐诗了。

三、俳谐与戏嘲之作

在古代诗歌中，有一类戏嘲体也值得注意。这类作品，题目中常常带有"戏""嘲""调""谑"等字。如程晓的《嘲热客》、李白的《戏杜甫》，都是戏谑调笑的作品，这类戏嘲体，是宋前俳谐诗的重要类型。而宋人则更热衷此道，把不少诗写得滑稽诙谐、俏皮横生。如许洞《嘲林和靖》："寺里掇斋饥老鼠，林间咳嗽病猕猴。豪民遗物鹅伸颈，好客临门鳖缩头。"用"鹅伸颈"与"鳖缩头"的动物比拟法，解构林逋的崇高形象，活脱脱地刻画出林逋嫌贫爱富的悭吝心理，令人忍俊不禁。这类诗体，大多是揭人之短、戏嗤形貌、引以调笑，或表明是游戏之作、无足重轻，是典型的俳谐诗。

---

❶　（宋）欧阳修：《归田录》卷二，《全宋笔记》第一编·五，第265页。

但是，宋人对戏嘲体的功能进行了开拓。宋代的戏嘲体虽然名为戏嘲，但其功能已不止于插科打诨、戏谑嘲调而已，他们或在戏嘲中表达作者的真情雅谑，或谲言讽谏，抒发自己的牢骚不平，正如《文心雕龙》里所说的"内怨为俳"❶，这就丰富了俳谐体的内涵，提升了俳谐体的品格。如苏轼的名篇《戏子由》，表面戏谑子由，实则借题发挥，嘲讽世道狭促、用人不公。又如黄庭坚的名作《戏呈孔毅父》：

管城子无食肉相，孔方兄有绝交书。文章功用不经世，何异丝窠缀露珠。校书著作频诏除，犹能上车问何如。忽忆僧床同野饭，梦随秋雁到东湖。

管城子既已封子，却无食肉之相；孔方兄既然称兄，却要与诗人绝交。而校书著作郎的工作，仅仅是"上车问何如"式的这种无谓的嘘寒问暖。此诗作者表面为自嘲调侃，实则抒发作者的兀傲之气以及对官场的厌倦；而在艺术取径上，却用熔铸典实的手法来达到俳谐的效果，精工深密，具有雅化的风格。

如果我们把"内怨为俳"的精神看作俳谐的内涵的话，那么，俳谐诗的范围就扩大了。有些诗歌，虽然题目中并未出现"戏""嘲"等字样，可是其精神主旨，或自嘲，或讽刺，或用来抒发存在的荒诞与人生的乖讹。这类俳谐诗在宋诗中就更多，如张舜民的《复拜朝散郎》：

曾为朝散已多时，起废皇恩许再为。学得子文无愠色，笑他白老强题诗。虽无妄想追前境，犹有贪心刻后期。只向今冬求致仕，要将恩泽与孙儿。

---

❶ （梁）刘勰著，范文澜注：《文心雕龙注》卷三，第 270 页。

这首诗题目并无"戏""嘲"等字眼，语言也并不算俚俗；可是，细味此诗，却可以发现作者既达观又自嘲的态度。首联"曾为朝散已多时，起废皇恩许再为"，作者官复原职，似让人感到皇恩浩荡。可是细味一下，这样的话，其实有些苦涩。一废一起间，官位并无高升，还是原地踏步，而且还是仅做朝散郎这样的虚职，由此可以看出作者的失落。这就有点自嘲的味道。可是，作者并未把这层失落明显地表达出来，相反，他还显得相当快乐，"学得子文无愠色，笑他白老强题诗"。"子文"用《论语·公冶长》中的典故："令尹子文，三仕为令尹，无喜色；三已之，无愠色。"❶ 作者借此说明自己已是得失两忘。于是，白居易在晚年"隐在留司官"时那些抒发"吏隐"之乐的诗歌，也不免让作者觉得好笑，是"强题诗"，因为诗歌总是带着"不平则鸣"的痕迹。既然白居易都已经得失两忘，何必再题诗？这两句话，表面上抒发作者自己荣辱不动于心的自得自适，其实骨子里还是满腹牢骚，自诙自嘲。"虽无妄想追前境"，接续前联"无愠色"的意脉，可是，"犹有贪心刻后期"，转折一笔，带出读者的好奇。是什么贪心呢？"只向今冬求致仕，要将恩泽与孙儿"，原来，作者在刚官复原职时，不是想着要什么"致君尧舜"的大志，而是想到了要退休荫恩，"要将恩泽与孙儿"。这句话，才稍微显在地把作者内心的牢骚之气传达出来：好不容易官复原职，可是，这个朝散郎的官，对作者来说已经是完全没有用处了，还不如为子孙计，以此荫恩，这就非常好笑。所以这首诗，处处幽默，却又处处牢骚，典型地体现了"内怨为俳"的内涵。故而像以上这类俳谐诗，已不仅仅是为了单纯滑稽调笑而作，更可与"诗可以怨"的诗骚精神相通，这就提升了俳谐的品格，丰富了俳谐的意义。

---

❶ 程树德：《论语集释》，第331页。

以上所引之诗略可看出，宋人这类具有戏嘲精神的俳谐诗，已经不止于简单地插科打诨、戏谑嘲调，它追求后来居上、精益求精的艺术手法，甚至完全雅化，丝毫没有俳谐诗常有的那种下里巴人式的粗俗感。并且更重要的是，它又带有一体多用的丰富功能，寓悲于诙、讽刺世道、表现旷达。这样的俳谐诗，自然也在本书的关注范围之内。

《辞源》中对"俳体"的解释是："旧时诗文，凡内容以游戏取笑为主的，称为俳谐体，略称俳体。"❶《辞源》道出了俳谐诗"游戏""取笑"的精髓，释义精粹但简略。而在古代，其内涵要丰富得多。宋人眼中的俳谐诗，并不仅仅是简单的游戏调笑之作，它既包括集句、回文等游戏诗体，也可以利用插科打诨的功能表达严肃的主题，同时体现了宋人对于诗之谐趣的自觉追求。俳谐诗绝不等同于不登大雅之堂的俚俗之作，其核心是作者采取的游戏戏谑的姿态。而如何在游戏戏谑中表情达意，实践宋诗"以俗为雅"的美学追求，表达宋人"游戏三昧"的人生态度与潇洒旷达的精神气韵，则是本书所要研究的内容。

---

❶ 商务印书馆编辑部编:《辞源》，商务印书馆 1980 年版，第 135 页。

第二章　宋代俳谐之风

在宋代文学领域，论者较为措意宋代文学中的忧患意识与淑世精神。忧患意识的产生，是由宋代独特的历史条件决定的。虽然宋代的文化成就超越汉唐，"空前绝后"，但在地理上大宋却强邻环伺，并且是在强邻的不断侵扰下，国土日蹙，乃至最后丧土亡国。这种情势，导致"宋人的民族忧患意识比中国历史上任何一个朝代都要强烈和久长"❶。同时，由于"祖宗家法"所涵育的士大夫阶层的崛起，这种忧患意识又通过作为参政主体同样也是文学创作主体的士大夫之手，诉诸文学，形成了宋代文学中特有的淑世精神。

诚然，忧患意识与淑世精神，是宋代文学的基本特质，在整个文学史中，它也留下了浓墨重彩的一笔。不过，这只是宋代文学的一个面向。试想一下，如果要求一个人在社会活动中，都被这种忧国忧民的紧张感充塞，恐怕不近人情。年轻的欧阳修曾以诗讽喻，委婉地批评晏殊在酒宴中只顾自娱自乐，不顾国计民生，导致晏殊的不快。但是轮到欧阳修主盟文坛时，他却一反常态，开始注重起诗歌的游戏调笑功能（详见本书第四章）。理学家朱熹提倡"正心诚意"，留给世人的似乎是一个一本正经、不苟言笑的形象，事实上，"晦庵先生与诚斋

---

❶　刘扬忠:《北宋的民族忧患意识及其文学呈现》,《长江学术》2006 年第 4 期。

吟咏甚多，然颇好戏谑"❶。这两个例子无疑绝佳地说明了问题。其实，在大多数宋人身上，往往体现着家国责任与私情闲暇并举、直言谠论与幽默俳谐并重的双重人格；即是说，对于国家大事，不妨黾勉从事、尽心尽力，而在日常生活中，不妨享受生活、诙谐幽默，这两者其实并不矛盾。本章的任务，即是描述宋人除了忧患意识以外的另一种社会风气，即俳谐风气，这也是宋代俳谐诗兴盛的社会背景。

第一节　宋人好俳谐的性格

宋代文人融儒释道为一体，形成了他们丰富的个性。虽然在庙堂上，每每可以看到宋人义正词严、直言谠论的劲气直节；但在生活中，他们往往喜相嘲谑，妙语连珠，其机智幽默、才富学足的善谑性格往往令人拍案叫绝。

宋代的笔记小说对时人俳谐性格的记载与幽默笑话的摭录，几乎层出不穷。如"陈郎中亚有滑稽雄声"❷"故参知政事丁公、晁公往时同在馆中，喜相谐谑"❸"石资政好谐谑"❹"翟资政公巽喜嘲谑"❺"王琪性滑稽"❻"王介字中甫，衢州人，博学善讥谑"❼"王丞相（安石）嗜谐谑"❽"刘贡父（攽）天资滑稽，不能自禁，遇可谐诨，虽公卿不

❶（宋）魏庆之：《诗人玉屑》卷十九，第604页。
❷（宋）释文莹：《湘山野录》卷上，《全宋笔记》第一编·六，第14页。
❸（宋）欧阳修：《归田录》卷一，《全宋笔记》第一编·五，第238页。
❹（宋）欧阳修：《归田录》卷一，《全宋笔记》第一编·五，第238页。
❺（宋）徐度：《却扫编》卷下，上海师范大学古籍整理研究所编：《全宋笔记》第三编·十，大象出版社2008年版，第162页。
❻（宋）胡仔：《苕溪渔隐丛话》（前集），第375页。
❼（宋）叶梦得：《石林诗话》卷下，《历代诗话》，第435页。
❽（宋）刘攽：《中山诗话》，《历代诗话》，第290页。

避"❶"东坡好戏谑"❷"米芾元章，豪放戏谑有味"❸"黄鲁直爱与郭功父（祥正）戏谑嘲调"❹"（秦）观为人喜傲谑"❺"（谢）希孟与乡人陈伯益好相调戏"❻"徐渊子（玑）舍人，好以诗文谐谑"❼，诸如此类，不胜枚举。以上这些都是宋代历史上一些颇为有名的人物。而对一些性格俳谐的小人物，宋人笔记小说也常常不吝笔墨地加以记载推崇❽。上至宰执大臣，下至苍头布衣，乃至如朱熹这种看似一本正经的理学家，都加入谐谑大军中来，形成好谐谑的社会风气。另外，宋代许多笔记与诗话的编纂，常辟有"诙谐""谈谑""嘲调"等章节，带有供谐谑谈资的八卦目的❾。喜嘲谑、好俳谐的性格，使得宋人整体呈现出继"魏晋风流"之后的又一种活泼风趣、潇洒通脱的文化风貌。

---

❶ （宋）叶梦得：《石林诗话》卷上，《历代诗话》，第404页。

❷ （宋）晁说之：《晁氏客语》，《全宋笔记》第一编·十，第125页。

❸ （宋）惠洪：《冷斋夜话》卷四，《全宋笔记》第二编·九，第47页。

❹ （宋）许顗：《彦周诗话》，《历代诗话》，第391页。

❺ （宋）叶梦得：《石林诗话》卷中，《历代诗话》，第425页。

❻ （宋）庞元英：《谈薮》，《全宋笔记》第二编·四，第199页。

❼ （宋）庞元英：《谈薮》附录，《全宋笔记》第二编·四，第211页。

❽ 如"郑君平性滑稽"［（宋）阮阅：《诗话总龟》（前集），人民文学出版社1987年版，第387页］、"熙、丰、元祐间，兖州张山人以诙谐独步京师"［（宋）王灼：《碧鸡漫志》卷二，上海师范大学古籍整理研究所编：《全宋笔记》第四编·二，大象出版社2008年版，第180页］、"（王）彦龄以滑稽语噪河朔。（曹）组潦倒无成，作《红窗迥》及杂曲数百解，闻者绝倒，滑稽无赖之魁也"［（宋）王灼：《碧鸡漫志》卷二，《全宋笔记》第四编·二，第180页］、"（俞澹）字清老……滑稽善谐谑"［（宋）魏庆之：《诗人玉屑》卷十八，第580页］、"楚执中性滑稽，谑玩无礼"［（宋）魏泰：《东轩笔录》卷四，《全宋笔记》第二编·八，第29页］、"谢耘……善滑稽，三十年间，天下诗人未有不至其室"［（宋）张端义：《贵耳集》卷上，《全宋笔记》第六编·十，第304页］。

❾ 这在宋代诗话与笔记中比比皆是。如王得臣《麈史》辟有"谐谑"一门；沈括《梦溪笔谈》有"机谲"一门；王辟之《渑水燕谈录》有"谈谑"一门；模仿《世说新语》的孔平仲的《续世说》有"排调"一门，等等。同时，宋人编纂诗话、笔记的目的，常常带着谐谑俳谐、以资闲谈的动机，如欧阳修编纂《六一诗话》，其用意是"居士退居汝阴而集以资闲谈也"［（宋）欧阳修：《六一诗话·序》，《历代诗话》，第264页］；明人赵用贤认为苏轼《东坡志林》的精神基调是"片语单词，谐谑纵浪，无不毕具"［（明）赵用贤：《刻东坡先生志林小序》，《全宋笔记》第一编·九，第11页］。

而宋人喜嘲谑、好俳谐，是由一系列历史条件决定的。宋代的崇文政策，使文人的社会地位空前提高。文人成为参政主体与社会主导力量，皇帝与士大夫共治天下。历代文人对社会地位的汲汲追求，在宋代得到了极大实现。所谓"今世用人，大率以文词进：大臣，文士也；近侍之臣，文士也；钱谷之司，文士也；边防大帅，文士也；天下转运使，文士也；知州郡，文士也。虽有武臣，盖仅有也"❶。文人阶层整体社会地位的上升，改变了文人传统的心理结构。过去常有的哀老叹穷、感士不遇的寒士心理已不被提倡，而发扬踔厉、舍我其谁的士大夫主体意识成为时代思潮。

而俳谐，或者说滑稽、幽默，就心理机制与功能来说，其实是基于一种"愉快"的心理。"所有的喜剧性都是天生令人愉快的"❷，产生俳谐的主体是基于愉快的心理，俳谐也是为了愉快。试想一下，如果一个人身处穷愁抑郁的环境中，怎么能俳谐起来？笔者认为，只有到了宋代，文人群体全面成为政治主体、社会主导力量与文化创造主体，当文人对文人的这一自我身份产生普遍而强烈的价值认同时，才能最大限度地产生那种"愉快"的心理感受，从而形成集体性的俳谐性格。同时，宋人之所以崇尚俳谐，无疑也是看到了俳谐独一无二的功能。

第二节　俳谐的功能

一、谐和人情、促进交际

在人际交往中，幽默之人往往备受欢迎。俳谐对积聚人气、融洽

---

❶ （宋）蔡襄：《端明集》卷十七，文渊阁四库全书本。

❷ ［美］丹尼尔·奥森著，左健译：《喜剧理论》，南京大学出版社1992年版，第39页。

气氛有着绝佳的妙用，在社会交往中发挥了重要的功能。这正如朱光潜先生所说：

> "谐"最富于社会性。艺术方面的趣味，有许多是为某阶级所特有的，"谐"则雅俗共赏，极粗鄙的人欢喜"谐"，极文雅的人也还是欢喜"谐"，虽然他们所欢喜的"谐"不必尽同。在一个集会中，大家正襟危坐时，每个人都有俨然不可侵犯的样子，彼此中间无形中有一层隔阂。但是到了谐趣发动时，这一层隔阂便涣然冰释，大家在谑浪笑傲中忘形尔我，揭开文明人的面具，回到原始时代的团结与统一。托尔斯泰以为艺术的功用在传染情感，而所传染的情感应该能团结人与人的关系。在他认为值得传染的情感之中，笑谑也占一个重要的位置。❶

朱光潜先生以"集会"为中心，论述了谐谑的重要功能。而让我们惊讶的是，这似乎是专对宋人而发的。谐谑在宋人的宴集中有淋漓尽致的体现。

宋代文人宴集之风非常流行。早在宋初，太祖太宗所定的"祖宗家法"，就给宋代社会的声色享乐之风奠定了合法化的基础。众所皆知，太祖赵匡胤在对石守信等义社十兄弟杯酒释兵权时，就以"人生如白驹之过隙，所为好富贵者，不过欲多积金钱，厚自娱乐……多置歌儿舞女，日饮酒相欢以终其天年"❷的享乐主义晓谕。话虽如此，不过在太祖太宗时期，国事未宁，南征北战，故而朝廷大抵还是简古的风气。《宋史》记载："端拱初，布衣翟马周击登闻鼓，讼昉居宰相位，当北方有事之时，不为边备，徒知赋诗宴乐。属籍田礼方毕，乃诏学

---

❶　朱光潜：《诗论》，生活·读书·新知三联书店 1998 年版，第 24—25 页。
❷　（宋）李焘：《续资治通鉴长编》卷二，中华书局 1992 年版，第 50 页。

士贾黄中草制，罢昉为右仆射，且加切责。"❶李昉因为"赋诗宴乐"被人参奏，罢为右仆射，"且加切责"，这和宋初的简古之风不无关系。不过到了真宗时期，情况开始发生变化。枢密副使周起"尝与寇准过同列曹玮家饮酒，既而客多引去者，独起与寇准尽醉，夜漏上乃归。明日入见，引咎伏谢。真宗笑曰：'天下无事，大臣相与饮酒，何过之有？'"❷周起、寇准等人在家宴饮到深夜，第二天陛见时可能身上还带有酒气——不然也不需要"引咎伏谢"，不过非但没有受到真宗切责，还以"天下无事"为由加以鼓励提倡。不仅如此，"景德三年九月，诏许群臣、士庶选胜宴乐，御史台、皇城司毋得纠察"❸，以诏令的形式，奠定了士民宴集的合法化基础，于是宋代文人宴集之风大盛❹。

文人宴集，参与者虽有官职大小之分，但既然都是文人，拥有共同的话语背景，故而酒酣耳热之际，不免疏放爽朗，间以谐谑也是自然之理。宋人在诗歌中对宴集谐谑的现象屡有记载。如"绿幄阴深数树梅，胡床相对手行杯。茫茫世事愁眉敛，亹亹谈谐笑口开"（王炎《饮阑月上，不能留客，再成一篇》），"朝会相逢劳行色，滑稽酬对兴无穷"（孔武仲《次韵天觉行县》），"主人斗酒相逢迎，金尊玉盘红烛明……气吞百吏不足数，滑稽巧中一座倾"（饶节《赠陈侯一首》），"开樽得酒味已酢，辅以谐谑聊可嚼"（韩维《对雨思苏子美》），"喜即领宾僚，对花话离索。邂逅却成欢，清谈间谐谑"（吴芾《和任司理赏

❶（元）脱脱等：《宋史》卷二百六十五，中华书局1985年版，第9137页。
❷（元）脱脱等：《宋史》卷二百八十八，第9672页。
❸（元）脱脱等：《宋史》卷一百一十三，第2700页。
❹关于宋代文人宴集的具体情况，可参阅梁建国：《闲情雅事：北宋东京士大夫的私第宴饮》（肖瑞峰、刘跃进主编：《跨界交流与学科对话：宋代文史青年学者论坛》，浙江大学出版社2015年版，第26—60页）；熊海英：《北宋文人集会与诗歌》（复旦大学2005年博士论文）；祝尚书：《论宋代的鹿鸣宴与鹿鸣宴诗》（《学术研究》2007年第5期）等相关论著。

梅》)。正所谓"士人于棋酒间，好称引戏语，以助谭笑"❶，宴集是俳谐的重要发生场。至于俳谐的内容，则五花八门，或调侃时事、夸夸其谈，或借题发挥、谐谑他人，或联句猜谜、智力游戏，从中反映了宋人口捷辩给、活泼通脱的社交风气：

> 康节先生赴河南尹李君锡会，投壶，君锡末箭中耳。君锡曰："偶尔中耳。"康节应声曰："几乎败壶。"坐客以为的对，可谓善谑矣。❷

> 杨大年方与客棋，石（中立）自外至，坐于一隅。大年因诵贾谊《鵩赋》以戏之云："止于坐隅，貌甚闲暇。"石遽答曰："口不能言，请对以臆。"❸

> 东坡一日会客，客举一令，欲以两卦名证一古事。一人云："孟尝门下三千客，大有同人。"一人云："光武兵渡滹陀河，既济未济。"一人云："刘宽婢羹污朝衣，家人小过。"东坡云："牛僧孺父子犯法，大畜小畜。"盖指荆公父子也。❹

> 秦少游在东坡坐，或调其多髯，少游曰："君子多乎哉？"东坡笑曰："小人樊须也。"❺

这些都是宴集中的谐谑，反映了宋人善于辩谈、机智幽默的个性。

---

❶（宋）洪迈：《容斋随笔》卷十一，上海师范大学古籍整理研究所编：《全宋笔记》第五编·五，大象出版社 2012 年版，第 147 页。
❷（宋）邵伯温：《闻见录》卷十九，《全宋笔记》第二编·七，第 246 页。
❸（宋）欧阳修：《归田录》，《全宋笔记》第一编·五，第 239 页。
❹ 丁传靖编：《宋人轶事汇编》卷十二，中华书局 2003 年版，第 615 页。
❺ 丁传靖编：《宋人轶事汇编》卷十二，第 616 页。

而有些戏谑，乃至浪醉狼藉，全然不顾世俗礼法，且看梅尧臣的一首诗：

> 自君命我饮，朝暮雨倾瓦。城东与城北，大道泥没马。敢忘主人勤，颠扑困驭者。众客亦如期，陈肴藉兰若。冯裴与沈谢，辩论过终贾。刁周事老成，危坐言语寡。酒半时谑剧，揣状类模写。或讥项发秃，或指舌端僵。或将冠带身，劝作梁武舍。谓我大耳儿，此实已见假。又效井市态，屈强体非雅。顺风手沙沙，逆风口哆哆。竟席屡绝倒，去忌肝胆泻。规规岂无侪，达识高天下。

这首诗题为《李审言相招，与刁景纯、周仲章、裴如晦、冯当世、沈文通、谢师厚、师直会开宝塔院》，记载了梅尧臣与刁约、冯京、裴煜等人的一次宴集。酒酣耳热之际，大家不顾官职高低，脱去了平日里一本正经的形象，或讥笑友人秃顶，或嘲谑友人口讷；有的人要效仿梁武帝舍身遁入空门，而有的人则学市井之态，全然不顾这是在佛寺这种庄严之地，反而以"规规岂无侪，达识高天下"为荣，真有一股魏晋放旷之风。

在谐谑中，自然也免不了以诗为戏，使诗歌也呈现出游戏谐谑的意味，如：

> 箸展之谜，载于前史……王介甫作字谜云："兄弟四人两人大，一人立地三人坐，家中更有一两口，任是凶年也得过。"又作谜云："常随措大官人，满腹文章儒雅，有时一面红妆，爱向风前月下。"至于酒席之间，亦专以文字为戏。常为令云：有商人姓任名饪，贩金与锦至关，关吏告之曰："任饪任入，金锦禁急。"❶

---

❶ （宋）庄绰：《鸡肋编》卷上，第1页。

先生（苏轼）一日与鲁直、文潜诸人会饭，既食骨蹅儿血羹，客有须薄茶者，因就取所碾龙团，遍啜坐人。或曰："使龙茶能言，当须称屈。"先生抚掌久之，曰："是亦可为一题。"因援笔戏作律赋一首，以"俾荐血羹龙团称屈"为韵。山谷击节称咏不能已。已无藏本，闻关子开能诵，今亡矣。惜哉！❶

　　乾道七年秋，余（周必大）为礼部侍郎，一时长贰，每会食，多戏举诗对。或云："'蔷薇刺刺花奴手。''刺刺'皆侧声，人谓难对。"余云："鸿雁行行鸟迹书。"又云："'半夏禹余粮。'借雨为禹，凉为粮也。宜以何对？"余云："长春佛见笑。"盖药名及花名也。吏部张津子问侍郎因云："此雅对耳，更有通俗之句。如往年胡邦衡多䏒，初除吏部郎官，或以'胡铨䏒吏部'为戏，莫能对者。"是时姚宪令则以司农少卿兼权户侍在坐，余谓令则君尝为浙宪，岂复远使，欲借以趁对云："姚宪远提刑。"盖借姚为遥也，坐皆大笑。淳熙六年，吏部尚书兼侍讲程大昌泰之讲筵，退入部，同官问："今日讲何经？"泰之云："《尚书》。"或又曰："尚书讲《尚书》，亦诗句也。"属余对之，余曰"行者留行者"，坐中复大笑。❷

　　宋人宴集以诗酒交往为纽带，将宋人的集会活动中的种种社会现象与文化现象最为典型地体现了出来，故而本节以此为例，给予详细论述。事实上，传统"诗可以群"的诗歌交际功能，在宋人的集会活动中表现得尤为清楚。宋代许多产生于集会的诗歌，更是充分地注重诗歌的交流性、谐谑性与趣味性，是戏谑游戏的产物，这在第四章"宋

❶ （宋）何薳：《春渚纪闻》卷六，《全宋笔记》第三编·三，第248页。
❷ （宋）周必大：《二老堂诗话》，《历代诗话》，第674页。

诗与游戏"中，笔者还会说明。

当然，谐谑的社交功能不仅仅体现在宴集中。在文人的日常交往中，谐谑当然也发挥了重要的作用。而宋人在交际中好谐谑的例子，大概要以苏黄文人群最为典型了。

在苏黄文人群中，作为座师苏轼，就尤好谐谑。"子瞻虽才行高世，而遇人温厚，有片善可取者，辄与之倾尽城府，论辨唱酬，间以谈谑，以是尤为士大夫所爱。"❶ 可见苏轼好谐谑的性格，在宋代就得到人们的喜爱。宋人笔记小说中，对苏轼幽默故事的摭录层出不穷。上引材料又载："间遭金人媒孽，谪居黄州，有陈处士者携纸笔求书于子瞻，会客方鼓琴，遂书曰：'或对一贵人弹琴者，天阴声不发，贵人怪之，曰："岂弦慢邪？"对曰："弦也不慢。"'子瞻之清谈善谑，皆此类也。"❷

陈处士向苏轼求取亲笔书法，本来期望着苏轼会写点高妙的诗文，可是苏轼竟然以一个虚构的对话来应付"粉丝"的求书，可谓非常率性幽默。又何薳《春渚纪闻》载："先生（指苏轼）在黄日，每有燕集，醉墨淋漓，不惜与人。至于营妓供侍，扇书带画，亦时有之。有李琪者，小慧而颇知书札。坡亦每顾之喜，终未尝获公之赐。至公移汝郡，将祖行，酒酣奉觞再拜，取领巾乞书。公顾视久之，令琪磨砚，墨浓，取笔大书云：'东坡七岁黄州住，何事无言及李琪。'即掷笔袖手与客笑谈。坐客相谓：'语似凡易，又不终篇，何也？'至将彻具，琪复拜请，坡大笑曰：'几忘出场。'继书云：'恰似西川杜工部，海棠虽好不留诗。'一座击节，尽醉而散。"❸

---

❶ （宋）王辟之：《渑水燕谈录》卷四，《全宋笔记》第二编·四，第42页。
❷ （宋）王辟之：《渑水燕谈录》卷四，《全宋笔记》第二编·四，第42页。
❸ （宋）何薳：《春渚纪闻》卷三，《全宋笔记》第三编·三，第242页。

歌伎李琪向苏轼求诗。苏轼赠以"东坡七岁黄州住，何事无言及李琪"，写毕就自顾谈笑。客人正感到奇怪，不料苏轼却以杜甫不咏海棠的典故"出场"，别出心裁地赞扬了李琪，惹得旁人大笑。这个"出场"，就是黄庭坚所提倡的"作诗正如作杂剧，初时布置，临了须打诨，方是出场"❶的打猛诨出，由此可见苏轼作诗时的自觉的幽默意识。

也许是受到苏轼的影响，苏黄文人群的成员之间，也常常呈现出好俳谐的交际风格。苏轼与黄庭坚亦师亦友，在交往中，两人常常开一些幽默的玩笑，以增进师友感情。苏轼对黄庭坚打趣的例子屡见不鲜。如评价黄庭坚的诗歌是"诗文如蝤蛑、江珧柱，格韵高绝，盘飧尽废；然不可多食，多食则发风动气"❷。而黄庭坚也常常对此进行反唇相讥。苏黄嘲笑对方的书法是"树梢挂蛇"与"石压蛤蟆"的笑话❸，成为后人乐道的谈资。

苏轼与张耒也经常谐谑：

张文潜尝云，子瞻每笑"天边赵盾益可畏，水底右军方熟眠"，谓："汤焯了王羲之也。"文潜戏谓子瞻："公诗有'独看红蕖倾白堕'，不知'白堕'是何物？"子瞻云："刘白堕善酿酒，出《洛阳伽蓝记》。"文潜曰："云'白堕'既是一人，莫难为倾否？"子瞻笑曰："魏武《短歌行》云'何以解忧，惟有杜康'，杜康亦是酿酒人名也。"文潜曰："毕竟用得不当。"子瞻又笑曰："公且先去共曹家那汉理会，却来此间厮魔。"盖文潜时有仆曹某者在家作过，亦丢失酒器之类，既送天府推治，其

---

❶ （宋）陈善：《扪虱新话》卷八，《全宋笔记》第五编·十，第 62 页。
❷ （宋）魏庆之：《诗人玉屑》卷十八，第 564 页。
❸ （宋）曾敏行：《独醒杂志》卷三，《全宋笔记》第四编·五，第 138 页。

人未招承，方文移取会也。坐皆绝倒。❶

苏轼与弟子间谐谑如此，似无师门威严，而同门之间，则更尽谐谑之能事，活泼通脱：

内翰顾子敦身体魁伟，与山谷同在馆中，夏多昼寝，山谷俟其耳热熟寐，即于子敦胸腹间写字，子敦苦之。一日，据案而寝，既觉曰："尔亦无如我何。"及还舍，夫人诘其背字，脱衣观之，乃山谷所题诗云："绿暗红稀出凤城，暮云楼阁古今情，行人莫听宫前水，流尽年光是此声。"此乃市廛多用此语以文背，故山谷因以为戏。❷

作为一个成年人，黄庭坚居然做这种类似我们小时候也干过的"文背"的趣事，可谓童心幽默。而这种谐谑风气，也反映到诗歌中。《诗话总龟》载：

张文潜在一时中人物最为魁伟，故陈无己有诗云："张侯魁然腹如鼓，雷为饥声酒为雨。"又云："要瘦君则肥。"山谷云："六月火云蒸肉山。"又云："虽肥如瓠壶。"而文潜卧病，秦少游又和其诗云："平时带十围，颇复减臂环。"❸

这些生活中的戏谑，虽不登大雅之堂，但苏门之间友谊的形成与持续，无疑跟这种不拘一格、活泼通脱的风气也有重大关系。

二、谈笑风生、表现个性

宋人在生活中喜欢嘲调，以表现他们博学机智、通脱不拘的真性

❶ （宋）佚名：《道山清话》，《全宋笔记》第二编·一，第117页。
❷ （宋）胡仔：《苕溪渔隐丛话》（后集），第191页。
❸ （宋）阮阅：《诗话总龟》（前集），第400页。

情。比如，有些人常喜欢拿别人的名字开玩笑："郭忠恕嘲聂崇义曰：
'近贵全为聸，攀龙即作聋。虽然三个耳，其奈不成聪。'崇义曰：'吾
不能诗，姑以二言为谢：勿笑有三耳，全胜畜二心。'陈亚、蔡襄亦
云：'陈亚有心终是恶，蔡襄无口便成衰。'王汾、刘攽亦曰：'早朝殿
内须呼汝，寒食原头尽拜君。'攽又嘲王觌云：'汝何故见卖？'觌曰：
'卖汝直甚分文。'其滑稽皆可书也。"❶

　　郭忠恕与聂崇义、陈亚与蔡襄、王觌与刘攽的嘲谑中，双方都拿
对方的名字做文章，以子之矛攻子之盾，体现了宋人博学机谐的智力
优越感。需要稍加解释的是王汾与刘攽相互嘲谑的例子。孔平仲《谈
苑》记载："王汾嘲刘攽云：'常朝多唤子。'盖常朝知班吏多云班班，谓
之'唤班'。攽应声云：'寒食每寻君。'盖呼'汾'为'坟'耳。"❷朝廷上
朝时，朝吏多喊"班班"，与"攽"字音读相近，故而是"早朝殿内须呼
汝"；同样，"汾"与"坟"字音读相近，故而寒食上坟则是"寒食原头
尽拜君"。两人针锋相对，都拿对方名字的谐音开玩笑，令人发噱。

　　值得一说的是，刘攽"滑稽辨捷，为近世之冠"❸，简直是超过苏轼
的一代幽默大师。一方面，"刘贡父好谑，然立身立朝，极有可观，故
某喜与之交游也"❹。但另一方面，"刘贡父博学有俊才，而滑稽善谑，
多所忤犯，人皆嫉之"❺。刘攽这种滑稽善谑的性格，使喜者爱之，憎
者恶之。宋人笔记小说中对刘攽博学机谐的故事的记载，屡见不鲜，
以下再拈数例，窥其风姿：

---

❶ （宋）邵伯温：《邵氏闻见后录》卷三十，《全宋笔记》第四编·六，第 212—213 页。
❷ （宋）孔平仲：《谈苑》卷二，《全宋笔记》第二编·五，第 311 页。
❸ （宋）何薳：《春渚纪闻》卷三，《全宋笔记》第三编·三，245 页。
❹ （宋）蔡正孙：《诗林广记》卷十，中华书局 1982 年版，第 233 页。
❺ （宋）李昌龄：《乐善录》卷五，《续古逸丛书》影宋刻本。

刘贡父（攽）呼蔡确为"倒悬蛤蜊"，盖蛤蜊一名"壳菜"也。确深衔之。马默击刘贡父玩侮无度，或告贡父。贡父曰："既称马默，何用驴鸣？"立占《马默驴鸣赋》，有"冀北群空，黔南技止"之警策，亦奇才也。❶

王荆公好言利，有小人谄曰："决梁山泊八百里水以为田，其利大矣。"荆公喜甚，徐曰："策固善矣，决水何地可容？"刘贡父在坐中曰："自其旁别凿八百里泊，则可容矣。"荆公笑而止。予以与优旃滑稽，漆城难为荫室之语合，故书之。❷

客问刘贡父曰："某人有隐过否？中司将鸣鼓而攻之。"贡父曰："中司自可鸣鼓儿，老夫难为暗箭子。"客笑而去，滑稽之为厚者也。❸

刘攽贡甫，性滑稽，喜嘲谑，与王汾同在馆中。汾病口吃，攽为之赞曰："恐是昌家，又疑非类。未闻雄鸣，只有艾气。"周昌、韩非、扬雄、邓艾，皆古之吃者也。❹

这些笑话，类如生活中的轻喜剧，体现了刘攽机智敏捷的善谑风格，让人捧腹。刘攽的例子，是宋人喜俳谐、爱嘲谑的社会风气的典型反映。

而有些并不好笑的事物，宋人也能解读出好笑的意味来。如宋人对诗歌的"另类"解读法，令人忍俊不禁：

---

❶ （宋）邵伯温：《邵氏闻见后录》卷三十，《全宋笔记》第四编·六，第214页。
❷ （宋）邵伯温：《邵氏闻见后录》卷三十，《全宋笔记》第四编·六，第214页。
❸ （宋）邵伯温：《邵氏闻见后录》卷三十，《全宋笔记》第四编·六，第213—214页。
❹ （宋）孔平仲：《谈苑》卷二，《全宋笔记》第二编·五，第310页。

圣俞尝云："诗句义理虽通，语涉浅俗而可笑者，亦其病也。如有《赠渔父》一联云：'眼前不见市朝事，耳畔惟闻风水声。'说者云：'患肝肾风。'又有《咏诗者》云：'尽日觅不得，有时还自来。'本谓诗之好句难得耳，而说者云：'此是人家失却猫儿诗。'人皆以为笑也。"❶

诗有语病，当避之。刘子仪尝赠人云："惠和官尚小，师达禄须干。"全用故事，取孟子所谓"柳下惠不卑小官"，仲尼曰"师也达"，"子张学干禄"。或有写此二句，减去"官"字示人曰："是番僧达禄须干。"见者大笑。此偶自谐合，无如轻薄子，非刀笔过也。❷

材料中，"眼前不见市朝事，耳畔惟闻风水声"这样严肃的隐逸诗被宋人解读为"患肝肾风"，形容创作灵感的"尽日觅不得，有时还自来"这样一本正经的句子被解读为"失却猫儿诗"，固已让人发笑，而将"惠和官尚小，师达禄须干"解读为是一个名叫"达禄须干"的番僧，更令人出乎意料，可见宋人善于俳谐打趣的风气。

三、破愁为笑、崇尚通脱

宋人在生活方式上，也自觉追求谐趣，表现为以戏谑幽默的态度，来超脱庸碌沉闷的现实生活。这时候，俳谐就具有一种存在论的价值，意义非凡。宋人常常以俳谐的言辞嘲人自嘲，或给生活带来愉悦的调剂，或安慰失意中的友人，将生活中的庸碌沉闷与失意沮丧，化为举重若轻的轻松一笑。宋代历史上，陈亚、石中立、刘攽、苏轼、黄庭坚等人，都是善于幽默的大家。且看石中立：

---

❶ （宋）欧阳修：《六一诗话》，《历代诗话》，第 268 页。
❷ （宋）阮阅：《诗话总龟》（前集），第 306—307 页。

中立性滑稽，尝与同列观南御园所畜狮子，主者云："县官日破肉五斤以饲之。"同列戏曰："吾侪反不及此狮子邪？"中立曰："然。吾辈官皆员外郎，敢望园中狮子乎？"众大笑。朝士上官辟尝谏之，曰："公名位非轻，奈何谈笑如此？"中立曰："君自为上官辟（借声为'鼻'字），何能知下官口？"及为参知政事，或谓曰："公为两府，谈谐度可止矣。"中立取除书示之曰："敕命我'可本官参知政事，余如故'，奈何止也？"尝坠马，左右惊扶之，中立起曰："赖尔'石'参政也，向若'瓦'参政，斋粉久矣！"中立为参知政事，无他才能，时人或以郑綮方之，未几，罢为资政殿学士，不复用，老于家。❶

石中立性滑稽，做到了副宰相，还不改幽默的本性，特别是"石参政"与"瓦参政"的笑话，更令人发噱。失足落马，无疑是一件非常尴尬的事，不仅自己尴尬，左右侍伴之人也会坐立不安，可石中立却以自己的名字打趣道："幸好我是石参政，如果是瓦参政，岂不要摔个粉碎？"轻松诙谐地就化解了这场尴尬。与石中立一样，王安石其实也是个挺幽默的人。

王安石被宋人称为"拗相公"，这是其变法时的形势使然。熙宁变法轰轰烈烈，王安石雷厉风行，相继出台了一系列法令，可遭到了富弼、司马光等旧党的强烈反对。最后，由于宋神宗的去世，高太后垂帘听政，晚年的王安石也只能在闲居中眼睁睁地看着新法被一一废除，回天乏术。所以在晚年，一个"骑驴渺渺入荒坡"（苏轼《次荆公韵四绝》其三），略带潦倒可笑的王安石形象，常常出现在宋人的笔记中。不过这只是表面。晚年王安石的幽默中，常常带有参透世谛、和光同尘的豁达境界。如其《拟寒山拾得二十首》其十一云："傀儡只一机，

---

❶ （宋）司马光：《涑水记闻》卷三，《全宋笔记》第一编·七，第38—39页。

种种没根栽。被我入棚中，昨日亲看来。方知棚外人，扰扰一场呆。终日受伊谩，更被索钱财。"傀儡戏是一种民间艺术，可王安石却联想到了人生。傀儡本没有主动权，只是被棚中的艺人操纵着而已。可棚外的人却看得如痴如醉，终日受骗且不知，还要大把掏钱。人生如戏，不管看戏的人还是被看的人，何尝又不是身在戏中？王安石用俳谐的诗歌揭示了这个道理。又据朱彧《萍洲可谈》："王荆公退居金陵，结茅钟山下，策杖入村落。有老氓张姓，最稔熟。公每步至其门，即呼'张公'，张应声呼'相公'。一日公忽大咍曰：'我作宰相许时，止与汝一字不同耳！'"❶张公与相公，一个是苍头布衣，一个曾位极人臣，身份迥异，可是在王安石眼中，却只有字面的不同。王安石以幽默的方式，表达自己的豁然之悟。

幽默具有化解苦闷、自娱娱人的功能，是沉闷生活的佐料，是失意人生的安慰剂。宋人常常以幽默的方式安慰失意中的友人，在轻松一笑中，化解失意的悲苦，予人以振作的力量。沈括《梦溪笔谈》载：

潘阆，字逍遥，咸平间有诗名，与钱易、许洞为友，狂放不羁……后坐卢多逊党亡命，捕迹甚急，阆乃变姓名，僧服入中条山。许洞密赠之诗曰："潘逍遥，平生才气如天高。仰天大笑无所惧，天公嗔尔口呶呶。罚教临老头补衲，归中条。我愿中条山神镇长在，驱雷叱电依前趁出这老怪。❷

潘阆因为受到宋初卢多逊谋逆案的株连，所以只能隐姓埋名入中条山隐居。对于遭受政治失意的友人，许洞并没有用苍白的语言去安慰，而是用俳谐的诗歌相赠，这对于抚平友人的心理创伤或许更有帮

---

❶（宋）朱彧：《萍洲可谈》卷三，《全宋笔记》第二编·六，第167页。
❷（宋）沈括：《梦溪笔谈》卷二十五，《全宋笔记》第二编·三，第190页。

助。苏轼与刘攽两位幽默大师也是如此：

> 苏长公以诗得罪，刘攽贡父以继和罚金，既而坐事，贬官湖外；过黄而见苏，寒温外，问有新译否？贡父曰："有二屠父，至其子而易业为儒贾。二父每相见，必以为患。甲曰：'贤郎何为？'曰：'检典与解尔。'乙复问，曰：'与举子唱和诗尔。'它日，乙曰：'儿子竟不免解着贼赃，县已逮捕矣。'甲曰：'儿子其何免耶？'乙曰：'贤郎何虞？'曰：'若和着贼诗，亦不稳便。'"公应之曰："贤尊得以忧里！"❶

苏轼受到乌台诗案的罗织而被削职贬官，刘攽也因为与苏轼唱和而被罚金处分。同是天涯沦落人在贬途相遇，相互嘘寒问暖之际，苏轼所关心的却是京城里最近有没有新的段子，可见苏轼俳谐的生活态度。刘攽讲了一个文人曾经因为跟一个贼人唱和了一首诗而担惊受怕的笑话，巧妙地嘲谑了两人因作诗而落魄的情景，令人解颐。可见宋人在身处逆境时，常常以幽默的言辞戏谑，幽默在他们心目中所占的比重，也就不言而喻了。

除了以幽默的言辞安慰友人，宋人在失意中，还练就了一副自嘲的本领，以轻松的方式来化解失意与悲凉。彭乘《续墨客挥犀》载：

> 丁晋公自崖州还，与客会饮。一客论及天下地里，谓四坐曰："海内州郡，何地最为雄盛？"晋公曰："唯崖州地望最重。"客问其故，答曰："朝廷宰相只作彼州司户参军，他州何可及也。"❷

丁谓（封晋国公）真宗时官至宰相，希意迎旨，深得真宗之心，后因真宗去世，权力更替，被褫夺官职，贬为崖州司户参军。以宰相

---

❶（宋）陈师道：《后山谈丛》卷六，《全宋笔记》第二编·六，第 121 页。

❷（宋）彭乘：《续墨客挥犀》卷六，《全宋笔记》第三编·一，第 123—124 页。

身份，到了崖州只能做一个司户参军，故而有"崖州地望最重"的自嘲。这虽然是丁谓的"黑色幽默"，但我们不得不佩服丁谓的宰相气量。崖州之贬后，丁谓又相继移置雷州、道州。有记载说丁谓"流落贬窜十五年，髭须无斑白者，人亦伏其量也"❶，这恐怕跟丁谓善于以自嘲幽默来化解悲哀的性格不无关系。而丁谓的死对头寇准，在贬至雷州后，多作"多病将经年，逢迎故不能。书惟看药录，客只待医僧。壮志销如雪，幽怀冷似冰。郡斋风雨后，无睡对青灯"（《病中诗》）这类抑郁忧愁的句子，不久就卒于贬所。尤可见幽默自嘲在人生穷途时的补偿作用。而宋代的文化巨人苏轼，则更是将幽默自嘲发挥到了极致。

林语堂说苏轼是个"天生的乐天派"，此话不假。苏轼善于用自嘲的方式来纾解人生困难，化解穷途悲哀。如乌台诗案甫发，狱卒来湖州逮捕苏轼时，妻儿惊魂失魄，苏轼却开了一个玩笑："宋真宗既东封，访天下隐者。杞人杨朴能为诗，召对，自言不能。上问：'临行有人作诗送卿否？'朴曰：'惟臣妻有一首云：更休落魄耽杯酒，且莫猖狂爱咏诗。今日捉将官里去，这回断送老头皮。'上大笑，放还山。余在湖州，坐作诗追赴诏狱，妻子送余出门，皆哭，无以语之，顾谓妻子曰：'子独不能如杨处士妻作一诗送我乎？'妻子不觉失笑，余乃出。"❷引得妻子破涕为笑。在经历了"魂飞汤火命如鸡"的罗织锻炼后，甫一出狱，苏轼就作诗"却对酒杯浑似梦，试拈诗笔已如神"（《出狱次前韵二首》其一）自嘲。初到黄州，自嘲"自笑平生为口忙，老来事业转荒唐。长江绕郭知鱼美，好竹连山觉笋香。逐客不妨员外置，诗人例作水曹郎。只惭无补丝毫事，尚费官家压酒囊"（《初到黄

---

❶ （宋）江少虞：《宋朝事实类苑》（上），上海古籍出版社1981年版，第128页。

❷ （宋）胡仔：《苕溪渔隐丛话》（前集），第287页。

州》），其喜气洋溢、憨态可掬的神色跃然纸上。直至远贬海南，依然不改其幽默本色。苏轼自叙："吾始至南海，环视天水无际，凄然伤之曰：'何时得出此岛耶？'已而思之，天地在积水中，九州在大瀛海中，中国在少海中，有生孰不在岛者？覆盆水于地，芥浮于水，蚁附于芥，茫然不知所济。少焉水涸，蚁即径去，见其类，出涕曰：'几不复与子相见。'岂知俯仰之间，有方轨八达之路乎？念此可以一笑。"❶ 把政治的扰攘纷纭、生活上的尔我得失，都化成幽默的"一笑"，在幽默中，尤可见其生命大智慧。苏轼以幽默的诗歌化解悲哀的例子，在第三章中笔者还会详细介绍。

四、嘲调世俗、嬉笑怒骂

笑谑性的讽刺是诗歌重要的艺术手法，诗经中有《相鼠》《新台》等篇章，或讽刺贪得无厌的统治者，或讽刺乱伦的诸侯，在嬉笑捧腹中，既达到了讽刺的效果，又让人印象更为深刻。而宋人也尤其精于此道。关于这点，不妨以旧党讽刺荆公新学的故事为例。

荆公新学以《三经新义》与《字说》为纲，旁及《老子注》《易义》等解经著作，是以王安石为首的新党人士的集体撰述。不过，由于《三经新义》与《字说》先后被钦定为官方教科书后，造成文化界"弥望皆黄茅白苇"的萧条情况，故而引起旧党的不满。旧党人士对荆公新学，特别是《字说》极尽嘲讽之能事。

"刘贡父言，每见介甫道《字说》，便待打诨。"❷ 可见在刘攽眼里，诙谐的插科打诨成了其鄙夷《字说》的绝妙手法。且看刘攽如何对《字说》进行打诨："熙宁中，学者以《字解》相上，或问贡父曰：'曾得字

---

❶ （宋）苏轼：《试笔自书》，《苏轼文集》佚文汇编卷五，第 2549 页。
❷ （宋）佚名：《道山清话》，《全宋笔记》第二编·一，第 112 页。

学新说否？'贡父曰：'字有三牛为奔字，三鹿为麤字。窃以牛为麤而行缓，非善奔者。鹿善奔而体瘦，非麤大者。欲二字相易，庶各会其意。'闻者大笑。"❶

王安石认为，汉字以音、形包含着万事万物之理，"其声之抑扬、开塞、合散、出入，其形之衡纵、曲直、邪正、上下、内外、左右，皆有义，皆本于自然，非人私智所能为也"❷。故而其解说"奔""粗"两字时，直接以形会意，拆字为训，而刘攽则以打诨的方式，指出了这种解字法的荒谬之处。

在宋人特别是旧党眼中，王安石的《字说》以及荆公新学，多被目为"穿凿"，授人笑柄。王辟之云："公之治经尤尚解字，末流务多新奇，浸成穿凿。"❸又曾敏行《独醒杂志》载："王荆公作《字说》，一日踌躇徘徊，若有所思而不得。子妇适侍见，因请其故。公曰：'解"飞"字未得。'妇曰：'鸟反爪而升也。'公以为然。"❹这种闭门造车、耳食目论的解字方式，似无学术性可言，所以遭到了刘攽的嘲笑。

刘攽的嘲笑策略，手法还非常高级，是完完全全的"解构"。何谓解构？"解构一段话语，即是通过在文本中识认出产生了据说是论点、中心概念或前提的修辞活动，来表明话语如何损害了它所维护的哲学，或为它奠立基础的诸等级对立命题"❺，这正契合刘攽的讽刺方式。刘攽并没有直接否定王安石"拆字为训"的解字方法，而是遵循其方法，以子之矛攻子之盾，最终得出这种方法的可笑性，表明"话语如何损害了它所维护的哲学"。这无疑深得解构的精髓，也是刘攽嘲笑

---

❶（宋）王辟之：《渑水燕谈录》卷十，《全宋笔记》第二编·四，106 页。
❷（宋）王安石：《熙宁字说序》，《全宋文》第 64 册，第 271 页。
❸（宋）王辟之：《渑水燕谈录》卷十，《全宋笔记》第二编·四，106 页。
❹（宋）曾敏行：《独醒杂志》卷四，《全宋笔记》第四编·五，第 151 页。
❺［美］乔纳森·卡勒著，陆扬译：《论解构：结构主义之后的理论与批评》，第 73 页。

荆公《字说》乃至荆公新学的惯用套路。上引刘攽讽刺王安石开水利的笑话，其实也用了解构的方法。又祝穆《古今事文类聚》记载：

> 王介甫多思而善凿，时出一新说，已而悟其非也，则又出一说以解之，是以其学多说。尝与刘贡父食，辍箸而问曰："孔子不撤姜食，何也？"贡父曰："《本草》：'生姜，多食损智。'道非明民，将以愚之。孔子以道教人者也，故不撤姜食，所以愚之也。"介甫欣然而笑，久之乃悟其戏己也。贡父虽戏言，然王氏之学实大类此。❶

《本草》为《神农本草经》。刘攽回答王安石"孔子不撤姜食"的问题时，引经据典，看似言之凿凿，实则出自杜撰，向壁虚构，以子之矛攻子之盾，来讽刺王安石"时出一新说，已而悟其非，又出一说以解之"这种穿凿之法的可笑性，深得解构精髓。而刘攽的好友苏轼，也时时爱对王安石的学问出以讥讽。苏轼以"'鸣鸠在桑，其子七兮'，和爷和娘，恰是九个"的笑话讽刺王安石解说"鸠"字的故事❷，流传甚广。又施德操《北窗炙輠录》载：

> 荆公论扬雄投阁事："此史臣之妄耳，岂有扬子云而投阁者。又《剧秦美新》亦后人诬子云耳，子云岂肯作此文！"他日见东坡，遂论及此，东坡云："某亦疑一事。"介甫曰："疑何事？"东坡曰："西汉果有扬子云否？"闻者皆大笑。❸

得益于欧阳修等人开创的疑经之风，"义理"成为北宋知识界权衡

---

❶ （宋）祝穆：《古今事文类聚》第三册，上海古籍出版社1992年版，第829页。
❷ 曾慥《高斋漫录》载，东坡闻荆公《字说》新成，戏曰："以竹鞭马为笃，以竹鞭犬有何可笑？"又曰："鸠字从九从鸟，亦有证据，《诗》曰：'鸤鸠在桑，其子七兮。'和爷和娘，恰是九个。"（《全宋笔记》第四编·五，第104页。）
❸ （宋）施德操：《北窗炙輠录》卷上，《全宋笔记》第三编·八，第172页。

一切价值的核心思维。王安石好以义理析断史事，不过王安石的义理，则是他心目中对历史事件、历史人物的主观期许，是一种先入之见。扬雄是北宋入继道统的人物，在北宋知识界享有崇高地位，但其投阁以及作《剧秦美新》歌颂王莽之事，于史有征，成为扬雄的人生污点。基于尊崇扬雄的主观立场，王安石认为这些事是史臣的蓄意污蔑，无足取信，对史传进行了颠覆[1]。跟苏轼议论此事，想不到苏轼依样画葫芦：既然史书不可尽信，那么，西汉到底有没有扬雄此人，也是值得怀疑的——毕竟扬雄此人的存在依据，也只能是出于史书。苏轼无愧为不世出的幽默大师，一句举重若轻的幽默就釜底抽薪地颠覆了王安石言之凿凿的论据，还展现了智商上的优越感，难怪要引得旁人大笑。

这种以解构为目的的嘲谑手法，言简意赅，却切中要害，同时还非常幽默，故而流行于北宋知识界。同时，这种风气又自然而然地带进诗歌，其典型代表，当属黄庭坚的《演雅》一诗。

《演雅》全诗共 44 句，是一首句式整齐、对仗工稳、一韵到底的古体诗[2]。诗歌以演述字书《尔雅》为宗旨，平行地罗列了 42 种动物的形态，典型地体现了黄庭坚“以学问为诗”的诗学旨趣。由于该诗典实横陈、不见情性，故而遭受了一些差评，如袁行霈主编的《中国文学

---

[1] 关于王安石的历史观，参见刘成国《论王安石的翻案文学》一文，载于《浙江社会科学》2014 年第 2 期。

[2] 桑蚕作茧自缠裹，蛛蝥结网工遮逻。燕无居舍经始忙，蝶为风光勾引破。老鶬衔石宿水饮，稺蜂趋衙供蜜课。鹊传吉语安得闲，鸡催晨兴不敢卧。气陵千里蝇附骥，枉过一生蚁旋磨。虱闻汤沸尚血食，雀喜宫成自相贺。晴天振羽乐蜉蝣，空穴祝儿成蜾蠃。蛣蜣转丸贱苏合，飞蛾赴烛甘死祸。井边蠹李螬苦肥，枝头饮露蝉常饿。天蝼伏隙录人语，射工含沙须影过。训狐啄屋真行怪，蟏蛸报喜太多可。鸬鹚密伺鱼虾便，白鹭不禁尘土涴。络纬何尝省机织，布谷未应勤种播。五技鼯鼠笑鸠拙，百足马蚿怜鳖跛。老蚌胎中珠是贼，醯鸡瓮里天几大。螳螂当辙恃长臂，熠燿宵行矜照火。提壶犹能劝沽酒，黄口只知贪饭颗。伯劳饶舌世不问，鹦鹉才言便关锁。春蛙夏蜩更嘈杂，土蚓壁蟫何碎琐。江南野水碧于天，中有白鸥闲似我。

史》中提及此诗时说:"它们本来全是自然意象,可黄诗并没有到自然界中观赏这些禽鸟虫鱼,而是从古代典籍的字里行间去认识它们。"❶从"自然"与"典籍"的对立中,可见编者对这首诗颇有微词。不过,关于此诗的创作宗旨,另有说法。周裕锴先生认为,黄庭坚之所以要作诗演述《尔雅》,乃是由陆佃的《埤雅》所激。《演雅》所罗列的动物,其形态大多十分可笑。如"蛛蝥结网工遮逻""枉过一生蚁旋磨""虮闻汤沸尚血食""井边蠹李蟠苦肥",罗列蛛、蚁、虮、蟠这四种动物,一概赋予其营营役役、卑琐无聊的丑拙形态;而像蚕、蝉、鹊、白鹭等这些古典传统中通常用来比拟人物之品性高洁的动物,也逃不出作者的"审丑"扫视,如"桑蚕作茧自缠裹""枝头饮露蝉常饿""鹊传吉语安得闲""白鹭不禁尘土涴"等均是,可谓十分俳谐。之所以要如此,乃是为了解构颠覆陆佃《埤雅》的释诂方法。《埤雅》原名《物性门类》,物性即物之本性,陆佃在训诂名物时,常常把物之本性拿来作伦理性的比附,而黄庭坚在《演雅》中,则常对其作针锋相对的解构。如《埤雅》卷六释鸟"鹊"下曰:"陆子曰:'乾鹊噪而行人至,蜘蛛集而百事喜。'"认为鹊语给人们带来了喜讯。《演雅》则嘲笑"鹊传吉语安得闲",以鹊因传吉语而不得闲之态,隐喻世人因以执着于用而不得歇息的劳苦之状。《埤雅》卷十释虫"蝇"下曰:"张敞书曰:'苍蝇之飞,不过十步,若附骐骥之发,则致千里。'此言附善之益有如此也。"《演雅》则用"气陵千里蝇附骥"反唇相讥,嘲谑蝇因附骥之后的狐假虎威、不可一世之状,以多元化并且是令人发笑的解释,来解构《埤雅》

---

❶ 袁行霈主编:《中国文学史》第三卷,高等教育出版社2005年版,第93页。

的释诂方法。这两例如此，其他诗句，亦可仿此理解❶。这完全就是一种解构的思维。

所以说黄庭坚的《演雅》一诗，虽属奇葩之作，看似前无古人，属于"天才型"的作品，但事实上，其创作构思，无疑是受到了熙宁以来旧党人士对新党新学的解构性嘲讽方式的影响，与当时的政治文化息息相关。由于这首诗典型而又隐晦地体现了社会俳谐之风对俳谐诗的影响，故笔者不避烦琐，予以着力指出。

事实上，讽刺可笑之人与荒谬之事不仅是文人士大夫爱用的调侃手法，更是受到下层人民的欢迎，他们常常用这种笑谑性的讽刺来讥刺不合理的现实。而这种笑谑性的讽刺，因其滑稽可笑，受到人们的喜爱传诵，就像汉代三国时那些谶谣童谚一样，扩大了其传播范围，甚至有时候还起到了下情上达的作用：

禹玉（王珪）既亡，有无名子作诗嘲之云："太师因被子孙煎，身后无名只有钱。喏喏佞翻王介甫，奇奇歆杀宋昭宣。常言井口难为戏，独坐中书不计年。东府自来无土地，便应正授不须权。"其家经府指言是张山人作。府中追张山人至，曰："你怎生作诗嘲他大臣？"张山人曰："某自来多作十七十六字诗，着题诗某吟不得。"府尹笑而遣之。❷

苗振，熙宁初知明州，致仕归郓，自明州造一堂极华壮，载以归。或言："郓州置田亦多机数而得。"是时，王逵亦居郓，作诗嘲之曰："伯起雄豪世莫偕，官高禄重富于财。田从汶上天生出，堂自明州地架

---

❶ 关于《演雅》的创作动机、诗歌宗旨、艺术特色以及与《埤雅》的关系，详见周裕锴《宋代〈演雅〉诗研究》一文，载于《文学遗产》2005年第3期。为论述方便，本文撮其要旨，以进行背景性的介绍。

❷ （宋）胡仔：《苕溪渔隐丛话》（前集），第194页。

来。十只画船风破浪，两行红粉夜传杯。自怜憔悴东邻叟，草舍茅檐真可咍。"伯起，振字。东邻，逵自谓。是时，王荆公秉政，闻此诗，遽遣王子韶为浙路察访，于明州廉得其实，遂起大狱，振竟至削夺。❶

京师无名子以滑稽的诗歌嘲谑王珪，闻于府尹，按察不得其人，只能作罢。而郓州的王逵以诗歌嘲谑苗振贪渎，最后乃得以闻于宰相王安石，而苗振竟以此诗被削官夺职。可见这种嘲谑性的讽刺诗的传播效应。这种笑谑性的民间讽刺诗，往往变态百出，综合了多种艺术手法，令人忍俊不禁，如有运用互文（或曰戏仿）的：

自来巡尉下乡扰人，虽监司郡守亦不能禁止，迩来尤甚。京口旅邸中有戏效风雅之体，作《鸡鸣》诗曰："《鸡鸣》，刺县尉下乡也。'鸡鸣嘈嘈，鸭鸣呷呷，县尉下乡，有献则纳。鸡鸣于埘，鸭鸣于池，县尉下乡，靡有孑遗。鸡既鸣矣，鸭既羹矣，锣鼓鸣矣，县尉行矣。'《鸡鸣》三章，章四句。"❷

运用荒悖的：

海寇郑广，陆梁莆、福间，帆驶兵犀，云合亡命，无不一当百，官军莫能制。自号滚海蛟，有诏勿捕，命以官，使主福之延祥兵，以徼南溟。延祥隶帅阃，广旦望趋府。群僚以其故所为，遍宾次，无与立谭者。广郁郁弗言。一日，晨入未衙，群僚偶语风檐，或及诗句，广矍然起于坐曰："郑广粗人，欲有拙诗白之诸官，可乎？"众属耳，乃长吟曰："郑广有诗上众官，文武看来总一般。众官做官却做贼，郑广做贼却做官。"满坐惭噱。章以初好诵此诗，每曰："今天下士大夫愧

❶ （宋）魏泰：《临汉隐居诗话》，《历代诗话》，第333页。
❷ （宋）周遵道：《豹隐纪谈》，《说郛》本。

郑广者多矣，吾侪可不知自警乎！" ❶

运用反语的：

《六快活诗》，长沙致仕王屯田揆讪六君子而作也。六人者，即帅周公沆，漕赵公良规，宪李公硕、刘公舜臣，倅朱景阳、许玄是也。其诗略曰："湖外风物奇，长沙信难续。衡峰排古青，湘水湛寒绿。舟楫通大江，车轮会平陆。昔贤官是邦，仁泽流丰沃。今贤官是邦，刳啖人脂肉。怀昔甘棠化，伤今猛虎毒。然此一邦内，所乐人才六。漕与二宪僚，守连两通属。高堂日成会，深夜继以烛。帏幕皆绮纨，器皿尽金玉。歌喉若珠累，舞腰如素束。千态与万状，六官欢不足。因成《快活诗》，荐之尧、舜目"云云。❷

从以上所举材料可以看出，以嘲调的手法对可笑之人与荒谬之事进行讽刺，这股风气弥漫于朝野之间。同时，正如笔者在绪论中指出的，这种谲言讽谏，是古代俳优的一个传统。那么最后不妨再来看看宋代的俳优，他们在宋代历史上有何种表现。

第三节　宋代的俳优

中国古代帝王常常畜养优伶，以为笑乐。《史记·滑稽列传》就记载了先秦至汉代的许多优伶事迹，他们用滑稽的言行取悦君王，供君

---

❶ （宋）岳珂：《桯史》卷四，中华书局 1981 年版，第 41 页。
❷ （宋）释文莹：《湘山野录》，《全宋笔记》第一编·六，第 19 页。

臣笑乐。魏晋至晚唐五代，此风延绵不绝❶。这些优伶，或借笑乐的机会谲言讽谏，或空戏滑稽，在历史上产生过一定的影响。优戏笑乐之风，至宋亦然。王国维在《宋元戏曲史》第二章"宋之滑稽戏"中，撷录了大量材料，可见宋代宫廷优戏风气之一斑。如优人扮李商隐讥讽西昆体的故事，成为研究者论证西昆体衰落的一条重要材料。不过值得注意的是，在宋代，优人不仅呈现出滑稽悦笑的戏谑性格，而且还更有文化：

> 赏花钓鱼会赋诗，往往有宿构者。天圣中，永兴军进山水石，适置会，命赋"山水石"，其间多荒恶者，盖出其不意耳。中坐优人入戏，各执笔若吟咏状。其一人忽仆于界石上，众扶掖起之。既起，曰："数日来作一首赏花钓鱼诗，准备应制，却被这石头擦倒。"左右皆大笑。翌日，降出其诗，令中书铨定。秘阁校理韩义最为鄙恶，落职，与外任。❷

赏花钓鱼宴是北宋宫廷的传统宴乐节目，始自太祖。至真宗，饮宴赋诗，遂成定制❸。而成定制之后，遂使赋诗这项娱乐活动变了味，有点像皇帝考察臣下诗才的政治任务了，因而从臣往往进行宿构，以便更好地交差。而仁宗天圣年间这一次，赋诗主题忽而变为"山水石"，使宿构者猝不及防，于是优人用隐喻与双关的手法，将这些人嘲

---

❶ 如："皇帝（曹）芳春秋已长，不亲万机，耽淫内宠，沉漫女德，日延倡优，纵其丑谑。"［（晋）陈寿：《三国志》卷四，中华书局1959年版，第128页。］"黄幡绰滑稽不穷，尝为戏，上（唐玄宗）悦，假以绯衣。"（（宋）王谠撰，周勋初校证：《唐语林校正》卷五，中华书局1987年版，第473页。）"徐知训在宣州，聚敛苛暴，百姓苦之。入觐侍宴，伶人戏。"［（宋）佚名：《江南余载》卷上，《全宋笔记》第一编·二，第241页。］

❷ （宋）范镇：《东斋记事》，《全宋笔记》第一编·六，第197页。

❸ 关于北宋宫廷"赏花钓鱼宴"的情况及其与文学、政治的意义，详见路成文：《北宋宫廷"赏花钓鱼宴"及其文学、政治意义》，《黄冈师范学院学报》2007年第1期。

谑了一番。苏象先《丞相魏公谭训》同样也记载了一则发生在赏花钓鱼宴上的趣事：

> 祖父（苏颂）尝云：俳优非滑稽捷给，善中事情，亦能讽谏，有足取者。仁宗作赏花钓鱼宴，赐诗，执政诸公泊禁从馆阁皆属和，而"徘徊"二字无他义，诸公进和篇皆押"徘徊"。在坐教坊杂戏为数人寻访税第，至一宅，入观之，至前堂之后，问所以，曰："徘徊也。"又至后堂东西序，亦问之，皆曰："徘徊也。"一人笑曰："可则可矣，徘徊太多尔。"❶

在赏花钓鱼诗中，仁宗偶然用了"徘徊"一词，而群臣奉和，连篇累牍地押"徘徊"韵。优人以滑稽的表演，讥讽了大臣们以和韵来溜须拍马的行为。

从上述例子中也可以看出，北宋的宫廷优戏，有些是优人耳闻眼观、即兴而作的产物，因而这样的优戏，倘若优人没有细致的观察能力、高度的概括能力与巧妙的艺术转换能力——概言之，没有较高的文学艺术素养的话，显然难以在短时间内创作完成并搬演上台。由此可见宋代崇文重文的社会风气，已濡染了社会的各个阶层。而当优人具有了较高的文化素养，那么，其文化性格势必与士大夫逐渐接近。于是，一些优人也不免濡染上了士大夫戏谑性的讽刺风格，从而导致宋代优戏政治针对性与讽刺性的空前强化。甚至有时候，优人不惜逆批龙鳞，直接将皇帝与宰相作为讽刺的对象。如张端义《贵耳集》载：

> 绍兴初，杨存中在建康，诸军之旗中有双胜交环，谓之二圣环，取两宫北还之意。因得美玉，琢成帽环进高庙，日尚御裹，偶有一伶

---

❶ （宋）苏象先：《丞相魏公谭训》卷十，《全宋笔记》第三编·三，第100页。

者在旁，高宗指环示之："此环杨太尉进来，名二胜环。"伶人接奏云："可惜二圣环，且放在脑后。"高宗亦为之改色。所谓工执艺事以谏。❶

伶人用含蓄的语言，讽刺了宋高宗将迎取二圣的事业放在了脑后，其艺高胆大，令人佩服。对于皇帝，伶人尚且能谲谏，那么对于皇帝以下的宰执高官，伶人们则更是不留情面。蔡絛《铁围山丛谈》载：

> 熙宁初，王丞相介甫既当轴处中，而神庙方赫然，一切委听，号令骤出，但于人情适有所离合。于是故臣名士往往力陈其不可，且多被黜降，后来者乃寝结其舌矣。当是时，以君相之威权而不能有所帖服者，独一教坊使丁仙现尔。丁仙现，时俗但呼之曰"丁使"。丁使遇介甫法制适一行，必因燕设，于戏场中乃便作为嘲诨，肆其诮难，辄有为人笑传。介甫不堪，然无如之何也，因遂发怒，必欲斩之。神庙乃密诏二王，取丁仙现匿诸王邸。二王者，神庙之两爱弟也。故一时谚语，有"台官不如伶官"。❷

王安石变法之初，神宗"与安石一体"❸，对王安石言听计从，凡对变法有讥讽不满者，或贬官外任，或投散闲置，并以惩治苏轼为典型，杀鸡儆猴，震慑自庆历以来"开口揽时事，论议争煌煌"的遇事敢言之士大夫。同时，王安石又控制台谏，"专用其所亲爱之人"❹，致使这一时期"台谏之臣，默默其位而不敢言事，至有规避百为，不敢居是职者"❺。所谓"宋之立国，元气在台谏"❻，台谏的设置，是宋代士大夫好

---

❶ （宋）张端义：《贵耳集》卷下，《全宋笔记》第六编·十，第 338 页。
❷ （宋）蔡絛：《铁围山丛谈》卷三，《全宋笔记》第三编·九，第 201 页。
❸ （清）黄以周等：《续资治通鉴长编拾补》卷二，中华书局 2004 年版，第 67 页。
❹ （宋）李焘：《续资治通鉴长编》卷二百五十二，第 6161 页。
❺ （宋）李焘：《续资治通鉴长编》卷二百五十二，第 6153 页。
❻ （元）脱脱等：《宋史》卷三百九十，第 11963 页。

议论的士风的制度化体现，故而材料实以"台官"代表宋人遇事敢言社
会士风。而在无人敢言新法之非的循默情况下，唯独优人丁仙现以优
戏讽刺王安石，其遇事敢言的凛然之姿，令士大夫都难以望其项背。
在材料中又堪注意的是，在优人讽刺王安石新法的时候，反而是宋神
宗暗中保护了优人。这反映了在王安石变法期间，虽然在表面上看是
宋神宗"与安石一体"，但实际上，君权对相权还是有所防范猜忌。

　　还值得注意的是上面材料"台官不如伶官"这句话，这是时人给伶
人的极高赞语。事实上，宋代伶人确实有以士大夫自居，具有讽刺的
自觉意识。上面的丁仙现就是佼佼者。又据朱彧《萍洲可谈》载："伶
人丁先现者，在教坊数十年，每对御作俳，颇议正时事。尝在朝门与
士大夫语曰：'先现衰老，无补朝廷也。'"❶这种优人的谲谏之风，一方
面承自古代优伶讽喻政治的优良传统，另一方面也是宋代其他阶层受
激于士大夫主体精神的典型反映。可以说，到了宋代，朝野上下形成
了一股讽喻时事、监督时政的风气，这也是宋代文人好言事之风的变
相体现。

　　可以看出，在宋代，无论是名公巨卿，还是普通士子，抑或苍头
布衣、伶人俳优，都投入俳谐大军，形成了一股调笑戏谑、俳谐笑乐
的风气。俳谐在日常生活与政治生活等各个层面，都具有重要功能，
发挥了重要作用。因此，宋代俳谐诗的兴盛，也是极其自然的了。

---

❶　（宋）朱彧：《萍洲可谈》卷三，《全宋笔记》第二编·六，第176页。

第三章　以乐娱悲：宋代俳谐诗的心理机制

以乐娱悲，是指宋人在诗中以谐乐的视角来转换悲哀的情累、调侃坎坷的境遇，这类诗歌是宋代俳谐诗中最堪注意的一种类型。不过，在论述这类诗歌之前，笔者拟讨论一个与之相关的命题，即宋人在诗歌中对悲哀的扬弃。

第一节　关于宋诗"扬弃悲哀"的再探讨

宋诗对悲哀的扬弃，是日本学者吉川幸次郎明确提出来的一个判断。吉川博士认为这是"宋诗最重要的性质"，并且把它提升到诗史的高度："悲哀的隔断也一直支配着后代的诗……这在文学史乃至思想史上，是一个非常大的改变。"❶且不说宋代以后的诗歌情况是否一概如此，吉川博士对宋诗的整体把脉，就颇为发人深省。不过，这一提法本身渊源有自。严羽《沧浪诗话》云："唐人好诗，多是征戍、迁谪、行旅、别离之作，往往能感动激发人意。"❷所举唐诗"好诗"之例，其情感基调都以"悲哀"为主。《沧浪诗话》由于预设了唐宋诗差异的基本逻辑，或对吉川博士有所启发。

---

❶ ［日］吉川幸次郎著，李庆等译：《宋元明诗概说》，中州古籍出版社 1987 年版，第 23 页。

❷ （宋）严羽著，郭绍虞校释：《沧浪诗话校释》，第 198 页。

　　何止唐代，在唐代以前，中国古典诗歌的一个重要功能，就是表达悲哀，这源于"诗可以怨"的古老传统。从先秦《诗经》的变风变雅，到战国的楚骚，再到魏晋南北朝与隋唐五代的抒情诗，以抒写悲哀为主的诗歌，支配诗歌史一千多年。钟嵘《诗品序》讨论诗歌的发生场景云："嘉会寄诗以亲，离群托诗以怨。至于楚臣去境，汉妾辞宫；或骨横朔野，或魂逐飞蓬；或负戈外戍，杀气雄边；塞客衣单，孀闺泪尽；或士有解佩出朝，一去忘返；女有扬蛾入宠，再盼倾国。凡斯种种，感荡心灵，非陈诗何以展其义；非长歌何以骋其情？故曰：'《诗》可以群，可以怨。'"❶ 除了"嘉会寄诗以亲"，余下所列事实，基本都是悲情题材。韩昌黎亦言："欢愉之辞难工而穷苦之言易好。"这些思想，使得以书写悲哀为主的伤感诗极其兴盛，甚至导致了"为赋新词强说愁"的伪伤感诗的泛滥。这种倾向在宋初还未得到自觉反思。如宋初晚唐体诗人寇准，其"富贵之时，所作诗皆凄楚愁怨"❷。

　　以上所举例子，从理论到实践，都说明了古代诗人对悲哀之情的偏好。其实不仅诗歌，音乐亦如是。在古代宫商角徵羽五音体系中，古人特别掂出"商"来泛指音乐，如歌女称"商女"、丝竹之乐称"商丝"。商调哀婉，"商声主西方之音……商，伤也，物既老而悲伤"❸，是悲哀的象征。而之所以用商泛指音乐，大概古人认为只有哀婉的曲调才特别动人，才能称得上"音乐"吧。由此可见，诗歌中对悲哀的重视，实是出于文化传统的心理积淀。

　　正如吉川幸次郎指出，宋诗对悲哀进行了扬弃。不过吉川并未详细地指出原因，只是高屋建瓴地论述道："宋诗……力图表现哲学，从

---

❶ （梁）钟嵘著，曹旭集注：《诗品集注》，第47页。
❷ （宋）释文莹：《湘山野录》卷上，《全宋笔记》第一编·六，第14页。
❸ （宋）欧阳修：《秋声赋》，《全宋文》第31册，第134页。

大的方面把握住人和环绕人的世界的状态来谈论。这是最为宏观的态度。从这种宏观中，产生了对人生的新的看法。"❶诚然如是。所谓人生的新的看法，即是宋人以儒释道为一理的思想性格来观照人生的产物。不过，这话也容易引起误解，似乎在"人生的新的看法"的支配下，宋人对悲哀的感受也因此削弱了、淡化了，故而才得以在"言志"的诗歌中扬弃悲哀。事实并非如此。严羽指出了唐诗专注悲哀的表达的四个场域——征戍、迁谪、行旅、别离。别的暂且不说，就迁谪而言，仍是宋诗的重要发生场域。且看苏轼作于黄州迁谪时期的几首诗：

江城地瘴蕃草木，只有名花苦幽独。嫣然一笑竹篱间，桃李满山总粗俗。也知造物有深意，故遣佳人在空谷。自然富贵出天姿，不待金盘荐华屋。朱唇得酒晕生脸，翠袖卷纱红映肉。林深雾暗晓光迟，日暖风轻春睡足。雨中有泪亦凄怆，月下无人更清淑。先生食饱无一事，散步逍遥自扪腹。不问人家与僧舍，拄杖敲门看修竹。忽逢绝艳照衰朽，叹息无言揩病目。陋邦何处得此花，无乃好事移西蜀。寸根千里不易到，衔子飞来定鸿鹄。天涯流落俱可念，为饮一樽歌此曲。明朝酒醒还独来，雪落纷纷那忍触。（《寓居定惠院，之东，杂花满山，有海棠一株，土人不知贵也》）

自我来黄州，已过三寒食。年年欲惜春，春去不容惜。今年又苦雨，两月秋萧瑟。卧闻海棠花，泥污燕脂雪。暗中偷负去，夜半真有力。何殊病少年，病起头已白。

春江欲入户，雨势来不已。小屋如渔舟，蒙蒙水云里。空庖煮寒

---

❶ ［日］吉川幸次郎著，李庆等译：《宋元明诗概说》，第23页。

菜，破灶烧湿苇。那知是寒食，但见乌衔纸。君门深九重，坟墓在万里。也拟哭途穷，死灰吹不起。(《寒食雨二首》)

前一首诗作于元丰三年（1080），后两首作于元丰五年（1082），是苏轼在黄州贬所第一年与第三年的作品。吉川幸次郎曾以上引第三首为例，论述了苏诗扬弃悲哀的情形，说此诗是以"平静的底色"观照事物❶。事实上，这三首诗，算不得是扬弃悲哀的作品——特别是吉川论述的第三首，"也拟哭途穷，死灰吹不起"，苏轼自云心如死灰，无复效阮籍穷途之哭，简直是比悲哀更进一层而达到绝望了——恰恰相反，它们体现了苏轼面对贬谪的浓重悲哀。苏轼早年受范仲淹、欧阳修等庆历士大夫的榜样激励，"早岁便怀齐物志，微官敢有济时心"（《次韵柳子玉过陈绝粮二首》其二），充满了经世致用的进取精神。熙宁年间，由于不满于王安石新法，苏轼在任官钱塘时，本着"寓物托讽，庶几流传上达，感悟圣意"❷的儒家诗旨对新法进行讽刺，从而身陷乌台之勘，被贬黄州。虽然由于其幽默的本性，苏轼有时候对生活中的挫折，常以嘲调的态度一笑置之，不过，毕竟黄州之贬，对苏轼前途的打击过于巨大，由贬谪所产生的理想落空的人生悲哀，无往而不萦绕其心头。故而在诗歌中，托物喻人、触事生情，通过"天涯流落俱可念，为饮一樽歌此曲。明朝酒醒还独来，雪落纷纷那忍触""君门深九重，坟墓在万里。也拟哭途穷，死灰吹不起"这种浓墨重彩的渲染来抒写贬谪之悲，也是应有之义。而其门人黄庭坚也同样如此：

一声望帝花片飞，万里明妃雪打围。马上胡儿那解听，琵琶应道不如归。

---

❶ ［日］吉川幸次郎著，李庆等译：《宋元明诗概说》，第30页。
❷ （宋）苏轼：《乞郡札子》，《苏轼文集》卷二十九，第829页。

竹竿坡面蛇倒退，摩围山腰胡孙愁。杜鹃无血可续泪，何日金鸡赦九州。

命轻人鲊瓮头船，日瘦鬼门关外天。北人堕泪南人笑，青壁无梯闻杜鹃。

（《梦李白诵竹枝词三叠》）

一百八盘天上路，去年明日送流人。小诗话别堪垂泪，却道情亲不得亲。

别驾柴门闲一春，艰难颠沛不忘君。何时幽谷回天日，教保余生出瘴云？

（《次韵楘宗送别二首》）

作为苏轼门人，黄庭坚"一色元祐"，故而其在元祐任史官期间所修的《神宗实录》，被绍圣新党目为"以私意去取"，遂贬涪州别驾、黔州安置。这几组诗，作于绍圣二年（1095）黄庭坚前往黔州贬所的贬途中。黄庭坚自倡学问以"忠信孝友"为本，其为人特立独行，临大节而不可夺。不过作为罪臣，身往贬所，依然免不了产生像上述"杜鹃无血可续泪""青壁无梯闻杜鹃""小诗话别堪垂泪，却道情亲不得亲"的浓重悲哀，而脱籍盼归、"何时幽谷回天日，教保余生出瘴云"的恋生惧死之意，则溢于言表。

事实上，宋代士人贬谪次数之多、受贬人数之广，远逸前代。由于文人政治的某些结构性的病症，由党争而来的迁谪，几乎贯穿宋代文人政治生活始终，成为其政治生命中的必经之历。特别自北宋中后期开始，"不同学统所持的'道统论'与朋党之间自诩'政统'的'国是说'相联姻，伴随这一联姻的则又是王权首次公开与朋党携手，从而使更执圆方、互相排击的朋党之争成为政治运作的常见方式，也使士人被贬谪合法化，并赋予了群体化与残酷性的特征"❶。贬谪成为一张天罗地网，使士大夫无所逃遁。同时，在贬谪中，还有"政治高压带来的惊恐畏惧，贬谪途中遭遇的艰辛羞辱，严密监视导致的幽居孤寂，少俸失俸带来的贫困饥寒，恶劣环境造成的健康摧残，思乡念友郁积的苦闷煎熬，如此等等有形或无形的苦难，给贬谪文人造成的种种情累、心累"❷。贬谪不仅意味着政治地位的褫夺、生活质量的下降以及亲人的离散、友朋的绝交，对于具有政治型人格的宋代士大夫来说，更重要的是，它还意味着政治理想的破灭、个体价值的摧抑，这对士人的精神打击不言而喻。上引苏轼与黄庭坚，一由于其豪迈旷达的思想性格，一由于其勇猛精进的心性修炼，而被视为宋代文化史上的标杆性人物。但苏、黄在贬途尚且不免作悲戚之辞，其他诗人的情况，更不难想见。如苏辙《夜卧濯足》"十年事汤剂，风雨气辄浮。南来足忧虑，此病何时瘳"表达贫病之悲，秦观甚至因为无人设奠而自作挽词，"藤束木皮棺，藁葬路傍陂。家乡在万里，妻子天一涯……无人设薄奠，谁与饭黄缁？亦无挽歌者，空有挽歌辞"，充满悲凉。张商英《蛇谷道中闻杜宇》"有翼尚漂泊，无翼何时还"、李光《悼亡子诗》"恩深父子情难割，泪滴千行向九泉"等诗歌，或触景生情，或感事而发，面对贬谪所造成的贫病交迫与思亲情累，诗人的悲哀之情溢于言表。

贬谪是宋人产生悲哀的一个重要因素。除了贬谪外，宋人也当然

---

❶ 沈松勤：《士人贬谪与文学创作——宋神宗至高宗五朝文坛新取向》，《中华文史论丛》2013 年第 1 期。

❷ 尚永亮、钱建状：《贬谪文化在北宋的演进及其文学影响——以元祐贬谪文人群体为论述中心》，《中华文史论丛》2010 年第 3 期。

也与前人今人一样，会面临一系列诸如生活拮据、感情不顺、久困不调、年华老去等生活问题，如果说宋人都以一副铁石心肠，喜怒不形于色、哀怨不动于中的决然态度来面对这一切，恐怕是不太现实的。不过，虽然有悲哀，但像上述极力渲染悲哀之诗，在整个宋诗中，确实比例不大，这当然是宋人在诗歌中竭力对悲哀进行扬弃的结果。

对悲哀进行扬弃，不仅可以从宋人的思想性格来说明，而且还可以从扬弃这一行为本身来说明，即宋诗如何对悲哀进行扬弃？这一扬弃使诗歌又呈现出何种面貌？具体来说，可以分为两种。第一种是将悲哀的要素转化成平静的观照，这就导致了宋诗平和淡泊、以理遣情的整体风貌的形成。如苏轼《藤州江下夜起对月赠邵道士》：

> 江月照我心，江水洗我肝。端如径寸珠，堕此白玉盘。我心本如此，月满江不湍。起舞者谁软，莫作三人看。峤南瘴毒地，有此江月寒。乃知天壤间，何人不清安。床头有白酒，盏若白露泻。独醉还独醒，夜气清漫漫。仍呼邵道士，取琴月下弹。相将乘一叶，夜下苍梧滩。

诗歌中，作者虽然间或表现出"独醉还独醒"的痛苦辗转，但其整体基调，依然是平和而理性的。诗歌从禅宗的"心"的观照出发，心印万物，既将江与月视为心性外化的艺术化象征，又将自我主体消融于以江与月为代表的亘古自然。在"我心本如此，月满江不湍"的理性观照下，唐人那种"举杯邀明月，对影成三人"式的癫狂烂漫也被扬弃了。岭南虽为瘴疠之地，衣冠景物与中原殊俗，但所谓"海上生明月，天涯共此时"，有月亮的安慰，天地之间何人不清安？最后，诗人想象"相将乘一叶，夜下苍梧滩"，将有限的主体，消融于江与月所构造的无限浑融宇宙中。这首宋诗中的精品诗作，典型地体现了宋诗平淡主理的特色。

悲哀的扬弃，第二种方法是将悲哀进行转化，以俳谐、幽默的态度来化解陷溺、悲苦的哀吟，这是本章要力图说明的。不妨以王禹偁、欧阳修、苏轼、陆游为例，来进行阐释。

第二节　以乐娱悲：以王禹偁、苏轼、陆游为中心

一、王禹偁：善于自嘲、内怨为俳

王禹偁贬官商州，就以自嘲的笔法来打趣贬谪的悲哀。如其《自嘲》：

> 三月降霜花木死，九秋飞雪麦禾灾。虫蝗水旱霖沾雨，尽逐商山副使来。

史载"庐州妖尼道安诬讼徐铉，道安当反坐，有诏勿治。禹偁抗疏雪铉，请论道安罪，坐贬商州团练副使"❶。贬谪商州，诗人的情绪本就恶劣，再加上雪灾水旱等自然灾害，更是雪上加霜。自然不以人的意志为转移，可诗人自嘲道，这些自然灾害似乎也有意跟自己作对，紧紧地跟着他，而这样一来，这些似乎又变成了迎接他贬谪黄州的交响曲。以自嘲的手法调侃悲哀，是王禹偁诗歌的一大特色。如"四十强而仕，礼文可遵守。筮仕已十年，明朝三十九。自知得禄早，左宦诚宜有。年虽过潘岳，未为全白首。贫犹胜墨子，黔突聊供口。若比张辟彊，吾甘为老丑。若比太公望，吾方为少秀。任从新岁来，且献高堂寿。更解金貂冠，多贯商山酒"（《除夜》），同样也是他贬谪商州

---

❶ （宋）脱脱等：《宋史》卷二百九十三，第 9794 页。

期间的作品。作者以"由于自己做官做得早，因而在漫漫仕途路上，贬谪是必经之历"（自知得禄早，左宦诚宜有）这种趣话来自嘲自宽，并且将自己的处境与潘岳、墨子、张辟疆、姜太公来对比，以比上不足、比下有余的心情来自解自慰，可谓非常幽默。同样的，《和自咏》的"孤宦由来宜晚达，祝君霄汉路歧长"，也与上面"自知得禄早，左宦诚宜有"的自嘲呈现异曲同工之妙。而五律《五更睡》前两联"数载直承明，宠深还若惊。趁明鸡唤起，残梦马驮行"铺陈在京为官时那种惊宠紧张之态，后两联则以"左宦离双阙，高眠尽五更。如将闲比贵，此味敌公卿"作为对比，抒写贬官之后的轻松闲适之状，以闲比贵，令人解颐。

不仅处于贬谪时，王禹偁能通过俳谐、自嘲的诗歌来转化悲哀，同时在面临其他一些人生困惑时，王禹偁也大致如是。如《量移后自嘲》："可怜踪迹转如蓬，随例量移近陕东。便似人家养鹦鹉，旧笼腾倒入新笼。"幽默地将量移比作旧笼入新笼的倒腾。《自宽》："身世龙钟且自宽，追量才分合饥寒。朝中旧友休夸贵，箧里新诗不博官。晓发静梳微霰落，夜琴闲拂古风残。会须归去沧江上，累石移莎拥钓滩。"用"追量才分合饥寒""箧里新诗不博官"的口吻自嘲，既抒发了自己老不得志的悲哀，又显得乐天知命，引人发笑。《老态》："白发不相饶，秋来生鬓边。黑花最相亲，终日在眼前。老态固具矣，宦情信悠然。唯当共心约，收拾早归田。"与上诗也是同样的精神基调。

这种自嘲类的诗歌，今天看来或许再普通不过，但在宋前，确乎为"俳谐体"的鲜明表现之一。因为根据刘勰对"俳谐"的释义，"内怨为俳""谐之言皆也，辞浅会俗，皆悦笑也"❶，可见"俳谐"就是

---

❶ （梁）刘勰著，范文澜注：《文心雕龙注》卷三，第270页。

"用诙谐悦笑的语言表达内心的牢骚怨艾"——这正是"自嘲"一词的精髓。是以杜甫作诗进行自嘲时,还要特别标以"俳谐"二字以示诗旨,其《戏作俳谐体遣闷二首》:"异俗吁可怪,斯人难并居。家家养乌鬼,顿顿食黄鱼。旧识能为态,新知已暗疏。治生且耕凿,只有不关渠。""西历青羌坂,南留白帝城。於菟侵客恨,粔籹作人情。瓦卜传神语,畬田费火耕。是非何处定,高枕笑浮生。"❶ 抒发了杜甫流寓夔州后,因不适应当地奇风怪俗而产生的怨艾,但又用一种无可奈何的态度而强作开解,不难看出自嘲的意图。不过随着"俳谐"内涵的扩大,后世作者在写诗自嘲时,就无须再特别标明"俳谐"的意图了。但话又说回来,虽然王禹偁常以自嘲的方法化解悲哀,但"内怨"的自嘲,其实是一种带泪的幽默,在留给世人诙谐戏笑的同时,王禹偁并未忘情于他所处的郁闷处境。这也是宋初文人的整体文化性格所决定的。王禹偁的时代,古文运动虽已展开,但宋人的主体性命之学宋学,还在发轫阶段,故而受时代所限,王禹偁也无法像后来的宋代士人一样做到完全的立身有本,从而表现潇洒自如的生命意识,而是仍然用一种悲乐结合的传统的自嘲方式,来娱悲遣怀。

二、苏轼:戏嘲讽世、转换视角

用自嘲的方式娱悲遣怀,在苏轼手中得到了更为充分的运用。如《十二月二十八日,蒙恩责授检校水部员外郎、黄州团练副使,复用前韵二首》其一:

百日归期恰及春,余年乐事最关身。出门便旋风吹面,走马联翩鹊啅人。却对酒杯浑是梦,试拈诗笔已如神。此灾何必深追咎,窃禄

---

❶ (唐)杜甫著,仇兆鳌注:《杜诗详注》卷二十,中华书局1979年版,第1794页。

从来岂有因。

"百日归期"指乌台诗案结案。乌台诗案之于苏轼，是一段悲哀的经历，故而在出狱之后，犹有"却对酒杯浑是梦"之叹。不过这些悲哀在苏轼的自嘲诗法中得到了转化。这从首句就体现出来了——"百日归期恰及春"，说得很幽默，一出狱就遇到喜气洋溢的春天。古语云"鹊噪则喜生"，故而"走马联翩鹊噪人"一句，又呈现一派喜气洋溢之情。很难想象这是苏轼经历了"魂惊汤火命如鸡"（《予以事系御史台狱，狱吏稍见侵，自度不能堪。死狱中，不得一别子由，故作二诗授狱卒梁成以遗子由二首》其二）的狱囚锻炼之后的轻松笔调。之所以如此，是因为作者此时已经得知自己"蒙恩责授检校水部员外郎"了。蒙恩是假，责授是真，作者故意大肆渲染得知"蒙恩"而生的喜乐之情，其实是正话反说，骨子里又满腹牢骚。又，宋人常说"诗穷而后工"，故而"试拈诗笔已如神"，意味着自己"穷"到了极点，诗歌比"工"复进一层，简直"入神"了，这是幽默的自嘲。最后一句，意为"这场灾祸的原因何必去深究？就像窃禄（即做官）一样，是不需要理由的"，这可能是暗骂李定、舒亶等人的话。李定、舒亶对苏轼深文罗织，表面上是贯彻为国除恶的大义，骨子里不过是希意迎旨，以求高升。以苏轼现在的身份而言，这个理由当然是不能宣之于口的，所以用"窃禄从来岂有因"隐过，这也是苏轼"好骂"的诗风的表现。

又如著名的《初到黄州》：

自笑平生为口忙，老来事业转荒唐。长江绕郭知鱼美，好竹连山觉笋香。逐客不妨员外置，诗人例作水曹郎。只惭无补丝毫事，尚费官家压酒囊。

所谓"平生为口忙"，既指苏轼因文字口业招罪而外放各地，也关联后面"长江绕郭知鱼美，好竹连山觉笋香"等为口腹之欲的忙碌，双关其意，说得极其幽默。"老来事业转荒唐"则指贬官黄州。"逐客不妨员外置"，以其"检校水部员外郎"之"员外郎"的散阶官名打趣。"员外郎"虽说是虚衔，但好歹也是个官职，用来安置闲散人员，故而刚好切其情事。但既是被褫夺正官的"逐客"，置于官员行伍之外，所以也是"员外置"，一语双关，既用以自嘲，也用以自我安慰。"诗人例作水曹郎"，则用何逊、张籍皆任水部郎的故事，嘲笑自己现在成了真诗人。最后一句"只惭无补丝毫事，尚费官家压酒囊"，苏轼唯恐读者看不懂，特意采用了自注："检校官例折支，多得退酒袋。"所谓"退酒袋者，官法酒用余之废袋也"。❶宋代官俸，常用一部分实物来冲抵现钱，是谓"折支"。实物常为官家所积之物，常因成色差、年代久远，其实际价值远不足预估价格。而苏轼的折支，居然是酒肆酿酒后所剩下的废袋子，根本无任何用处。这句说得谦虚，其实也是非常诙谐的讽刺。

从上述材料中可以看出，苏轼在用自嘲的手法娱悲遣怀时，与王禹偁在精神主旨上已颇有不同。王禹偁常将悲哀的来源大而化之，表现的是文人在官场的不开心之类的传统命义，像"自知得禄早，左宦诚宜有""身世龙钟且自宽，追量才分合饥寒。朝中旧友休夸贵，箧里新诗不博官"，都是大而化之的传统式表达。而苏轼的自嘲，会更加有意识地突出自己主体个性与政治的尖锐冲突，常以己之是去针砭世俗之非。这是由于其成长于宋学大盛的北宋中期，身上的主体意识比王禹偁更为强烈。像"却对酒杯浑是梦，试拈诗笔已如神""自笑平生为口忙，老来事业转荒唐"这些诗句，都彰显了其兀傲之个性和针砭时

---

❶ （宋）苏轼著，（清）王文诰辑注：《苏轼诗集》卷二十，中华书局1982年版，第1032页。

弊的精神。这种个性与精神，不仅出现在自嘲诗中，也出现在他的嘲戏诗中，如名篇《戏子由》：

宛丘先生长如丘，宛丘学舍小如舟。常时低头诵经史，忽然欠伸屋打头。[4]

斜风吹帷雨注面，先生不愧旁人羞。任从饿死笑方朔，肯为雨立求秦优。[8]

眼前勃蹊何足道，处置六凿须天游。读书万卷不读律，致君尧舜知无术。[12]

劝农冠盖闹如云，送老齑盐甘似蜜。门前万事不挂眼，头虽长低气不屈。[16]

余杭别驾无功劳，画堂五丈容旗旄。重楼跨空雨声远，屋多人少风骚骚。[20]

平生所惭今不耻，坐对疲氓更鞭箠。道逢阳虎呼与言，心知其非口诺唯。[24]

居高志下真何益，气节消缩今无几。文章小技安足程，先生别驾旧齐名。[28]

如今衰老俱无用，付与时人分重轻。

诗歌作于熙宁五年（1072）苏轼通判杭州任上。熙宁二年（1069），宋神宗任用王安石为参知政事，开始了轰轰烈烈的变法运动。苏轼与王安石“议论素异”，反对变法，故而遭到新党的打压，“上数欲用轼，安石必沮毁之”❶。熙宁三年（1070），侍御史知杂事谢景温弹劾苏轼护丧途中私运陕木，诏下六路按问，结果查无实据。在此情况下，苏轼

---

❶ （清）黄以周等：《续资治通鉴长编拾补》卷七，第343页。

不安于位，只好乞补外任。而苏轼的弟弟苏辙也因对新法的激烈攻击而被贬，任河南府推官。苏轼与苏辙两兄弟，"当时共客长安，似二陆初来俱少年。有笔头千字，胸中万卷，致君尧舜，此事何难"❶，充满了一派经世致用的乐观天真，而俱被外任，郁闷之情溢于言表，这是《戏子由》产生的背景。

1—4 句，以苏辙身材的颀长与学舍的逼仄进行对比，用夸张的笔法戏写出了苏辙不合时宜的滑稽之态，其作用是正话反说，用以形容苏辙的兀傲的人格，并隐含了对时事的讽刺。5—16 句，运用典故、夸张、对比等方法，写出了苏辙自甘其乐、不为逢迎而苟且之凛然性格。17—28 句，转到自己，以自己的苟且迎合为自嘲，反衬苏辙独立不回的品质。故而在最后，将孰是孰非，交给后人判断。整首诗的基调是悲愤，但是作者运用正话反说、夸张、自嘲、喜剧性等多重俳谐的手法，将悲愤转化，在愉快的笑声中，达到了批判时事的目的。

苏轼的诗歌中，多含有这种以正话反说的调笑方式来转化悲哀，达到政治与社会批判的目的，并且妙用因果逻辑的荒悖之处，常常令人哑然失笑。如送友人钱藻转任外地，先说当今皇帝是"吾君方急贤，日旰坐迟英。黄金招乐毅，白璧赐虞卿"。但友人的实际结果却是"子不少自贬，陈义空峥嵘"（《送钱藻出守婺州得英字》），跳接一个令人错愕的因果逻辑，引人发笑。写自己，则是"推挤不去已三年，鱼鸟依然笑我顽。人未放归江北路，天教看尽浙西山"（《与毛令方尉游西菩寺二首》其一），把外放到杭州认为是"看尽浙西山"的旅游，并且这份闲暇是"上天"（皇帝）的恩赐，这就显得尤其讽刺。又如"从来道不辜身，得向西湖两过春"（《常润道中，有怀钱塘，寄述古五

---

❶（宋）苏轼：《沁园春》（孤馆灯青），（宋）苏轼著，邹同庆、王宗堂校注：《苏轼词编年校注》，中华书局 2002 年版，第 134 页。

首》其一）、"生逢尧舜仁，得作岭海游。虽怀迁然喜，岂免跕堕忧"（《闻正辅表兄将至，以诗迎之》），这些诗句，都在正话反说中具有幽默的讽刺效果。

正话反说不仅可以用来批判时事，还可以用来揭示存在的荒谬与乖讹。如"人生识字忧患始，姓名粗记可以休"（《石苍舒醉墨堂》），将识字视作忧患的开始，并说只要记住姓名就可以了，言带打趣，但背后意思又十分沉痛，最后果然一语成谶，成为苏轼不断用文字招惹身祸的真实写照。又如《洗儿戏作》："人皆养子望聪明，我被聪明误一生。惟愿孩儿愚且鲁，无灾无难到公卿。""无灾无难到公卿"，似不经意道出，但用来批评官场，则显得幽默而辛辣：那些循默不言、一无建树的庸才，却总是能稳至公卿。

苏诗中还有一种情况，是以一种虚构的安慰来转化悲哀。人在失意之中需要安慰，这在情理之中，可是，如果比起痛苦，这层安慰是虚构空洞的话，那么就解构了安慰本身的意义，突出了作者非理性的因素，就显得比较好笑了。比如苏轼的《蜜酒歌》：

真珠为浆玉为醴，六月田夫汗流沘。不如春瓮自生香，蜂为耕耘花作米。一日小沸鱼吐沫，二日眩转清光活。三日开瓮香满城，快泻银瓶不须拨。百钱一斗浓无声，甘露微浊醍醐清。君不见南园采花蜂似雨，天教酿酒醉先生。先生年来穷到骨，问人乞米何曾得。世间万事真悠悠，蜜蜂大胜监河侯。

这首诗作于黄州贬所。前六联以欢快的笔法写了蜜酒的来历与色味，简直让人垂涎欲滴。下面作者叙写自己的窘境，"先生年来穷到骨，问人乞米何曾得"，没东西可吃，现在有蜜蜂送来的蜜酒，这个安慰当然是很令人高兴的，所以是"世间万事真悠悠，蜜蜂大胜监河侯"。可是，我们再仔细一想，一个连温饱都不能解决的人，还在想方设法研究酿酒的法子，这就非常好笑了。酒和饭虽说都是适口腹之欲，可是饭是必需品，酒是奢侈品，一个人不去营生必需品，反而去营生奢侈品，这无疑是非常滑稽的。这首诗用了安慰转化悲哀，可这层安慰本身就是空洞、可笑的，这就解构了作者的理性精神，突出了其非理性的一面，显得相当滑稽。同时，在这种自嘲中，又体现出了作者乐观旷达的生命姿态，让人微笑解颐。

又如其《东坡八首》其四：

> 种稻清明前，乐事我能数。毛空暗春泽，针水闻好语。分秧及初夏，渐喜风叶举。月明看露上，一一珠垂缕。秋来霜穗重，颠倒相撑拄。但闻畦陇间，蚱蜢如风雨。新春便入甑，玉粒照筐筥。我久食官仓，红腐等泥土。行当知此味，口腹吾已许。

此诗还是作于黄州贬所。诗前有序云："余至黄州二年，日以困匮，故人马正卿哀余乏食，为于郡中请故营地数十亩，使得躬耕其中。"这块地正是"东坡"的由来。"先生年来穷到骨，问人乞米何曾得"，因为生活穷困，所以作者在东坡上过起了躬耕的生活。他种下了稻子，亲历亲尝，感觉非常快乐。他看到绿油油的秧苗涨满了春水，长势喜人。秧苗到了初夏，微风在叶子上吹过。在皓月当空的晚上，可以看到叶片上一一点缀着晶莹的露珠。到了秋天，虽然稻穗上结霜了，可它们紧紧地挨在一起，并没有蒿坏。蚱蜢群飞的时候，稻子就可以收割了。新春的谷粒倒入米缸里，每一粒都闪耀着像玉一样晶莹的光芒，简直照得米缸都变亮了……且慢，作者不是刚刚才种稻吗，怎么连收割后的场面都出来了？所以这些想象的场面就非常滑稽，越是想得美好，就越突出了作者的贫困。下面还有更滑稽的呢。作者虽然饥馁，可还是要大言不惭地说"我久食官仓，红腐等泥土"。而且，他在种稻的时候，就已经"行当知此味，口腹吾已许"了。这当然是单方面的许诺，因为稻子才刚种下去呢。这首诗，不从正面写自己的饥馁，反而以虚构的想象来画饼充饥，显得非常好笑。

这种以虚构的安慰来转化悲哀的俳谐诗，在苏诗中也是一大特色。苏轼晚年被贬谪到岭海三州的时候，还是不改其幽默的本色。如《惠州一绝》：

> 罗浮山下四时春，卢橘杨梅次第新。日啖荔枝三百颗，不辞长作岭南人。

这是苏轼在被贬谪到惠州时创作的诗歌。苏轼将惠州的气候看作"四时春"，并且卢橘杨梅争先上贡，显得一派喜气洋溢。不仅如此，这里还有荔枝可食，因此做蛮荒之地的"岭南人"也是一桩乐事。这首诗，把贬谪的悲哀转化成一场美食之旅，显得非常幽默。"日啖荔枝三百颗"，这个安慰看似是切实的，可是相对贬谪所带来的巨大悲哀，无疑还是显得有点轻巧虚无。不过，也正是因为这样一层轻巧的安慰，才凸显出了苏轼举重若轻、旷达潇洒的人生姿态。

又如其《吾谪海南，子由雷州，被命即行，了不相知，至梧乃闻其尚在藤也，旦夕当追及，作此诗示之》：

> 莫嫌琼雷隔云海，圣恩尚许遥相望。平生学道真实意，岂与穷达俱存亡。天其以我为箕子，要使此意留要荒。他年谁作舆地志，海南万里真吾乡。

此诗第一联还是有一些正话反说的幽默，不过三四联更为幽默。海南比惠州更为荒远，贬到天涯海角，这在宋代不杀士大夫的祖训下，无疑是一种极刑了。然苏轼却幽默地认为这是皇帝把自己视为箕子，要把中原文化带到遥远的蛮荒之地去。这一幽默的调侃，使其能够超越一己得失，将自己融入历史与人类的长河。

再如《六月二十日夜渡海》：

参横斗转欲三更，苦雨终风也解晴。云散月明谁点缀？天容海色本澄清。空余鲁叟乘桴意，粗识轩辕奏乐声。九死南荒吾不恨，兹游奇绝冠平生。

这首诗作于元符三年（1100）八月苏轼由海南贬所遇赦北归途中。诗歌前三联，全用比体，境界壮阔、用语典重，可尾联却宕开一笔，如黄庭坚所提倡的"打诨而出"。"九死南荒"，下字已经很沉重了，可苏轼却转以"兹游奇绝冠平生"，举重若轻地将悲哀化于无形。也正是因为这种戏谑调笑之辞，才体现出苏轼幽默旷达的人生态度。故而刘克庄说："坡公海外笔力，益老健雄放，无忧患迁谪之态。"❶ 而这种"无忧患迁谪之态"的旷达潇洒，很大程度上是由于苏轼将悲哀转化为幽默而产生的。

苏轼这种以自嘲、调笑的态度来转化悲哀，体现幽默旷达的人生意境，被后世诗人广泛继承。最后以陆游为例，来对这一情况进行论说。

三、陆游：刻意写穷、苦中作乐

由于陆游存诗近万首的庞大基数，故而其诗集中的俳谐诗数量也颇为可观。笔者以"戏""嘲""调""谑"等词作为题名关键词，检索北大版全宋诗检索系统，共得到大约480条命中记录，这堪比一个中

---

❶ （宋）刘克庄：《后村诗话》（后集），中华书局1983年版，第45页。

小型诗人的一本诗集了。而且这仅仅是诗题中有体现的谐诗，至于题中没有"戏""嘲"等字样但内容实是表达谐趣的诗歌，就更多了。

陆游的诗歌中，有许多还是以自嘲、自我调侃为主要内容的谐诗。在这些自嘲诗中，常常表现为对自己年华老去、抱负不能施展的调侃。这些题材，换在唐人手中，都无疑是悲哀的宣泄，可在陆游手中，则通过自嘲的态度，将悲哀进行了转化，在幽默的调笑中，既安慰了自己，舒缓了自己的愤懑悲哀之情，同时也让读者得到快乐一笑。

如《自笑》：

自笑谋生事事疏，年来锥与地俱无。平章春韭秋菘味，拆补天吴紫凤图。食肉定知无骨相，珥貂空自诳头颅。惟余数卷残书在，破篚萧然笑獠奴。

诗歌嘲笑了自己"谋生事事疏"的可笑结局：宋代士大夫优裕众所周知，可是，陆游却穷到了无立锥之地的地步；他只能吃些蔬菜，衣服也是缝了又补；偶然吃一顿肉，就想到了自己"无骨相"的命运；而皇帝过去御赐的珥貂领冠，也不过是"诳头颅"，骗骗头颅而已，实在没什么实际的用处；在这种穷酸的处境下，作者还对自己有"数卷残书"颇为得意，认为用它可以"笑獠奴"——可以嘲笑未开化的野蛮人。其实我们都知道，正是这种由倾心典籍所濡染出来的尊崇古道而不事俯仰的性格，才使陆游落到了这样可笑的境地，而陆游用这样荒悖的话，就更把自己酸腐的措大习气写得滑稽可笑了。

陆游的许多自嘲诗，故意把自己写得蠢拙可笑。这种可笑性，包含两个方面，一个方面是用幽默的笔法，对自己的政治遭遇、生活状态进行调侃。如上文所引的《自笑》即是如此。又如《水亭有怀》：

渔村把酒对丹枫，水驿凭轩送去鸿。道路半年行不到，江山万里看无穷。故人草诏九天上，老子题诗三峡中。笑谓毛锥可无恨，书生处处与卿同。

诗歌作于乾道六年（1170），作者赴官夔州的路上，道过江陵。作者将自己的"老子题诗三峡中"与"故人草诏九天上"进行对比，既有不遇之叹，同时用对比结构，也有自嘲的意思。尾联"笑谓毛锥可无恨，书生处处与卿同"，反用五代弘肇语"安朝廷、定祸乱，直须长枪大剑，至如毛锥子焉足用哉"❶之典，嘲笑其果真无须遗憾了，因为他现在能处处跟随着诗人，做一些吟咏风月江山的无用之事，这还是一种自嘲的笔法。

又如《即事》：

渭水岐山不出兵，却携琴剑锦官城。醉来身外穷通小，老去人间毁誉轻。扪虱雄豪空自许，屠龙工巧竟何成。雅闻岷下多区芋，聊试寒炉玉糁羹。

首联"渭水岐山不出兵，却携琴剑锦官城"，钱仲联注曰："游在王炎幕府，有出兵关中以经略中原之议……今王炎内调，游亦附后方成都，所志不遂，故诗语云尔。"❷这里无疑是自嘲的口吻，整首诗表达指向，亦以此句出发。二联以"醉""老"自得，正话反说，自嘲中又包含了作者的无奈。三联为宋诗中常用的"失衡对"手法，以"扪虱"对"屠龙"，一极小，一极大，在结构的张力中包含谐趣。且"扪虱"又称"雄豪"，"屠龙"又曰"工巧"，形容词与所形容之物名不副实，也产生

---

❶ （宋）薛居正等：《旧五代史》卷一百七，中华书局 1976 年版，第 1406 页。
❷ （宋）陆游著，钱仲联校注：《剑南诗稿校注》卷三，上海古籍出版社 1985 年版，第 275 页。

了张力与谐趣。尾联以瓦芋调羹这种满足口腹之欲的话自解，正如苏轼的《初到黄州》，在自我安慰中，又可见颇浓的自嘲之意。

陆游还有一类自嘲诗，则通过自嘲的方式，讽刺朝廷的用人不公或者政事衰弛，在幽默的自嘲中，含有强烈的批判之意。如《逍遥》：

> 台省诸公日造朝，放慵别驾愧逍遥。州如斗大真无事，日抵年长未易消。午坐焚香常寂寂，晨兴署字亦寥寥。时平更喜戈船静，闲看城边带雨潮。

此诗作于隆兴二年（1164）陆游在镇江通判任上。镇江为南宋抗金的东线战略要地，可陆游到了镇江，却只觉"州如斗大真无事，日抵年长未易消"，只能做些"午坐焚香常寂寂，晨兴署字亦寥寥"的闲事。同时，京城中的诸公，却"日造朝"，显得非常忙碌。但是，朝廷诸公忙碌的结果，却完全没有体现在备边事这样本应忙碌的事情上，因此可见这些朝廷诸公的忙，只是为了自己禄位而钻营。因而，诗歌虽为自嘲，实为讽刺批判。

又如《自嘲》：

> 贪禄忘归只自羞，一窗且复送悠悠。镜明不为人藏老，酒薄难供客散愁。正得虚名真画饼，元非大器愧函牛。年来事业君知否，高束诗书学问囚。

诗歌作于淳熙十四年（1187）严州任上。当时陆游已六十二岁。对于一个已如此高龄的诗人，知严州就像宋庭常常把文人派往某地"监酒税"一样，无疑是一种打发。故而作者自嘲"贪禄忘归只自羞"，将此职视为"虚名"，良有以也。尾联"年来事业君知否，高束诗书学问囚"，在自嘲中，更是讽刺了朝廷用人的荒谬。

不过，陆游的讽刺诗中，有时候，其讽刺矛头也并不是特别尖锐集中，而是不费笔墨、举重若轻，仅轻轻数字，就将人事的荒唐传达出来。如《送张叔潜编修造朝四首》其二：

简牍清闲胜校雠，题诗应肯寄夔州。东厨羊美聊堪饱，北面铃稀莫强愁。

"东厨羊美聊堪饱，北面铃稀莫强愁"有作者自注："东厨，密院厨也，烹羊最珍。北面房行边事，每闻铃声驰至，则知有警。"作者送友人任官枢密院，不对友人做一些黾勉从事的鼓励，反而调笑友人说："枢密院厨房里的羊肉很好吃，现在边警稀少，不用强发愁。"枢密院这种军事枢要之地，却言"简牍清闲""东厨羊美"，这首先就有一层调笑讽刺。而其时正值多事之秋，作者却言边警稀少，这个讽刺就尤为明显，反映了南宋君臣宴安、文恬武嬉的状况。

又如《起晚戏作》：

地偏身饱闲，秋爽睡殊美。老鸡每愧渠，三唱呼未起。厨人罢晨汲，童子愁屐履。惰慵虽可嘲，安静良足喜。心空梦亦少，酣枕甘若醴。不学多事人，南柯豪众蚁。

这还是写于晚年闲居山阴期间的作品。诗歌除最后一联外，其余都是抒发闲居生活的那种闲适自得之状。可最后一联，用一句幽默的打诨，把那些红尘名利客比作南柯众蚁。在身闲适足的作者面前，这一切人事纷纭，就如同南柯一梦，显得多么可笑。

陆游又有一些诗歌，也是用淡淡的自嘲笔法，来反映人生的乖讹。这样的诗歌，就如生活中的一幕幕轻喜剧，反映了陆游天性中幽默的一面。如《蔬园杂咏·菘》："雨送寒声满背蓬，如今真是荷锄翁。可怜遇事常迟钝，九月区区种晚菘。"作者用"九月种晚菘"这种不合时宜的举动，来自嘲人生的不合时宜，这就有一丝淡淡的幽默。又如《江楼醉中作》："淋漓百榼宴江楼，秉烛挥毫气尚遒。天上但闻星主酒，人间宁有地埋忧。生希李广名飞将，死慕刘伶赠醉侯。戏语佳人频一笑，锦城已是六年留。"作者在喝酒时，在酒精的作用下，幻想自己能够"醒醉两得"：在醒时，能够像名将李广一样，万里封侯；在醉时，又能像刘伶一样，醉出千古美名。不过，将这些幻想"戏语佳人"时，佳人却一语点破作者的真实处境：你在锦城已经闲滞了六年，还做这些不切实际的春秋大梦。这种在诗歌创作中，时时不忘"幽自己一默"的风格，在陆游的诗歌中是一个很常见的现象。

不过，陆游性格中似乎天生就有天真、幽默的基因。除去较为强烈的讽刺政事的荒唐或者抒发人生命运的可笑之外，陆游还有一些诗歌，则处处用幽默、谐乐的眼光看待万事万物，在无幽默处也能读出幽默的意味来。如《赠猫》："裹盐迎得小狸奴，尽护山房万卷书。惭愧家贫策勋薄，寒无毡坐食无鱼。"这虽然也有点怀才不遇的表示，但是其主旨还是发掘生活中温暖的要素，最后两句淡淡的调笑，则体现了其与自然万物亲爱一体的天真性格。又如《和范舍人病后二诗末章兼呈张正字》："士生不及庆历初，下方元祐当勿疏。请看蛟龙得云雨，岂比鸟雀驯阶除。舍人起视北门草，学士归著东观书。剑外老农亦吐气，酿酒畦花常晏如。"也是表达了自己怀才不遇的悲哀，但是尾联却写得非常可爱，自己作为一个山居野人，本来是再不必理会朝廷之事的，可自己情不自禁地受到朝廷诸公的感染，也觉得自己扬眉吐气，要更加好好地酿酒栽花。这其实是在淡淡地讽刺，同时又令人觉得特别好笑。而在其晚年闲居绍兴山阴时，以这种天性中的幽默因子来点化悲哀，让人觉其诗歌处处充满了天真幽默、憨态可掬的色彩，体现出履险若夷、处穷不怨的潇洒旷达。这种特色，在陆诗对衰老与贫困的转化中鲜明地反映出来。

无须用前人的具体诗例来举证，衰老与穷困本就是悲哀诗的两大主题。在陆游晚年的诗中，这两大悲哀的主题也占了很大部分。不过，与前人哀老叹穷的陷溺所不同，陆游是刻意选用这些悲哀的题材做诗料，从而进行苦中作乐的表达，以此表现自己的潇洒旷达之姿。换言之，在陆游的眼里，要表现其潇洒旷达的风姿，正是得依靠对这些悲哀生活的甘之若饴、安之若素，从而在对悲情的调侃、对悲哀的化解中凸显其风姿。所以这类诗，情绪基调都是悲哀的，可陆游的写法与苏轼完全不同。苏轼多是以寻找各种替代之法来转化悲哀，如将贬谪转换为箕子开化蛮荒、吃荔枝、旅游等，虽然这些转化构成了对悲哀的蔑视和调侃，显得很幽默，但苏轼对悲哀生活本身，其实是并不认同的。而陆游则是充分地认同这种生活，在认同之中，在安之若素中，反而进行了苦中作乐的转换，从而表现其潇洒旷达。当然苏陆两人不同的原因，也是出于现实环境的不同：两人的悲哀生活虽然都由"不遇"造成，但苏轼是贬谪，是戴罪之身，而陆游则是致仕。虽然如陆游所说，"胡未灭，鬓先秋，泪空留"，其政治理想并未实现，但至少致仕后陆游还是一个自由身。所以因为这种现实条件的不同，两人转化悲哀的视角也就不太一样。

首先来看看陆游对衰老的悲哀的转化：

似见不见目愈衰，欲堕不堕齿更危。谁令汝年八九十，常欲强健宁非痴！目昏大字亦可读，齿摇犹能决濡肉。若知用短百无忧，此理正如夔一足。蒙眬魌魍俱有味，笑侮莫听傍人啄。但令孙曾能力耕，一饱不妨还美睡。（《老态自遣》）

这首诗写得十分有趣。目盲与齿堕，是老年人都难以避免的生理衰老现象，可陆游发现自己现处在"似见不见目愈衰，欲堕不堕齿更危"的"中庸"的处境中，这一发现就颇为有趣。对于自己的衰老，陆游先以一句"谁令汝年八九十，常欲强健宁非痴"轻松地打发过去。目虽已盲，但还未全盲，幸好还有"大字"可读；齿虽已摇，但未全落，幸好还有"濡肉"可吃：反映了陆游能处处从一些不起眼的事情上找自我安慰的幽默性格。而且更妙的是，在这种眼目欲见不见的"蒙眬"之中，在牙齿欲落不落的"黾厄"之中，陆游反而还发现了"俱有味"的妙不可言之感，所以陆游是从这种悲哀生活的本身找到了乐趣。以谐乐的观照转化老迈的悲哀，在这首诗中体现得淋漓尽致。

又如《晨起览镜》：

> 晨起览清镜，有叟鬓已皤，齇黄色类栀，面皱纹如靴。熟视但惊叹，初不相谁何；久乃稍醒悟，举手自摩挲。与汝周旋久，流年捷飞梭，生当老病死，求脱理则那？切勿强撑拄，据鞍效廉颇，惟须勤把酒，暂遣衰颜酡。

纵然世界上有许多人不服老，可自己衰老与否，在览镜时最能自查自省，因此"览镜"也是古典诗词中常常出现的事象。但与冯延巳的"日日花前常病酒，不辞镜里朱颜瘦"的刻意执着或王国维的"最是人间留不住，朱颜辞镜花辞树"的美人迟暮不同，陆游的览镜，却写得十分幽默。作者"晨起览清镜"，发现了一个"有叟鬓已皤，齇黄色类栀，面皱纹如靴"的略带滑稽可笑的糟老头。他"熟视但惊叹，初不相谁何"，甚至不愿面对自己的衰老，他不情愿、不甘心。这里就孕育了一份悲哀。可是陆游并没有沉溺在这份悲哀里，他"久乃稍醒悟"，领悟到了人都有一老的这个事实，也正因为这种领悟，所以他"举手自摩挚"，还显得相当自足惬意。在这由悲哀到快乐的转化中，幽默就产生了。后面，作者又较为仔细地抒发了他所领悟的事实：时光如电，生老病死是人之常情（与汝周旋久，流年捷飞梭，生当老病死，求脱理则那）。何必不服老，"据鞍效廉颇"呢？不妨把握当下，"惟须勤把酒，暂遣衰颜酡"吧。喝酒只能是"暂遣衰颜"，其实并没什么用，但这不妨碍陆游快乐地承认这一功能。从这首诗中，不难看出作者的悲哀，可他以轻快幽默的笔法，把这份悲哀转化了。

上面所举的是陆游对于衰老题材的悲哀的转化，下面再来看看陆游对于贫困题材的悲哀的转化。

贫困是生活中一个不得不面对的实际问题，也是产生悲哀诗的一个重要主题。无论是杜甫"骑驴十三载，旅食京华春"（《奉赠韦左丞丈二十二韵》）时的充满辛酸的干谒，还是孟郊"借车载家具，家具少于车"（《借车》）的寒士的苦吟，都说明了苦贫叹穷的诗歌，最能感动激发人意。虽然从整体时代风气来讲，宋代士大夫的经济状况比前人要好得多。不过，陆游晚年的诗歌中，却有许多诸如"垂老贫弥甚，虚教遇太平"（《戏作贫诗二首》其一）、"行年七十尚携锄，贫悴还如白纻初"（《贫病》）、"仕宦遍四方，每出归愈贫"（《杂兴十首以"贫坚志士节，病长高人情"为韵》其一）这类感慨贫穷的题材。而陆游之所以要大量地叙写这样的贫困题材，笔者以为，可能陆游的用意并不是表现生活本身的面貌，而是用这种贫穷的题材凸显其苦中作乐、潇洒旷达的人生姿态。

如《贫甚，卖常用酒杯，作诗自戏》：

桃李成尘浑不数，海棠也作胭脂雨；清明未到春已空，枝上流莺替人语。逢春日日合醉归，莫笑典衣穷杜甫。生时不肯浇舌本，死后

空持醉坟土。门前三百里湖光，天与先生作醉乡。银杯羽化不须叹，
多钱使人生窟郎。

前四句，描绘出一幅落红无数的晚春图。以这样的晚春图起兴，是借
鉴杜甫"一片花飞减却春，风飘万点正愁人。且看欲尽花经眼，莫厌
伤多酒入唇"（《曲江二首》其一）的构思，意为惜春当要喝酒来凭吊，
也即是作者自己所说的"逢春日日合醉归"。可是，自己穷得连酒杯都
已卖掉，这自然是如同"典衣穷杜甫"了。运用典故的手法，把自己
写得十分可笑。虽贫穷如此，可作者并未沉溺在这个悲哀里。他幽默
地把镜湖之水比作"门前三百里湖光，天与先生作醉乡"。同时，作者
又理性地认识到，过分眷恋钱财等身外之物，会导致"多钱使人生窟
郎"，令人生鄙吝之心。作者运用典故刻画出自己的滑稽相，同时，又
用夸张的想象与理性的观照，把悲哀转化了。

又如《贫甚戏作绝句》：

籴米归迟午未炊，家人窃闵乃翁饥。不知弄笔东窗下，正和渊明
《乞食》诗。

这首小诗截取了一个细微的生活剪影，写得十分滑稽：家中无米继炊，
作者只好去官仓籴米，回来得晚了一点，引起了家人的担忧，不知道
他此刻吃过饭了没有。孰料，作者还顾不上吃饭，而是"弄笔东窗下，
正和渊明《乞食》诗"呢。虽然饿得吃不上饭，但想着这就能够写出像
陶渊明《乞食》这样的好诗来，不禁让人哑然失笑。

其实，不用再具体分析诗歌，只要看一下诗题，就可以管窥陆游
以幽默的视角转化贫困的悲哀的努力：陆游写到贫困的诗歌，题目中
多带有"戏作""乐"等字眼，如《戏作贫诗》《苦贫戏作》《贫乐》《岁

暮贫甚戏书》《贫中自戏》等。这些写贫困的诗歌，并不是像前人那样，把伤口暴露给人们看，而是以贫困为题材，注入甘之若饴、安之若素的精神，由此来表现自己安贫乐道、乐天知命的潇洒旷达胸襟。

第三节 以乐娱悲与宋人思想性格

正如上文所引严羽的《沧浪诗话》指出的，"唐人好诗，多是征戍、迁谪、行旅、别离之作，往往能感动激发人意"。悲哀的诗歌，很容易引起读者的共鸣，从而厕身"好诗"之列。但是，宋人却并未像唐人那样把这一传统延续下去，即便有悲哀，宋人还是从一种谐乐的视角来转化悲哀。这是由宋人综合儒释道为一的思想性格所决定的。尤其是儒家和道家思想，奠定了宋诗扬弃悲哀的主体基础。

宋学为新儒学，在吸收儒家修齐治平思想的基础上，对传统儒家思想有所发展改造。宋学又为宋代士大夫主体之学、立身之学，很多宋代士大夫，都从儒家思想这一根底出发，发展出一套带有个人思想印记的学问，并在人生实践中得到贯穿。以儒家思想为根底，使宋人在社会实践上，呈现出立身有本、安命有道的自足境界。这种境界，使宋人在家国责任这样一些大义问题上，呈现出"忧"的道义责任感；但在对于反求自身的个人价值问题上，则呈现出类似独立不惧、"仁者无忧"的"乐"境。以此出发，欧阳修才可以批评韩愈等人"每见前世有名人，当论事时，感激不避诛死，真若知义者，及到贬所，则戚戚怨嗟，有不堪之穷愁形于文字，其心欢戚无异庸人，虽韩文公不免此累"❶，并说"知道之明者，固能达于进退穷通之理，能达于此而无累

---

❶ （宋）欧阳修：《与尹师鲁第一书》，《全宋文》第 33 册，第 86 页。

于心，然后山林泉石可以乐"❶。苏轼才可以说"道理贯心肝，忠义填骨髓，直须谈笑于死生之际"❷，并勉励友人钱勰不要作悲戚之辞 ❸。陆游才可以说"重其身而养其气，贫贱流落，何所不有，而自信愈笃，自守益坚"❹。这些言论，体现了宋人均以儒家之道为立身之本，而使人格境界呈现立身有本的乐境。

由践行儒家之道到呈现乐的人格精神，这是宋人在诗歌中转化悲哀的主体基础。换言之，倘若宋人没有这份乐易精神，那么，何谈悲哀的转化？事实上，以乐的精神发之诗文，首先就常常使诗文呈现出一丝俳谐的色彩。在这方面，邵雍的诗歌是极端的代表。

作为北宋理学五子之一的邵雍，创造了独具一格的"邵康节体"。关于邵康节体的精神基调，朱熹认为是"篇篇只管说乐"❺。而这种乐境的形成，当然与邵雍的儒学修养有很大的关系。邵雍之学"以先天地为宗，以《皇极经世》为业，揭而为图，萃而成书。其论世尚友，乃直以尧舜之事而为之师"❻，被认为得圣学真传。其儒学修养深入于心，发之诗文，呈现出一派乐观洋溢乃至近于插科打诨的谐乐风貌。

如《南园赏花二首》其二：

花前把酒花前醉，醉把花枝仍自歌。花见白头人莫笑，白头人见好花多。

---

❶ （宋）欧阳修：《答李大临学士书》，《全宋文》第 33 册，第 103 页。
❷ （宋）苏轼：《与李公择十七首》其十一，《苏轼文集》卷五十一，第 1500 页。
❸ （宋）苏轼：《与钱穆父二十八首》其二十一"公达者，何用久尔戚戚"，《苏轼文集》卷五十一，第 1507 页。
❹ （宋）陆游：《上辛给事书》，《全宋文》第 222 册，第 230 页。
❺ （宋）黎靖德编：《朱子语类》卷一百，中华书局 1986 年版，第 2553 页。
❻ （宋）邢恕：《康节先生伊川击壤集后序》，《全宋文》第 84 册，第 40 页。

赏花通常是少年人的乐事，老人赏花，花的明艳烂漫，反而容易让人想到生命迟暮的悲哀，所以有人就笑话他。可是邵雍却笔锋一转，说自己年岁既长，阅历多了，反而对赏花更有心得，说得非常幽默。同时诗歌每句话都出现"花"字，也在形式上用了故犯语病的俳谐之法。

又如《乐乐吟》：

> 吾常好乐乐，所乐无害义。乐天四时好，乐地百物备。乐人有美行，乐己能乐事。此数乐之外，更乐微微醉。

所谓"乐天四时好""乐地百物备""乐人有美行"这些，可以想见儒家所追求的太平气象；可是数乐之后，作者笔锋一转，言"更乐微微醉"，似乎这些太平气象，还比不上自己酒后"微微醉"的感觉，这当然是插科打诨。类似这样乐观洋溢、插科打诨的诗歌，是邵康节体的主要面貌。而即便是襄赞太平这样本应是严肃的用意，邵雍也是以插科打诨的俳谐笔法出之，如《太平吟》"天下太平日，人生安乐时。更逢花烂漫，争忍不开眉"，好像自己快乐的原因中，天下太平倒是其次，鲜花烂漫才排第一。这样说也非常滑稽。

另外值得注意的是，由儒家修养所带来的乐的观照，不仅使宋人喜欢以乐易悲、塑造谐趣，同时，它还改变了讽刺的面貌，使宋代笑谑性的讽刺诗大为流行，这个意思从洪迈所说的"嬉笑之怒，甚于裂眦"❶的话头中鲜明地传达了出来。中国诗歌的讽刺传统源远流长，但讽刺的精神，无疑来源于创作主体愤怒不满的情绪。而愤怒不满，在诗歌中并不是一种好的情绪，它既有违"温柔敦厚"的诗家义理，同时更不能体现出创作者内心的潇洒旷达。故而宋人常常以一种诙谐的笔

---

❶ （宋）洪迈：《容斋随笔》卷一，《全宋笔记》第五编·五，第27页。

触进行讽刺，"以游戏态度，把人事和物态的丑拙鄙陋和乖讹当作一种有趣的意象去欣赏"❶。比如欧阳修的《憎蚊》《憎苍蝇赋》等诗文，把小人比作蚊子苍蝇这类微不足道的虫豸，显得非常滑稽。苏轼在熙宁四年（1071）至熙宁七年（1074）首任杭州时期所作的诗歌，也大多寓俳谐以讽刺，以调侃的语气讽刺新法新党，后来还引发了乌台诗案。在乌台诗案之后，随着文字狱愈来愈酷，宋人这种好讽刺的现象暂时有所收敛。但是，也正是从北宋中后期开始，随着君子与小人之辩的日益深入，且也由于党争的意气性与非正义性，那些自认为是君子的诗人，在政治失势之后，也不免把这股意气形诸笔端，以幽默的讽刺，使他们所认为的那些"小人"更加呈现出丑陋渺小、滑稽荒谬的形象。

如第二章中所提到的黄庭坚的《演雅》，平行地罗列42个取自《尔雅》的动物情态，讽刺世人营营役役、夤缘求进的蠢态丑态，最后以"江南野水碧于天，中有白鸥闲似我"的打诨进行对比，越发衬出这些人的小来。又如其《蚁蝶图》："蝴蝶双飞得意，偶然毕命网罗。群蚁争收坠翼，策勋归去南柯。"以寓言的形式描写了一个蝴蝶毙命而群蚁策勋的场面。蝴蝶得意自在地飞着，完全没料到会撞到蜘蛛网上而"毕命网罗"。网罗并非群蚁所施，但群蚁捡到了这个大便宜，洋洋自得，带着这一份"功勋"回到了虚妄的南柯树下。诗歌不着一字，却讽刺得非常幽默而辛辣。唐庚的《白鹭》："说与门前白鹭群，也宜从此断知闻。诸君有意除钩党，甲乙推求恐到君。"讽刺以蔡京为首的新党在勘定"奸党"时深文罗织，以致连白鹭也不能幸免的荒唐之举，显得非常好笑。李纲的《山居四感·斗雀》："翩翩啅噪绕高檐，粒食枝栖安用贪。怒斗不知缘底事，败毛轻毳落毵毵。"描写了群雀为一些无谓的事情相

---

❶ 朱光潜：《诗论》，第24页。

斗，最后两败俱伤，落下一地雀毛。这是以滑稽的笔法讽刺了主和派内部相互倾轧的荒唐举动。《山居四感·战蚁》："欲雨山云四面垂，空庭蚁战久相持。只应薄伐檀萝国，正是槐安献捷时。"借用南柯一梦的典故，讽刺了党争犹如"蚁战"一般的荒唐。陆游的《群儿》，描写了"野行遇群儿，呼笑运甓忙。共为小浮图，嶙峋当道旁。蚬壳以注灯，碗足以焚香。须臾一哄散"的群儿嬉戏的滑稽场面。群儿们忙忙碌碌，搬砖运瓦，在道旁建造了一座小塔。它们还燃起佛灯，焚起香，玩得相当投入。可不一会儿，他们又有了新想法，于是一哄而散了。这讽刺了那些希功邀进的弄臣，总喜欢变着法子来兴作。赵汝燧的《虱》："虱形仅如麻粟微，虱毒过于刀锥惨。上循鬓发贯绀珠，下匿裳衣缀玉糁。呼朋引类极猖獗，摇头举足恣餐啖。晴窗晓扪屡迁坐，雨床夜搔不安毯。急唤童子具汤沐，奔迸出没似丧胆。童子蹙頞代请命，姑责戒励后不敢。念其昔日到明光，曾游相须经御览。"讽刺小人，它们"虱毒过于刀锥惨""呼朋引类极猖獗"，但在"汤沐"的刷洗下，它们"奔迸出没似丧胆"，完全没有当初那种气焰。而且这些虱子，是与作者一起"昔日到明光，曾游相须经御览"的，最后一句话，则把讽刺的意蕴强烈地表达出来，整首诗也显得非常滑稽。这些诗，把对方比作蚂蚁、南柯一梦、雀鸟、小儿等等琐屑的意象，不仅讽刺得辛辣幽默，同时还能突出自己的潇洒旷达，拔高自己、矮化对方。这是融合了儒家的君子小人之辩以及由仁德修养的乐的精神在俳谐诗中的具体体现。

除了由儒家修养带来的"足乎己，无待于外"的乐的境界外，宋人转化悲哀的观照视野，也深受庄子思想的影响。

庄子的《逍遥游》，开篇就以奇幻恣肆的笔法，描写了一只扶摇而上的大鹏。它超越孔孟哓哓多言的"君主成功学"，从辽阔广袤的意境营造中，让人体悟到古典式的"自由"境界。而要达到这种境界，其方法是《齐物论》中所着力阐述的齐物我、等是非，不断剥离被社会礼俗所束缚干扰的情态性的"我"，最终析出自在自为的本质性的"我"，是谓之"真宰""神"。以此出发，庄子认为一切后起的、人工的东西都是虚假可笑的。儒家所提倡的仁义道德是虚假可笑的，它引起了人类追逐名利的机心："自虞氏招仁义以挠天下也，天下莫不奔命于仁义"❶，"县企仁义以慰天下之心，而民乃始踶跂好知，争归于利，不可止也"❷。从事知识活动的士阶层也是可笑的："施及三王而天下大骇矣。下有桀、跖，上有曾、史，而儒、墨毕起。于是乎喜怒相疑，愚知相欺，善否想非，诞信相讥，而天下衰矣……天下好知，而百姓求竭矣。"❸由此，相比于追求"有用"，他宁可追求"无用"的世界，或挂着一只巨大的葫芦遨游在江海之上，或者像一只乌龟一样快乐地曳尾于泥途。

　　庄子这些思想，在中国古代社会由儒家思想所形成的重伦常、重集体的价值取向中，开出了一朵古典的自由之花，这对宋代士大夫们来说，也非常具有启迪性。得益于宋代优待文人的祖宗家法，宋代文人们实现了千百年来知识人梦寐以求的"得君行道"的政治理想。文人成为政治主体，广泛地参与政治实践。不过，随着北宋中后期政治文化的转型，他们发现由欧阳修一代人所追求的皇帝"与士大夫共治天下"的政治理想，实际上发生了根本性的变化：它常常伴随着纷纭的党争与惨酷的贬谪，至有甚者，数起数贬、屡仕屡蹶成为政治生命的常态，就如黄庭坚评论苏轼的那样，"方其金马石渠，不自知其东坡赤壁也。及其东坡赤壁，不自意其紫微玉堂也。及其紫微玉堂，不自知

---

❶　（清）王先谦辑：《庄子集解》卷三，中华书局1987年版，第80页。

❷　（清）王先谦辑：《庄子集解》卷三，第84页。

❸　（清）王先谦辑：《庄子集解》卷三，第92页。

其珠崖儋耳也"❶。这种对命运无法自主的"不自知""不自意",更加重了宋人对人生无常的体验。在这种情况下,庄子学就成为宋代士大夫们在面对挫折之际的一帖良药。宋代诗人们在转化悲哀时,常常带着庄子式的观照视角:政治既然被视为险恶争夺的畏途,那么退处自身、纵浪大化,则未尝不是一件值得庆幸的事情。这在上引苏轼的俳谐诗中可以清楚地体现。沉浮宦海,还比不上"鱼美笋香""啖荔枝""游奇绝"的快意人生。黄庭坚的《蚁蝶图》也是如此:党争中的党同伐异,虽然当事人沾沾自喜,视为一份份惩奸除恶的"功勋",但实质上,就如可笑的南柯一梦一般。又如其《薄薄酒二章》其二,通过"秦时东陵千户食,何如青门五色瓜。传呼鼓吹拥部曲,何如春雨一池蛙。性刚太傅促和药,何如羊裘钓烟沙。绮席象床雕玉枕,重门夜鼓不停挝。何如一身无四壁,满船明月卧芦花"的四个"何如"的对比,形象地体现了放逸自在的庄子哲学。又如陆游的《不如茅屋底》"铸印大如斗,佩剑长拄颐。不如茅屋底,睡到日高时",《闲中自咏》"小艇上时皆绿水,短筇到处即青山。二十四考中书令,不换先生半日闲"等谐诗,都有一股浓重的庄子之风。

---

❶ (宋)黄庭坚:《东坡先生真赞》,《全宋文》第107册,第301页。

第四章　宋诗与游戏

　　游戏是文艺理论中解释文学艺术发生机制与功能的一个重要命题。诚然，它并非文学的唯一起源与功能，但它确实从某一方面揭示了文学的机制，正如论者指出的，"在多元起源论中……由游戏展开的歌谣、舞蹈，不仅是文学的起源，也可能是一切艺术所由派生"❶。

　　话虽如此，在古典诗歌领域，传统观念对诗歌的塑造，还是将"游戏"排除出了视域范围。传统观念对诗歌功能的塑造，主要集中于两点：一是以"风化""美刺"为中心的儒家诗学。这一观念将诗歌与社会世教紧密结合，突出了诗歌的社会功用性。这成为后人评价诗歌时的一大标准。在现今各类文学史著作中，像忧国忧民的离骚或杜诗、白居易的"歌诗合为事而作"的新乐府或者是苏轼"诗须有为而作"的话头，往往被充分地强调推崇。二是基于传统的"言志""感物""缘情"等诗论而形成的"情感论"。这种情感论，要求诗歌必须是具有真情实感、深厚感发的作品。当然，儒家诗学与情感论，涉及诗歌的发生机制、功能与目的等方方面面，且在某些方面也有所交叉，不过，作为两种强势的诗学话语，两者在一起内化成读者对诗歌的期待视野，而学界对诗歌的评价标准乃至诗歌史的话语建构，也多少是以这种期

---

❶　徐复观：《中国艺术精神》，李维武编：《徐复观文集》第四卷，湖北人民出版社 2002 年版，第 1 页。

待视野为"范式"而展开的。

但是,诗歌中还有许多作品,它们既不讽喻美刺,也不一本正经地言志抒情,相反,它们的创作目的,是把打趣调笑、空戏滑稽的游戏功能放在第一位。这种以诗为戏的情况,在宋诗中显得尤其突出。在讨论宋诗中的游戏现象之前,首先来看一下古典诗歌中的一个特殊的门类——杂体诗。通过对这些杂体诗的介绍,可以对宋前与宋代以诗为戏的情况做一个概览,并且从中得出一些"游戏"的内涵。

第一节　宋前与宋代的杂体诗

古代诗苑有一类"杂体诗",这类诗常常因为形式的怪异或者表达内容的无效性而被视为游戏诗。如严羽在《沧浪诗话·诗体》篇指出:"论杂体,则有风人、藁砧、五杂俎、两头纤纤、盘中、回文、反覆、离合,虽不关诗之重轻,其体制亦古。至于建除诗、字谜、人名、卦名、数名、药名、州名之诗,只成戏谑,不足法也。"❶

严羽所举的杂体诗,是不完全列举。今人徐元《趣味诗三百首》一书,列有盘中诗、回文、集句诗、姓名诗、地名诗、宫殿名诗、车船名诗、草木名诗、鸟兽虫鱼名诗、药名诗、针穴名诗、汤头诗、数名诗、卦名诗、龟兆名诗、星名诗、相名诗、歌曲名诗、戏目名诗、围棋名诗、节气名诗、四气诗、四色诗、五行诗、五更诗、十二时诗、六甲诗、十二属诗、建除诗、六府诗、八音诗、四声诗、双声叠韵诗、独韵诗、翻韵诗、离合诗、藏头诗、嵌字诗、拆字诗、复字诗、叠字诗、宝塔诗、联珠诗、风人诗、歇后诗、排比诗、隐括诗、戏拟诗、

❶ (宋)严羽著,郭绍虞校释:《沧浪诗话校释》,第100—101页。

禁体诗、禽言诗、神智体、字谜诗、同头诗、联边诗54体，基本可以从中窥见古代杂体诗的各种情况❶。尽管这些诗歌千奇百怪，但按徐先生的分法，可以大致分为六种。笔者结合宋代杂体诗的具体情况，择其要者，略作解说。

一、与字形有关的杂体诗

由于汉语文字多是由两个或两个以上的"部件"合成的字，故而一些诗人在作诗时，常常以字形结构做文章，达到以文字滑稽的功能。

1. 离合体

叶梦得《石林诗话》载："古诗有离合体，近人多不解。此体始于孔北海，余读《文类》，得北海四言一篇云：'渔父屈节，水潜匿方，与时进止，出寺弛张。吕公矶钓，阖口渭旁，九域有圣，无土不王。好是正直，女回于匡，海外有截，隼逝鹰扬。六翮将奋，羽仪未彰，龙蛇之蛰，俾也可忘。玟璇隐曜，美玉韬光。无名无誉，放言深藏，按辔安行，谁谓路长。'此篇离合'鲁国孔融文举'六字。徐而考之，诗二十四句，每四句离合一字。如首章云：'渔父屈节，水潜匿方，与时进止，出寺弛张。'第一句渔字，第二句水字，渔犯水字而去水，则存者为鱼字。第三句有时（时）字，第四句有寺字，时犯寺字而去寺，则存者为日字。离鱼与日而合之，则为鲁字。下四章类此。殆古人好奇之过，欲以文字示其巧也。"❷为方便解释，下面以繁体的形式把孔

❶ 杂体诗在古典诗苑中是一个特殊的门类，关注者不乏其人。相应的研究成果，有徐元编选的《趣味诗三百首》（上海古籍出版社1993年版），对这些杂体诗有较为全面的选录与解读。另外，鄢志化《中国古代杂体诗通论》（北京大学出版社2001年版）一书，对这些杂体诗有理论性的探讨与通释，可参看。本节对宋前杂体诗的列举，多有参照徐先生一书，特此指出，以示感谢。

❷ （宋）叶梦得：《石林诗话》卷中，《历代诗话》，第418页。

融《离合作郡姓名字诗》前八句摘出：渔公屈節，水潛匿方，與時進止，出寺弛張。吕公磯釣，闔口渭旁，九域有聖，無土不王。

第1句，"渔公屈節"四字，"渔"字带"氵"（水），后一句"水潛匿方"之意即离"水"，故而得"魚"字。3—4句，"時"字"出寺"，得"日"字，故而与上文"魚"字相合而得"魯"字。5—6句，"吕"字"闔口"而得"口"字。7—8句，"域"字"无土"而得"或"字，与"口"字合为"國"字。依次类推，则得"魯國孔融文舉"。这是离合体中一种离合字体部件的情况。

这种离合体，虽说有文字游戏的性质，可因为字中藏意、别有洞天，常常可以用来抒发作者的难言之隐，或者是一些另有所指的事情。如计有功《唐诗纪事》中记载了一件趣事：

乾符末，有客访僧。僧却之，题门而去，云："尪龙去东海，时日隐西斜。敬文今不在，碎石入流沙。忽一僧曰："大骂我曹乃'合寺苟卒'四字。"❶

这首诗即是用了离合的手法，巧妙地达到了嘲谑的效果。"尪"字离"龙"而得"合"，"时"字离"日"而得"寺"，"敬"字离"文"而得"苟"，"碎"字离"石"而得"卒"，合起来就是"合寺苟卒"，讽刺巧妙，令人捧腹。

明代徐师曾在《文体明辨序说》中把离合诗的手法归纳为四类："其一，离一字偏旁为两句，而四句凑合为一字，如'鲁国孔融文举''思杨容姬难堪''何敬容''闲居有乐''悲客他方'是也。其二，亦离一字偏旁为两句，而六句凑合为一字，如"别"字诗是也。其

---

❶ （宋）计有功：《唐诗纪事》卷八十，上海古籍出版社1955年版，第1142页。

三，离一字偏旁于一句之首尾，而首尾相续为一字，如《松间斟》《饮岩泉》《砌思步》是也。其四，不离偏旁，但以一物二字离于一句之首尾，而首尾相续为一物，如县名、药名离合是也。"❶ 虽然有四类，但其中离合方式，实只有两种。一种是离合字体偏旁结构，上面一、二、三类均是。另一种是离合词名，即上面最后一类。这种方式虽然并不属于离合字体部件的手法，但前人既已提到，这里也顺便指出。这种离合方式比较简单，如唐代陆龟蒙的《药名离合夏日即事三首》其一：

乘屐着来幽砌滑，石罂煎得远泉甘。草堂只待新秋景，天色微凉酒半酣。

此诗第一句末离"滑"，第二句首离"石"，合"滑石"；第二句末离"甘"，第三句首离"草"，合"甘草"；第三句末离"景"，第四句首离"天"，合"景天"，都是药名。

据笔者有限的检读，离合体在宋诗中极少，只有孔平仲作有《离合转韵寄常父》《药名离合四时四首》《药名离合寄孙虢州》三首，其原因，大概就如叶梦得所说，因为"近人多不解"，所以也就不多作了。

2. 连边体

所谓连边体，即诗句中各字，都用同一个偏旁。《文心雕龙·练字》篇云："联边者，半字同文者也。状貌山川，古今咸用；施于常文，则龃龉为瑕。如不获免，可至三接。三接之外，其字林乎？"❷ 正如刘勰所指出的，这种连边体大概起源于铺采摛文、状貌山川的赋。不过刘

---

❶ （明）徐师曾：《文体明辨序说》，《文章辨体序说　文体明辨序说》，人民文学出版社 1962年版，第 162 页。

❷ （梁）刘勰著，范文澜注：《文心雕龙注》卷八，第 624—625 页。

勰认为一首诗中最多只能用三个偏旁相同的词，不然就成了"字林"。而连边体正是有意识地用这种手法，来达到文字游戏的效果。如陈朝诗人沈炯的《和蔡黄门口字咏绝句诗》：

> 嚻嚻宫閣路，霝霝谷口閻。誰知名器品，語哩各崎嶇。

每个字都含"口"，尤其具有文字游戏的性质。至于诗歌内容的意义，大概是说在官道上与谷口间，行走着一群士人，虽然这些人都属于高门望族，但说起话来，却是各说各的方言俚语，让人惑然。意思勉强解释得通，但也比较滑稽。

这样的诗在宋代也有一些，如黄庭坚的《戏题》：

> 逍遙近道邊，憩息慰憊憃。晴暉時晦明，譀語諧謔論。草萊荒蒙蘢，室屋雍塵坌。僮僕侍伶側，涇渭清濁混。

比起沈炯的诗，黄庭坚此诗意思还算通畅一点。大概是说人们在路上旅行，累了就停下来歇息。光景忽明忽暗，大家相互调笑，讲出来的笑话都有深刻的意思。路边的野草几乎都芜没了，屋子里积满了尘土。童仆陪伴在左右，分不清哪些是士人、哪些是仆人。不仅字形滑稽，诗歌的意思也很滑稽。

而连边的游戏诗法，宋人也常常嵌在某一诗句中，为营造诗歌谐趣而服务，如欧阳修《憎蚊》"蝇虻蚤虱蚿，蜂蝎蜿蛇蝮"、苏轼《书韩干牧马图》"骓駓骃骆骊骝骢"、陈师道《赠二苏公》"桂椒柟栌枫柞樟"等。

3. 其他与字形有关的杂体诗

除离合体、连边体外，在宋代，还产生了一些新型的以字体结构为游戏的诗歌。如刘一止的《山居作拆字诗一首寄江子我郎中，比尝以拆字语为戏，然未有以为诗者，请自今始》：

> 日月明朝昏，山风岚自起。石皮破仍坚，古木枯不死。可人何当
> 来，意若重千里。永言咏黄鹤，志士心未已。

诗歌中以"日月"拆"明"，以"山风"拆"岚"，等等，敷衍成篇，体现
了文字的趣味性。正像诗题中所说的，拆字诗从刘一止开始。

又有"笔画诗"，如孔平仲的《十画农谣一首》《惜别一首呈陆亨儒
十画》《九画一首》《八画一首》《七画一首》《十画四言》，是用同一笔
画的字来敷衍成篇的诗歌。如《十画四言》：

> 亨倅沉俗，泥蚓卧虹。星君促面，省座班封。修治克茂，果有昌
> 宗。耻於便佞，宜效孤忠。

需要注意的是，这种笔画诗，每个字的笔画数应该不是按照今人的书
写笔顺来算，而是每一顿就是一画，有折弯的地方计多画。如"亨"
字，按照今天的笔顺，应该是七画。但如果每一顿都算一画，把转折
处计入多画，即是"点横竖横竖横横撇竖提"，那就刚好是十画。余均
仿此。同时也要注意繁简字的不同写法。比如草字头"艹"，今天是三
画，而繁体大多作"艹"，是四画。

二、与音韵有关的杂体诗

中国古典诗歌讲究音韵之美，声分平仄，又分平上去入，又有双
声叠韵词，这些音韵要素，是诗律的基本声律，由此造成古典诗词音
韵和谐、声调圆美的特质。而有些杂体诗，则从音韵上做文章，故意
破弃诗歌声律的固有体制，在声文上造成一种生新滑稽的效果，这也
体现了古人以诗为戏的态度。

1. 双声叠韵诗

据葛立方《韵语阳秋》载：

> 皮日休《杂体诗序》曰："《诗》云'蝃蝀在东'，又曰'鸳鸯在梁'，双声起于此也。"陆龟蒙诗序曰："叠韵起自梁武帝云'后牖有朽柳'。当时侍从之臣皆倡和：刘孝绰云'梁王长康强'，沈休文云'偏眠船舷边'，庾肩吾云'载碓每碍埭'。自后用此体作为小诗者多矣，如王融所谓'园蘅炫红葩，湖荇晔黄华'，温庭筠所谓'栖息消心象，檐楹溢艳阳'，皆效双声而为之者也。"陆龟蒙所谓"琼英轻明生，竹石滴沥碧"，皮日休所谓"康庄伤荒凉，土房部伍苦"，皆效叠韵而为之者也。南北朝人士多喜作双声叠韵，如谢庄、羊戎、魏收、崔岩辈，戏谑谈谐之语，往往载在史册，可得而考焉。❶

葛立方这段话，指出了历代诗人以双声叠韵为戏的情况。双声即声母相同，叠韵即韵母相同。双声叠韵，本来是构词音韵中一个常有的现象，而将双声叠韵词用在诗歌中，常常能增加诗歌摇曳映带的音韵美。可是，如果通篇全用双声叠韵，就增加了读音的含混性，造成佶屈聱牙的效果，令人发噱。如上引梁武帝的"后牖有朽柳"、刘孝绰的"梁王长康强"、沈约的"载碓每碍埭"这些诗句，都用叠韵，其滑稽的音响效果可见一斑。

这种诗在宋代也有一些，如苏轼的《西山戏题武昌王居士》，是一首双声诗，又叫"吃语诗"。

> 江干高居坚关扃，犍耕躬稼角挂经。篙竿系舸菰茭隔，笳鼓过军鸡狗惊。解襟顾景各箕踞，击剑赓歌几举觥。荆笄供脍愧搅聒，干锅

---

❶ （宋）葛立方：《韵语阳秋》卷四，《历代诗话》，第513—514页。

更戛甘瓜羹。

这首诗中的字多用 j、x、q 三个声母，这在古代都属齿音，所以整首诗读起来，就产生了类似口吃的效果。这就正如赵翼指出"《西山戏题武昌王居士》《戏和正辅一字韵》……此二诗使口吃者读之，必至满堂喷饭。而坡游戏及之，可想见其风趣涌发，忍俊不禁也"❶。其中所提到的另外一首苏轼吃语诗《戏和正辅一字韵》，也是这种情况：

> 故居剑阁隔锦官，柑果姜蕨交荆菅。奇孤甘挂汲古绠，侥觊敢揭钩金竿。已归耕稼供薰秸，公贵干盅高巾冠。改更句格各蹇吃，姑因狡狯加间关。

有双声的滑稽诗，也有叠韵的滑稽诗，像刘敞的《叠韵》、孔平仲的《寄江西旧同寮》、陆游的《山居叠韵》等诗，则用叠韵的形式，来破坏诗歌的音律法则，也有谐趣的效果。以孔平仲的《寄江西旧同寮》为管窥：

> 为诗撷奇词，美矣似花蕊。而思衰迟资，揣己耻比拟。卑菱疲追随，此鄙彼绮靡。差池谁知之，迤逦上梓里。移时池之涯，或息石壁侧。诗嬉谁为雌，奕剧白敌黑。追驰麾罢羸，力击划霹雳。羁离弥思维，阒寂益忆昔。

由于古今音异读，如果用今天的语音来读的话，这首诗语音的谐趣就削弱了，可是，如果换成古音，可以发现诗歌中绝大部分字都用"i"韵，读起来就非常滑稽。

---

❶　（清）赵翼：《瓯北诗话》卷五，人民文学出版社 1963 年版，第 62 页。

2. 全平／全仄诗

中国诗歌讲究平仄相间，由此形成一种抑扬顿挫的美感。而有些诗人，也以此做文章，故意在诗歌中使用全平或全仄的字，或者以一句全为平，一句全为仄，交替使用。如史绳祖引《西清诗话》所载："晏元献守汝阴，梅圣俞往见之，置酒颍河上，晏言古人章句中，全用平声，制字稳帖，如'枯桑知天风'是也，恨未见侧字耳。圣俞既引舟，遂作五侧体四十字寄公，如云'月出断岸口，影照别蚵背'云云，固为佳作。然晏只引一句，而梅赋全篇，已觉辞费。余又尝观陶渊明诗'万族各有托'、韩文公诗'此日足可惜'、杜工部诗'寂寞白兽斗'，皆杰句也，其余诸家，五平五侧句甚多。至皮日休、陆龟蒙，又有五平五侧倡和，在《松陵集》中。"❶

魏庆之指出了这种诗体在历史上的情况。至宋代，文人墨客也常常不免技痒，投入这种诗歌的创作。如上引梅尧臣的《舟中夜与家人饮》就全用仄声。类似的，还有刘敞《初冬晨起作四声诗》（共四首，每首分别用平上去入），孔平仲《还乡展省道中作四声诗寄豫章寮友》（同上）、《平上去入四首寄豫章旧同官》（同上）等。

三、与诗歌篇章结构有关的杂体诗

1. 回文诗

在诗歌思维中，意象思维是一种常见的方式。诗歌的语言以意象群的面目出现，可以不遵循主谓宾补的语法规则，故而改换诗歌中的一些字词顺序，有时并不会对句义造成多大的破坏，如江少虞《宋朝事实类苑》卷三十九"沈存中论文"条载：

---

❶ （宋）史绳祖：《学斋占毕》卷二，左圭辑：《百川学海》，中国书店1990年版，第907页。

韩退之集中《罗池神碑铭》，有"春与猿吟兮，秋与鹤飞"，今验石刻，乃"春与猿吟兮，秋鹤与飞"。古人多用此格，如楚词"吉日兮辰良"，又"蕙肴蒸兮兰籍，奠桂酒兮椒浆"，盖欲相错成文，则语势矫健耳。如杜子美诗"红饭啄余鹦鹉粒，碧梧栖老凤凰枝"，此亦语反而意完。韩退之《雪》诗"舞镜鸾窥沼，行天马渡桥"，亦效此体，然稍牵强矣，不若前人之语浑成也。❶

或是值此之故，古代诗歌中产生了诸如回文诗这类倒错语序皆可成诗的体裁，如南朝梁元帝萧绎的《后园作回文诗》：

斜峰绕径曲，耸石带山连。花余拂戏鸟，树密隐鸣蝉。

此诗顺读倒读，皆可成文。在宋前，回文诗有萧道庆《四言》、王融《春游回文诗》、萧绎《后园作回文诗》、权德舆《春日雪酬潘孟阳回文》、陆龟蒙《晓起即事因成回文寄袭美》等诗。在宋代，像王安石、苏轼、黄庭坚、陆游、杨万里等著名诗人也作有一些，如钱惟治《春日登大悲阁》、宋庠《寄范仲淹》、宋祁《提刑张都官回文诗》、王安石《客怀》、刘敞《雨后回文》、刘攽《旅舍不寐作回文四句》、苏轼《记梦回文二首》、程俱《晓起》、杨万里《富阳登舟待潮回文》等诗歌。

2. 宝塔体

宝塔体即从一字至多字分别成句而写成的诗歌，产生于隋朝诗僧释慧英，如其《一三五七九言诗》：

游，愁
赤县远，丹思抽

---

❶（宋）江少虞：《宋朝事实类苑》（上），第500页。

鹫岭寒风驶，龙河激水流
既喜朝闻日复日，不觉年颓秋更秋
已毕耆山本愿诚难住，终望持经振锡往神州

这种诗歌状如宝塔，故而由此得名。这种诗体在唐代，大诗人白居易、张籍等人均有染指，如白居易的《诗》：

诗，诗
绮美，瑰奇
明月夜，落花时
能助欢笑，亦伤别离
调清金石怨，吟苦鬼神悲
天下只应我爱，世间唯有君知
自从都尉别苏句，便到司空送白辞

这种诗在宋代也不乏作手，如钱惟治《春日登大悲阁二首》、文同《一字至十字成章二首》、韦骧《和待梅花从一字至十字句》、邹浩《咏菊》和《咏竹》等，均是这种情况。

3. 十七字诗

十七字诗是宋代首次出现的产物，故而笔者加以详细介绍。祝穆《事文类聚》载："宣和间，王将明赐第，既而以梁生芝草为奏者。车驾临幸，适久雨梅润芝坠地，京师无名子有为十七字诗者曰：'相公赐新宅，梁上生芝草。为甚脱下来？胶少。'"❶

徽宗在位中后期，为粉饰太平，张扬"丰亨豫大"的奢靡之风，"炮制了种类繁多的所谓'天瑞祥符'。据《宋史·徽宗本纪》及其他有

---

❶ （宋）祝穆：《事文类聚》续集卷七"居处"部，文渊阁四库全书本。

关载籍，自崇宁以后，几乎每年每月都有诸如甘露降、黄河清、灵芝生等'祥瑞'降临"❶。而上面十七字诗，则以辛辣的讽刺，来嘲笑这种"天瑞祥符"的闹剧。所谓"梁生芝草"，原来是用胶水粘上去的。

这种十七字诗，将诗歌尾句缩略为一个词，使诗歌结构失去平衡，但这种失衡，反而极大地凸显了尾联的意蕴，故而用在讽刺或者嘲谑中，无疑起到了画龙点睛、入木三分的效果。并且，这样的诗歌也常常如同一首谜语诗，前三句铺陈谜面，尾句揭示谜底，让人印象深刻。关于这种诗的起源，洪迈《夷坚乙志》卷十八"张山人诗"条载："张山人自山东入京师，以十七字作诗，著名于元祐、绍圣间，至今人能道之。"❷

张山人的具体职业不详，或为底层说书人，正如本书第二章在论述宋代俳谐风气时所引的"元祐间，兖州张山人以诙谐独步京师"这则材料，可见张山人因其滑稽幽默而受到人们的追捧，是一个职业"段子手"。《夷坚乙志》同条接下来又载："其词虽俚，然多颖脱，含讥讽，所至皆畏其口，争以酒食钱帛遗之。"可见张山人的幽默段子传播之广，以致某些人要争以酒食钱帛贿赂之，才能令其掩口，使自己免于讥谑。因而，人们在得到幽默段子时，常常首先想到的就是张山人：

> 禹玉（王珪）既亡，有无名子作诗嘲之云："太师因被子孙煎，身后无名只有钱。喏喏按翻王介甫，奇奇歆杀宋昭宣。常言井口难为戏，独坐中书不计年。东府自来无土地，便应正授不须权。"其家经府指言是张山人作。府中追张山人至，曰："你怎生作诗嘲他大臣？"张山人

---

❶　沈松勤、姚红:《"崇宁党禁"下的文学创作趋向》,《文学遗产》2008 年第 2 期。

❷　（宋）洪迈:《夷坚志》第 1 册, 中华书局 1981 年版, 第 342 页。

曰："某自来多作十七十六字诗，着题诗某吟不得。"府尹笑而遣之。❶

这首从一个层面反映了宋代传播俳谐、接受俳谐的风气。宋代十七字诗，今存不多。依笔者有限的检读，在各类诗话笔记中共发现五首。除上引讽刺祥瑞的那首外，还有如下四首。《夷坚乙志》"张山人诗"同条又载："（张山人）年益老，颇厌倦，乃还乡里，未至而死于道。道旁人亦旧识，怜其无子，为买苇席，束而葬诸原，楬木书其上。久之，一轻薄子弟至店侧，闻有语及此者，奋然曰：'张翁平生豪于诗，今死矣，不可无记述。'即命笔题于楬曰：'此是山人坟，过者应惆怅。两片芦席包，敕葬。'人以为口业报云。"这是"轻薄子"以张山人的手法嘲谑张山人的作品。

明人冯梦龙《古今谭概》"口碑"部第三十一"十七字谣"条收入两首："淳祐间，史嵩之入相，以二亲年耄，虑有不测，预为起复之计。时马光祖未卒哭，起为淮东总领。许堪未终丧制，起为镇江守臣。里巷为十七字谣曰：'光祖做总领，许堪为节制。丞相要起复，援例。'"又"淳祐间，车驾幸景灵宫。太学武学、宗学诸生，俱在礼部前迎驾。有作十七字诗曰：'驾幸景灵宫，诸生尽鞠躬。头乌身上白，米虫。'盖讥其岁縻廪禄，不得出身，年年惟迎驾耳"。❷

又阮阅《诗话总龟》载："吴贺迪吉者，抚州人，一日载酒来余家，并召刘夷季、洪龟父、饶次守辈。酒酣颇纷纷，龟父先归，作一绝题于余书室曰：'再为城南游，百花已狂飞。更堪逢恶客，骑马风中归。'次守既醒，作十七字和云：'当时为举首，满意望龙飞。而今已报罢，

---

❶ （宋）胡仔：《苕溪渔隐丛话》（前集），第 194 页。
❷ （明）冯梦龙：《古今谭概》"口碑"部第三十一，中华书局 2007 年版，第 408 页。

且归。'盖龟父是年自洪州首荐，自今上初即位无廷试也。"❶

以上五首，是笔者仅能搜罗到的宋代十七字诗。这种诗在后代也不乏作手，如《明史》卷四十一，记载了一首元末明初盛行于江浙一带讽刺张士诚兄弟的十七字诗："丞相做事业，专用黄菜叶。一朝西风起——干瘪。"❷

四、与词义有关的杂体诗

汉语中的词，常为一词多义。故而有些诗歌，用这种现象做文章。其具体表现，就是将某些特定的词嵌入诗中，如姓名诗、地名诗、宫殿名诗、车船名诗、草木名诗、鸟兽虫鱼名诗、药名诗、针穴名诗等嵌名诗。

1. 嵌名诗

嵌名诗始于魏晋南北朝。南梁皇帝萧绎一人就作有《将军名》《宫殿名》《屋名》《车名》《船名》《草名》《木名》等名目各异的嵌名诗。如其《兽名》诗：

豹韬求秘术，虎略选良臣。水涉黄牛浦，山过白马津。摧锋上狐塞，画像入麒麟。果下新花落，桃枝芳树春。王孙及公子，熊席复横陈。

基本每一句都嵌一个兽名，但大多数非词的本来之意："豹韬""虎略"即指韬略；"黄牛浦""白马津""狐塞"为地名；"麒麟"指汉代"麒麟阁"，供奉功臣画像；"果下"为马名，《汉书·霍光传》颜师古注云

❶ （宋）阮阅：《诗话总龟》（前集），第399—400页。
❷ （清）万斯同等：《明史》卷三十，中华书局1974年版，第486页。

"汉厩有果下马,高三尺,以驾辇"❶;"桃枝"亦含马意,《山海经》卷五"中次六经"云"其北有林焉,名曰桃林。是广员三百里,其中多马"❷;"王孙"指猴子,《初学记》卷二十九引东汉王延寿《王孙赋》"有王孙之狡兽,形陋观而丑仪"❸。

这种嵌名诗,在宋代就更多,现进行不完全枚举:

人名:孔平仲《和萧十六人名》、方岳《山中作人名诗》、艾性夫《人名诗戏效王半山》,以及陈造《程帅以古人名作诗见寄,拟作谢之》《暗用古人名诗寄程帅》。

数字名:梅尧臣《数诗》、欧阳修《数诗》、孔武仲《数诗分题二首》、苏过《次韵赵承之数诗》、吕南公《戏作数目诗》、程俱《数诗述怀》、喻良能《咏怀》。

药名:陈亚《药名诗》《登湖州消暑楼》,王安石《和微之药名劝酒》《既别羊王二君,与同官会饮于城南,因成一篇追寄》,孔平仲《萧器之小饮,诵王舒公药名诗,因效其体》,黄庭坚《荆州即事药名诗八首》,李光《次韵补之药名十绝》,曹彦约《次耿令君药名韵》。

建除体:建除体起自鲍照。鲍照《建除诗》:"建旗出燉煌。西讨属国羌。除去徒与骑。战车罗万箱。满山又填谷。投鞍合营墙。平原亘千里。旗鼓转相望。定舍后未休。候骑敕前装。执戈无暂顿。弯弧不解张。破灭西零国。生房郅支王。危乱悉平荡。万里置关梁。成军人玉门。士女献壶浆。收功在一时。历世荷余光。开壤袭朱绂。左右佩金章。闭帷草太玄。兹事殆愚狂。"全诗共十二联二十四句,分别在句头嵌入"建""除""满""平""定"、"执""破""危""成""收""开""闭"

---

❶ (汉)班固:《汉书》卷六十八,第2944页。
❷ 袁珂校注:《山海经校注》,上海古籍出版社1980年版,第139页。
❸ (唐)徐坚:《初学记》卷二十九,中华书局1962年版,第721页。

十二字。关于这些字的来历，论者指出："南朝之前就有用十二地支纪时的做法，即将一日分为十二个时段，分别以十二地支表示，每一个地支代表一个时段，称为'十二时辰'。后来占卜迷信者用'建'、'除'、'满'、'平'……十二字与十二地支相配，用来定时日吉凶祸福，称'建除十二辰'，简称'建除'。"❶ 在宋代，建除体或句句嵌字，或隔句嵌字，有如下一些代表作：李之仪《金山寄怀秦太虚用建除体》，黄庭坚《碾建溪第一，奉邀徐天隐奉议并效建除体》《再作答徐天隐》《重赠徐天隐》，晁补之《建除体二首答黄鲁直教授》，洪炎《闻师川谏议至漳州，作建除字诗十二韵迓之》，郭印《茶诗一首用南伯建除体》，陈与义《次韵张矩臣迪功见示建除体》《陪诸公登南楼，啜新茶，家弟出建除体诗，诸公既和，余因次韵》，苏籀《奉和秘监洪丈迎谏议徐公建除之什，并次元韵》，范成大《次韵子永见赠建除体》等。

八音歌：用古代"金""石""丝""竹""匏""土""革""木"八个音乐媒介词嵌入句中，或句句嵌字，或隔句嵌字。这种诗体起自黄庭坚，有《八音歌赠晁尧民》《赠无咎八音歌》《古意赠郑彦能八音歌》，其他还有如晁补之《八音歌二首答黄鲁直》、陈与义《八音歌》等。

又有十二辰（又称十二属，即取十二生肖名嵌入诗中）：有晁补之《拟乐府十二辰歌》，程俱《仲嘉被檄来吴按吏，用非所长，既足叹息，而或者妄相窥议，益足笑云，戏作十二辰歌一首》，刘一止《和云门行持长老十二辰歌呈同游二三士》《将如京师，和方时敏机宜十二辰歌一首》，朱熹《读十二辰诗，卷掇其余，作此聊奉一笑》，赵蕃《远斋作十二辰歌见赠，且帅同作》，林希逸《戏效刘茝溪十二辰歌》等。

---

❶ 劳翠勤：《建除体初探》，四川大学中文系《新国学》编辑委员会编：《新国学》第七卷，巴蜀书社 2008 年版，第 207 页。

又有二十八宿（即取古代二十八星宿名入诗，又称"二十八舍"）：有孔平仲《二十八宿寄芸叟》、黄庭坚《二十八宿歌赠别无咎》、晁补之《二十八舍歌》、程俱《二十八舍歌示钱定国显道》等。

在这些嵌名诗中，值得一说的是禽言诗。

2. 禽言诗

禽言诗最早的雏形，大概源于《诗经》。《诗经》开篇"关关雎鸠，在河之洲"，就将雎鸠之声入诗，《秦风·黄鸟》"交交黄鸟"、《邶风·匏有苦叶》"雍雍鸣雁"这些诗句，也是如此。随着人类对自然万物观察的细密化，一些鸟的名字或叫声，也被赋予了形象化、意蕴化的色彩。如杜鹃，伴随着望帝化杜鹃的传说，其名字被演绎为"子规"（子归），叫声也被演绎为"不如归去"，声形之义都指向了一种思归的意蕴，成为文学作品中的经典意象。故而在嵌名诗的思维方式下，将禽鸟叫声入诗，以声取义，这种创作手法也开始出现。

禽言诗也是一种嵌名诗。如胡仔认为："'禽言诗'当如'药名诗'，用其名字隐入诗句中，造语稳贴，无异寻常诗，乃为造微入妙……《禽言诗》云：'唤起窗全曙，催归日未西。'唤起、催归，二禽名也。梅圣俞《禽言诗》，如'泥滑滑，苦竹冈'之句，皆善造语者也。"❶胡仔所举的梅尧臣的诗，正是首次以"禽言"为诗题的诗歌。全诗共有四篇，分举如下：

泥滑滑，苦竹冈。雨萧萧，马上郎。马蹄凌兢雨又急，此鸟为君应断肠。

婆饼焦，儿不食，尔父向何之？尔母山头化为石。山头化石可奈何，遂作微禽啼不息。

---

❶ （宋）胡仔：《苕溪渔隐丛话》（前集），第188页。

提壶芦，沽美酒。风为宾，树为友。山花撩乱目前开，劝尔今朝千万寿。

不如归去，春山云暮。万木兮参云，蜀天兮何处？人言有翼可归飞，安用空啼向高树？

这四篇，分别引竹鸡、婆饼焦、提葫芦、杜鹃四种禽鸟的叫声入诗，象声取义，敷衍成篇，所咏的，也是以上四种鸟。正因为如此，这样的诗歌其实也具有游戏的性质。不过到了后来，随着诗人们创作实践的丰富，有些已不单纯地咏禽鸟，而是仅取声文，借题发挥了。

如苏轼《五禽言五首》其二：

昨夜南山雨，西溪不可渡。溪边布谷儿，劝我脱破裤。不辞脱裤溪水寒，水中照见催租瘢。

这首诗，即取布谷鸟"脱却破裤"的叫声，来形容民间疾苦，讽刺政府的横征暴敛。宋代的禽言诗，诸如黄庭坚、陆游等著名诗人均有创作，是宋代杂体诗中一个比较热门的体裁❶。

五、其他杂体诗：集句

集句，按照明代徐师曾的定义是"杂集古句以成诗也"❷，即是说集句把古今诗人的诗句荟萃其中而成为一首新的作品。集句诗起源于魏晋，杨慎指出："晋傅咸作《七经诗》，其《毛诗》一篇略曰：'聿修厥德，令终有俶。勉尔遁思，我言维服。盗言孔甘，其何能淑。谗人罔

---

❶　关于宋代禽言诗的详细情况，可参见郁燕莉《宋代禽言诗研究》（浙江工业大学 2011 年硕士论文）。

❷　（明）徐师曾：《文体明辨序说》，第 111 页。

极，有胭面目。' 此乃集句诗之始。或谓集句起于王安石，非也。" ❶ 杨慎所引的这首傅咸的集句诗，都是集《诗经》中的句子而成篇的。"聿修厥德"出自《大雅·文王》、"令终有俶"出自《大雅·既醉》、"勉尔遁思"出自《小雅·白驹》、"我言维服"出自《大雅·板》，等等。

这种集句诗，唐代未见。四库馆臣指出，"有唐一代，无格不备，而自韦蟾妓女续楚词两句之外，是体（集句）竟亦阙如" ❷。而集句真正成为一种流行诗体，则始于宋代。宋初诗人石延年被认为是宋代第一个创作集句的诗人。胡仔《苕溪渔隐丛话》引《西清诗话》云："集句自国初有之，未盛也，至石曼卿人物开敏，以文为戏，然后大著。" ❸ 石延年的集句诗，由于在"以文为戏"的指导思想下，诗歌内容上的谐谑意味也不言而喻。如《下第偶成》二首，其一云："一生不得文章力，欲上青云未有因。圣主不劳千里召，姮娥何惜一枝春。凤凰诏下虽沾命，豺虎丛中也立身。啼得血流无用处，著朱骑马是何人？"其二云："年去年来来去忙，为他人作嫁衣裳。仰天大笑出门去，独对春风舞一场。"第一首自嘲其坎坷不遇，第二首除了自嘲，还有豪放洒脱的态度。虽然集前人诗句，但其事理浑成、熔化无迹，如出己手。

而大力创作集句且又影响甚大的，则是后来的王安石。

明人安磐在《颐山诗话》中指出："集句始于宋人，王荆公为妙。荆公集句近百首，《胡笳十八拍》为妙。" ❹ 可见王安石对集句诗的热衷程度。特别是其模仿蔡琰口气而作的集句组诗《胡笳十八拍》，"混然

❶ （明）杨慎著，王仲镛笺证：《升庵诗话笺证》卷一，上海古籍出版社1987年版，第6页。
❷ （清）纪昀等纂：《四库全书总目提要》卷一百七十三·集部二十六《香屑集》提要，河北人民出版社2000年版，第4547页。
❸ （宋）胡仔：《苕溪渔隐丛话》（前集），第239页。
❹ （明）安磐：《颐山诗话》，文渊阁四库全书本。

天成，绝无痕迹，如蔡文姬肺肝间流出"❶，为时人所称道。王安石的集句，有些当然也不免带着谐谑嘲调的目的，如其《戏赠湛源》："恰有三百青铜钱，凭君为算小行年。坐中亦有江南客，自断此生休问天。"嘲谑有些人心如死灰，连算命都不想算了。《与北山道人》："可惜昂藏一丈夫，生来不读半行书。子云识字终投阁，幸是元无免破除。"嘲谑和尚不识字，并且蕴含了类似苏轼"人生识字忧患始"（苏轼《石苍舒醉墨堂》）的感慨。不过，从《胡笳十八拍》来看，王安石的集句已经超越了单纯的谐谑嘲调的范畴了。自王安石风气一开，这种集句诗就愈发流行。

集句虽然名义上为游戏诗，不过发展到后来，其游戏的因素越来越少，就像文天祥在狱中集杜诗一百首，以向杜甫致敬的方式来抒发忠君爱国之情，其内涵显然不能以游戏目之了。

以上就是宋代杂体诗的大概情况。关于这类杂体诗，古人大多认为是文字游戏，且贬多于褒。如明代的胡应麟就将这些杂体诗的价值一笔抹杀：

> 诗文不朽大业，学者雕心刻肾，穷昼极夜，犹惧弗窥奥妙，而以游戏废日可乎？孔融离合，鲍照建除，温峤回文，傅咸集句，亡补于时，而反为诗病。自兹以降，摹放实繁。字谜、人名、鸟兽、花木，六朝才士集中不可胜数。诗道之下流，学人之大戒也。❷

这是站在极为正统的讽喻世教的文学观念中，对杂体诗所下的断语，观点较为极端。

还有些评论家，则是有条件地对其肯定，如明代胡震亨云：

---

❶ （宋）严羽著，郭绍虞校释：《沧浪诗话校释》，第189页。
❷ （明）胡应麟：《诗薮》外编卷二，中华书局1958年版，第151页。

唐人杂体诗见各集及诸稗说中者，有五杂俎、两头纤纤、盘中诗、回文、集句、风人诗、回波词、大言、小言、了语、不了语、县名、州名、药名、古人名、四气、四色、字谜等类。又有故犯声病、全篇字皆平声、皆侧声者；又一句全平、一句全侧者；全篇双声、全篇叠韵者；律诗有侧句并用韵故犯鹤膝者，缕举不尽。以上并体同俳谐，然尤未至俚鄙之甚也。其最俚鄙者，有贺知章之轻薄，祖咏之浑语，贺兰广、郑涉之咏字，萧昕之寓言，李纾之隐语，张著之机警，李舟、张彧之歇后，姚岘之讥语影带，李直方、独孤申叔、曹着之题目，黎瓘之翻韵，见《国史补》及《云溪友议》诸书，皆古来滑稽余派，欲废之不得者。❶

认为比起轻薄、浑语等空戏滑稽的诗歌，相较而言，杂体诗还稍微好一点。这是较为低调的评价。不过，对于杂体诗，笔者认为还是需要以具体问题具体分析为主，不能以其游戏的表现特征而一概贬斥。杂体诗中有些诗体，一开始或许确实带有文字游戏的特色，但其佳者，也往往能因巧见奇，与"正体诗"无异。如黄庭坚与晁补之的"八音歌""二十八舍"等诗歌，或思友，或述怀，或表达对庸碌生活的厌倦，虽然形式上借鉴了游戏的外壳，但其内容较为严肃。另外，对游戏的诗歌采取一笔抹杀的态度，这种观点本身就值得商榷：既然游戏是"非法"的，那么，又何以解释古人还是乐此不疲，争相投入这些游戏诗体的创作呢？事实上，以诗为戏，正是宋诗的一个宗旨。

---

❶ （明）胡震亨：《唐音癸签》卷二十九，上海古籍出版社1981年版，第303页。

第二节 宋诗与游戏

上一节简单介绍了自古以来被认为是文字游戏的杂体诗。从这些杂体诗中，还可以得出"游戏"的一些内涵。游戏的诗歌，通常被认为是一种以率意而为、漫不经心、不假思索的态度创作而成的作品，这确实是游戏的一种表现，但仅是表象而已，因为从上引杂体诗中可以看到，有些游戏诗，似乎更需要苦思冥想、精心结撰，一点都不比"正体诗"的创作来得轻松。故而笔者认为，游戏更为确切的含义，在于两点：其一，游戏的诗歌指创作者带着一种游戏的态度，表现为对诗歌娱乐性和消遣功能的注重；其二，游戏的诗歌常偏重语言文字本身的趣味性，且由于这种偏重，在形式和意义两者无法得兼的情况下，常使诗歌的意义迁就形式（像上举连边体就是极端情况，因为都要采用同一偏旁的字，所以遣词造句难度更大，故而使诗歌的意义较为支离、不连贯），甚至有时候造成诗意的无效性，也即是说无法在传统言志、感物、缘情的阐释体系中解释诗歌的意义（像苏轼的"吃语诗"就是极端情况，诗意支离，也很难用传统这套体系来阐释）。倘若以此来界定游戏，那么，游戏无疑是宋诗的一种重要功能与宗旨。下面以梅尧臣、欧阳修以及苏轼与黄庭坚为例，来谈谈宋诗中的游戏现象。

一、欧、梅：自娱娱人、文字之趣

欧阳修、梅尧臣二人被认为是开启"宋调"的关键诗人。今人对欧、梅诗歌中的宋调因素（平淡、古硬、以文为诗等），已有较多的阐述。事实上，游戏，也是欧、梅诗歌中的重要因素。可以说，以欧、梅为代表的仁宗诗坛诗人，开启了宋诗的游戏功能，使之与传统的言志、感物、缘情功能一起，共同构筑了此时期的诗歌面貌，并启迪后世。

梅尧臣虽年长欧阳修五岁，不过，考虑到二人都是开启宋调的关键人物，有相近的诗学主张，且多有赠答、唱和、次韵之作，故而此部分将欧、梅二人的诗歌一同进行论述。事实上，欧梅诗歌中的游戏意蕴，常常在这些赠答、唱和、次韵的作品中集中体现出来。下面首先从嘉祐二年（1057）的礼部唱和诗为切入口，来进行论述。

《礼部唱和诗集》，郑樵《通志》作《嘉祐礼闱唱和集》，共三卷❶，今已佚。此集是欧阳修在嘉祐二年知贡举时，与同知官王珪、梅挚、韩绛、范镇以及参详官梅尧臣六人在锁院期间创作的产物。欧阳修自序云：

> 嘉祐二年春，予幸得从五人者于尚书礼部，考天下所贡士，凡六千五百人。盖绝不通人者五十日，乃于其间，时相与作为古律长短歌诗杂言。庶几所谓群居燕处言谈之文，亦所以宣其底滞而忘其倦怠也……于是次而录之，得一百三十七篇，以传于六家。❷

由此可知原集共有 137 首诗。此集虽已佚，但根据祝尚书先生考证，其中一部分诗编入各人集子中。欧诗在《欧阳文忠公文集》卷六、卷十二，梅诗在今本《梅尧臣集编年校注》卷二十七，大约共 60 首。王珪诗存 18 首，见《华阳集》卷三❸。从这 78 首诗歌中，大致可以窥见礼部唱和诗的风格与特色。因为这些作品的创作目的是"宣其底滞而忘其倦怠"，所以诙谐调笑、消遣解颐的游戏意蕴就尤为强烈。如梅尧臣《莫登楼》：

---

❶ （宋）郑樵：《通志》卷七十"艺文第八"，中华书局 1987 年版，第 825 页下。

❷ （宋）欧阳修：《礼部唱和诗序》，《全宋文》第 34 册，第 56 页。

❸ 见祝尚书：《宋人总集叙录》附录一《散佚宋人总集考》，中华书局 2004 年版，第 531 页。

莫登楼，脚力虽健劳双眸，下见纷纷马与牛。马矜鞍辔牛服辀，露台歌吹声不休。腰鼓百面红臂韝，先打六幺后梁州。棚帘夹道多天柔，鲜衣壮仆狞髭虬。宝扛呵叱倚王侯，夸妍斗艳目已偷。天寒酒醲谁尔俦，倚楹心往形独留，有此光景无能游。粉署深沉空翠帱，青绫被冷风飕飕。怀抱既如此，何须望楼头。

关于此诗本事，胡仔《苕溪渔隐丛话》引《蔡宽夫诗话》云："故事：春试进士，皆在南省中东厢。刑部有楼甚宏壮，旁视宣德，直抵州桥。锁院每以正月五日，至元夕，例未引试，考官往往窃登楼以望御路灯火之盛。宋宣献公在翰林时，上元，以修史促成书，特免扈从。尝赋诗云：'属书不得陪春豫，结客何妨事夜游。还胜南宫假宗伯，重扉深锁暗登楼。'盖谓此。至嘉祐中，欧阳文忠公知举，梅圣俞作《莫登楼》诗，诸公相与唱和，自是遂为礼闱一盛事。"❶

可知此诗作于上元元宵。元宵节是宋代最为热闹的节日，可此时梅尧臣等人，却因为在锁院期间而不得外出，只能登楼暇观禁御内外的热闹场面，并以诗歌作想象性的自我安慰。此诗基本句句押韵，一韵到底，是一首柏梁体，从诗体上就宣示了游戏的用意。首句开门见山，以"莫登楼，脚力虽健劳双眸"的议论起笔。为何登楼会"劳双眸"呢？诗人连用十个分句排比宫禁内外的热闹盛况。诗人心虽向往，但身在礼闱，且锁院期间的无聊，更从主观上加重了"粉署深沉空翠帱，青绫被冷风飕飕"这种无聊冷清的心情。故而最后说"怀抱既如此，何须望楼头"。这样看来，登楼确实只是"劳双眸"而已，与诗篇开头形成呼应。

虽然诗体上宣示了游戏的用意，但是内容上，游戏的意蕴好像并

❶（宋）胡仔：《苕溪渔隐丛话》（前集），第205页。

不明显，真的是这样吗？非也。此诗又引发了欧阳修、王珪等人的同题唱和，且围绕此题材，前前后后又产生了梅尧臣《上元从主人登尚书省东楼》《自和》《又和》，欧阳修《和圣俞元夕登东楼》《再和》《又和》，王珪《依韵和梅圣俞从登东楼三首》《又东楼诗》等篇章。古代虽有登高能赋的传统，但同一登高，竟然引发如许诗情，这显然不是以传统的言志或者感物为发生机制的创作，只能是本着"宣其底滞而忘其倦怠"的消遣目的而创作的作品。因其消遣，游戏的意蕴也就产生了。也正因为游戏，诗歌中的某些话就不能坐实。比如"怀抱既如此，何须望楼头"，这真的反映了梅尧臣在创作此诗时，是因待在封闭的环境而心情郁闷吗？显然不能作此解。因为梅尧臣同时又创作了《和永叔内翰》，表达"犹喜共量天下士，亦胜东野亦胜韩"的喜悦心情。事实上，欧、梅等人以贡举官的身份主导文衡，为国家拔擢精英，影响今后政府的决策走向，这对文人来说，无疑是一种无上荣耀。这种荣耀，以及这种地位，他们自认为都超过了所崇拜的唐代韩愈等人。所以礼部唱和这一时段的诗人们的整体情绪基调，应是积极的。故而诗歌中"怀抱既如此，何须望楼头"这样的话，只是故作悲切、自书拙态，以发友人一笑而已。而且，既然是怀抱冷落，诗歌却又用了一大段话，饶有趣味地铺陈了"外面的世界"的热闹景况，这样反衬、自嘲的意味就尤其浓重。而诗歌用这么多的语句，仅仅是为了完成一个微不足道的"自嘲"的功能——且这个自嘲本身也没有传统中言志寄托的含义在，所以这首诗本身也就是游戏的。

与梅尧臣的诗歌相同，欧阳修的《答梅圣俞莫登楼》，也主要在铺陈元宵佳节的热闹氛围中做文章：

莫登楼，乐哉都人方竞游，楼阁夜气春烟浮。玉轮东来从海陬，纤霭洗尽当空留。灯光月色烂不收，火龙衔山祝千秋。缘竿踏索杂幻优，鼓喧管咽耳欲聋。清风袅袅夜悠悠，莹璘文角车如流。娅姹扶栏车两头，髧髦垂鬟娇未羞。念昔年少追朋俦，轻衫骏马今则不。中年病多昏两眸，夜视曾不如鸺鹠。足虽欲往意已休，惟思睡眠拥衾裯，人心利害两不谋。春阳稍愆天子忧。安得四野阴云油，甘泽以时丰麦�$?$游骑踏泥非我愁。

与梅诗相比，欧阳修此诗更为整饬。在铺陈元宵佳节的热闹场面中，梅诗稍显凌乱。诗歌中的"牛马纷纷"的意象、"狞髭虬"的壮仆以及因"倚王侯"而抢道呵斥的仆人，与元宵佳节那种士民同乐、天下升平的整体意境不符，这可能是梅尧臣推重过于客观记录的诗学宗旨以及"审丑""审怪"的美学好尚在诗歌中的直觉式反映，但用在描写元宵佳节的场面中，无疑使诗歌的整体意境显得颇为凌乱。而在欧阳修的诗歌中，这种杂乱的描写就消失了。同时，欧阳修此篇的立意，也与梅尧臣不同。梅诗莫登楼的原因，是自己情绪不佳，写得颇为简单，而欧阳修则宕开一层，前半部分铺陈元宵佳节的热闹盛况，这与梅诗一样，而后半首开始，则开始老实交代自己的情况，说以前是"念昔年少追朋俦，轻衫骏马"，而今是"今则不"，不像年轻时那样有激情了，因为现在自己是"中年病多昏两眸，夜视曾不如鸺鹠。足虽欲往意已休，惟思睡眠拥衾裯"，是一个耳目昏盲、只爱睡觉的糟老头了。这样描写自己的拙态，显得相当滑稽。不过，虽然自己不复有少年人的那种浪漫情怀，但是人到老年，境界也自然不一样了，他开始忧国忧民：当今春阳稍愆，有碍农耕，于是天子怀忧（春阳稍愆天子忧）。继而作者又说，什么时候能下一场春雨，令油麦青青？到时候，即便是"骑驴踏泥"而出游，也是快乐的（安得四野阴云油，甘泽以时丰麦莽？游骑踏泥非我愁）。了解欧阳修的读者，会认为这是体现了欧阳修一贯的非好世俗之乐，而好与民同乐的"六一风神"。但是，只要我们仔细地体味一下，就会发现欧阳修之用意并不在此，换言之，他并不是要表达自己如何忧国忧民——事实上，在这种轻松的氛围中，表达这样严肃的主题，确实有点不合时宜——而是以"游骑踏泥"的意象再次调谑：现在我们在锁院期间，尚且不能与士女一样，凑一下元宵佳节的热闹，而即便出来以后，我们也只能做一些"游骑踏泥"这类并不浪漫甚至还有点滑稽的游赏。这样写就非常好笑。

像上述所引的两首诗，它的表达内容是不甚严肃的，往往是把嘲调解颐的功能置于首位。而这一功能，比之传统诗歌中言志或者缘情的功能意义，其本身就微不足道，它并没有深沉真切的情感抒发，也没有重大遥深的意旨寄托，以传统的诗学范畴来阐释它，几乎意义为零，所以这是以诗为戏。而且，为了完成"嘲谑"这一微不足道的功能，诗歌又进行了各种铺陈，像梅尧臣与欧阳修都在诗歌中花大量篇幅来描写宫禁内外的元宵热闹盛况，这样一种"小题大做"的情况，就造成了诗歌形式与内容的失衡。以如此"大"的形式去完成一个如此"小"的功能，所以这也是游戏的。同时，诗歌还存在着"强行作诗"的情况。正如上文指出的，这样一个"莫登楼"的题材，反反复复产生了好几首诗歌。传统的诗歌产生机制，总是有着一个或言志或感物或缘情的媒介的触发，而这样的强行作诗，显然也已经脱离了传统的范畴。换言之，它只是为了竞技，而这种竞技，只是为了得到一种智力与精神上的愉悦感，这也是游戏的目的与功能。

而在礼部唱和诗中，这种以连篇累牍地唱和、次韵，以及争新斗奇的竞赛意识、微言解颐的娱乐性为目的的诗歌，则构成了此期诗歌的主要面貌。如上所述，礼部唱和诗产生于礼部锁院期间。长达 58 天的锁院，使考官们与外界隔绝，造成了封闭的环境，所以欧阳修等人才以诗为戏，自娱娱人，以游戏的诗歌，来破颜解颐，超越沉闷的现实生活。这里说的是礼部唱和诗。不过在欧阳修等人的日常生活中，也大量地存在以诗为戏的现象，这在欧阳修等人关于"鹇""鹤""白兔"等动物的次韵唱和中，体现得尤为清楚。

关于这一事件的本事，笔者根据相关诗篇，得出如下结论：梅挚家中养鹤，作有咏鹤的诗篇，后来又得到了鹇，却没有作咏鹇的诗篇。于是，鹇就托梦诉说自己的不平之情。梅挚把此事告诉欧、梅二人，询问他们如何才能安抚鹇的情绪。欧、梅认为，那就写首诗把鹇称赞一番吧。故而梅挚作鹇诗，以表达对鹇的愧疚之情，这就是其诗歌《谢鹇》。而梅尧臣与欧阳修看到梅挚此诗，又进行了唱和。

从这个本事可以看出，这些诗的题材，都是源于现实中这个颇为滑稽甚至近乎无理取闹的事件，故而题材本身就有游戏的性质。虽然梅挚原诗已佚，但这种游戏的意味，在梅尧臣与欧阳修的诗歌中体现得尤为清楚。如梅尧臣《谢鹇和公仪》：

闻有白鹇梦，遂作白鹇诗。诗记白鹇语，意公于鹤私。[4]
公意无薄厚，尔将听我辞。朝给一瓢水，昼给一盘糜。[8]
曾不令尔渴，曾不令尔饥。事事不异鹤，安得于鹤疑。[12]
鹤鸣尔不和，鹤舞尔不随。无以一供悦，饱食番顽痴。[16]
公所念尔久，李白当富之。白固有篇咏，公偶未暇为。[20]
遣尔心不平，谓此钝见遗。我持尔此意，请公吟莫迟。[24]
公便纳我言，濡笔洒淋漓。书尔在南方，野羽霜雪披。[28]
弄啄红豆实，飞上桄榔枝。翡翠不敢顾，孔雀不敢窥。[32]
将拟是白凤，修尾昼涟漪。虺颈而鸡首，峨峨如有仪。[36]

　　而今与鹤争，此识固已卑。公初待尔厚，鹕兮知不知。[40]

1—4 句，点明梅挚诗歌的本事，说明梅挚厚鹤薄鹕。从第 5 句开始，诗人站在客观评判者的角度，开始与鹕对话。5—12 句，诗人一本正经地告诉鹕，主人并没有厚此薄彼：早上给你喂水，晚上给你食物，既没渴着你，又没饿着你，事事都与鹤一样，你怎么会以为主人对鹤有私爱呢？同时，诗人又开始责怪鹕，要令其在自己身上找原因：鹤唱歌的时候，你不唱；鹤跳舞的时候，你不伴舞，没有悦人之心，只是饱食终日而无所事事，这正是你不招人待见的原因（13—16）。接着，诗人话锋一转，又进一步开导鹕：其实主人一直惦记着你。畜养鹕鸟的风气，从李白就开始了。李白固然有诗篇吟咏，但主人只是忙于公事，偶然忘记了（17—20）。请你不要再愤愤不平，以为是由于自己的迟钝而得不到主人的怜爱。因为当我把你的意见转达给主人时，主人马上就作诗了（21—26）。诗中把你夸赞得那么美好，说你在南方，羽毛像霜雪一样洁白。吃的是红豆，在桄榔树上飞来飞去，把翡翠与孔雀都比了下去。修长的尾巴在水中画出一条条漂亮的涟漪，在主人的心目中，你是白凤凰呢。而现在，你却与鹤争长短，真是见识短浅。主人待你这么好，你是否知道？

　　这是诗人把自己置于一个与动物对话者的角度，小题大做，体现出一种表达的趣味性，且看不出什么遥深的寄意或抒情，所以还是属于游戏的范畴。不过，此诗叙事流畅，议论层次分明，从中也可窥见以文为诗的积极影响。而欧阳修的《和梅龙图公仪谢鹕》，同样也是以诗为戏：

　　有诗鹤勿喜，无诗鹕勿悲。人禽固异性，所趣各有宜。[4]
　　朝戏青竹林，暮栖高树枝。咿呦山鹿鸣，格磔野鸟啼。[8]

声音不相通，各以类自随。使鹤居笼中，垂头以听诗。[12]
鸡鹜享钟鼓，鱼鸟见西施。鹏鹤不宜争，所争良可知。[16]
蚍蜉与蚁子，为物固已微。当彼两交斗，勇如闻鼓鼙。[20]
有心皆好胜，未免争是非。于我一何薄，于彼一何私。[24]
栏槛啄花卉，叫号惊睡儿。跳踉两脚长，落泊双翅垂。[28]
何足充玩好，于何定妍媸。鹏口不能言，夜梦以告之。[32]
主人起谢鹏，从我今几时。僮奴谨守护，出入烦提携。[36]
逍遥遂栖息，饮啄安雄雌。花底弄日影，风前理毛衣。[40]
岂非主人恩，报效尔宜思。主人今白发，把酒无翠眉。[44]
养鹤鹏又妬，我言堪解颐。

欧诗基本上是以议论主导叙事。诗歌中交织着两个议论角色：诗人和鹏。1—16句，诗人以客观讲道理者的角色出现，一本正经地讲述他的道理：鹤有诗不必喜，而鹏无诗也不必悲。因为动物与人不同。动物的本性，在于遂其野性。然后，诗人将此论点做进一步推论：以鹿在山、鸟在林为兴象，简单地点明动物如何遂其野性。而人偏爱鹤，以鹤赋诗，那么于鹤来说，其实是一种束缚。鹤在笼中垂头听关于自己的赞美之作，这就像以钟鼓之馔来饲养海鸟、以西施来吸引鱼雁一样，是将人的好尚强加于动物，违背了自然本意。虽然如此，但鹤与鹏还是不免争执，那么所争执的原因是什么呢？在于好胜之心。然后，作者又化身为鹏，从它的角度来表达它的好胜之心：鹏认为，好胜之心是万事万物都会有的，即便是蚍蜉和蚊子，虽然琐屑不足道，但是它们打架的时候，也好像听到了鼓声擂擂，因为有好胜之心，不免就要争一个是非曲直。主人为什么厚此薄彼，写诗给鹤，却没有写给我？鹤有什么好的？它只会啄损花园里的花卉，凄厉的叫声会惊醒熟睡的儿童。跳起来的时候只看到两只细长的脚，落下来的时候奋拉着翅膀，姿态不美。所以为什么人们反而把它当成一个赏玩之物呢？美与丑的标准，又在哪里？(17—30) 作者认为，鹇肯定是不服气的，但嘴巴不能说，所以只能托梦诉说。听着鹇的这段话，主人于是作诗，把鹇夸赞了一番，来说明自己对鹇的喜爱与愧疚之情。于是最后，作者再进行总结申说。他委婉地批评鹇，说明其不明事理：你看，主人其实对你很好，有恩于你。你不思报效，反而与鹤争宠，这怎么行？最后，诗人跳出这一层角色扮演，对梅挚进行调笑：主人已是个耄耋老人，喝酒的时候没有歌女陪伴，养个鹤，又遭到鹇的嫉妒，那么我的上述言论，可以解颐一笑。

由于梅挚原诗已佚，造成了一部分谈辩境域的丧失，故而欧阳修此诗稍显晦涩，呈现出一些语意的跳跃。虽然在诗歌 1—16 句，作者看似在正经地讲道理，由此还蕴含着类似君子出处、价值标准的大问题，这或许具有属于传统诗学中的寄托功能，但是，这个寄托，这个大道理，显然后面又被作者否定了，因为他还是说服不了鹇。书写一个道理，目的是对其进行否定，这无疑又是一种游戏的书写。同时，作者化身鹇，表达其任性不满，也是一种游戏的笔法。最后，作者自己表明作此诗的目的"我言堪解颐"，是使梅挚解颐一笑。这样，以如此长篇大论来完成一个调笑的功能，也是游戏。

欧阳修与梅尧臣的诗歌唱和，常常小题大做，以诗歌去完成一个微不足道的题材，并且用各种谐笑打趣的内容书写趣味，这就呈现出强烈的游戏精神。在欧阳修的主导下，其他文人也投入这种以诗为戏的游戏，成为仁宗诗坛的一大盛况。如关于"白兔"的诗歌唱和，前后涉及欧阳修、梅尧臣、苏洵、王安石、刘敞、刘敞、王珪等九人，共产生了至少 15 篇的诗歌。

嘉祐元年（1056），时任翰林学士的欧阳修得到一只白兔。欧如获至宝，对这只白兔异常爱惜，邀请包括梅尧臣、苏洵、王安石、刘敞等一时名流来其家中观赏赋诗，一共进行了两次关于白兔的唱和。对一只微不足道的白兔进行连篇累牍的唱和，这一行为本身就体现了诗歌创作的消遣性与趣味性，因而也是游戏。同时，也正因是游戏，诗歌中就充满了戏谑调笑的词句。为了便于论述，首先将首次唱和活动中的诗歌分列如下，并作简单解说。

梅尧臣《永叔白兔》：

> 可笑嫦娥不了事，走却玉兔来人间。
> 分寸不落猎犬口，滁州野叟获以还。[4]
> 霜毛丰茸目睛殷，红绦金练相系摮。
> 驰献旧守作异玩，况乃已在蓬莱山。[8]
> 月中辛勤莫捣药，桂旁杵臼今应闲。
> 我欲拔毛为白笔，研朱写诗破公颜。[12]

这首诗还是调笑打趣，诗歌点名白兔的由来，是滁州野叟赠予旧太守欧阳修之物（"滁州野叟获以还"），又想象这只白兔是被"不了事"的嫦娥丢失的（1—2句），这当然是打趣。7—12句，诗人继续调笑，说白兔现在既已到了蓬莱仙境（此时欧阳修已经做了翰林学士，古人常以蓬莱、方丈、瀛洲三仙岛比喻皇家馆阁翰林，故此句如此比拟），那么就不必像过去在月中辛勤地捣药了，那根捣药的杵臼，现在也应该闲置了。又说自己想拔兔毛作为毛笔（缩略韩愈《毛颖传》的典故），用此写诗，以发诸人一笑。从以上分析可见，这首诗没有任何抒情与言志的传统功能，即是说，它没有什么有效的意义，只是拉杂各种神话与典故，正如梅尧臣自己所说，是为了发诸公一笑，纯粹是以诗为戏。

刘攽《古诗咏欧阳永叔家白兔》：

> 飞若白鹭，众不足珍。走若白马，近而易驯。[4]
>
> 古来希世绝远始为宝，白玉之白无缁磷。
>
> 乃知白兔与玉比，道与之貌天与神。[8]
>
> 莹然月魄照霜雪，红眼顾眄珠璘瑶。
>
> 山农提携越千里，主人得之夸众宾。[12]
>
> 网罗脱死鹰犬避，一以洁素能超群。
>
> 清江怆神龟，大野伤麒麟。[16]
>
> 刳肠折足不免患，智若三穴方全身。
>
> 主人好奇意不倦，有来往往蒙金银。[20]
>
> 老翁守株更有待，勿使珍物遗今晨。

这首诗，基本是以典造诗、小题大做，用文字的趣味性进行调笑游戏。
1—4句，作者以两个形象起兴，与白兔进行对比：白鹭能飞，白马能
跑，它们都有"白"，但是众人并不以为贵。而众人之所以贵重白兔，
乃在于白兔与白玉一样，是旷世罕见的东西，它们都晶莹皎洁，白玉
无瑕（5—6句）。而之所以如此，作者认为，是因为白兔的貌与神，
均由"道"与"天"的精华所赋予（7—8句）。9—10句，作者用暗缩典
故的手法来形容白兔之貌与神：它的毛色，就像晶莹的月之精华照在
霜雪上（用《典略》"白兔者，明月之精"），它的眼睛如同珍珠。甚至
作者以为，白兔之所以能从网罗与鹰犬的窥伺中死里逃生，从而不远
千里地送到在京城中的欧阳修手中，乃是在于其"一以洁素能超群"的
洁白无瑕的品质——这当然是诗人极其夸张的说法。

从以上诗句中可以看出，诗人用这么大篇幅，所谈论的仅仅是

"白兔为什么白"这个极其琐碎的问题，小题大做，所以具有游戏的意蕴。这是诗歌的上半部分。下半部分，诗人说，不仅这只兔子毛色纯白，是稀世珍宝，同时，它还有"智谋"。从15句开始，诗人就硬生生地拉入典故，用以陪衬、突出白兔的"智谋"。白兔在古代被视为祥瑞，如《瑞应图》云："王者恩加耆老，则白兔见。"（《艺文类聚》卷九五）但刘攽却认为，即便是祥瑞，有时不免也不得好死。神龟怆于江，麒麟伤于野（"麒麟"用孔子泣麟的典故，"神龟"或用玄龟出图的典故），皆不能免于忧患。而只有像白兔那样具有"狡兔三窟"的智谋，才能保全其身（15—18句）。这当然是诗人为了硬要突出"狡兔三窟"的典故而硬生生地拉入祥瑞之典来凑泊，同时，这里"狡兔三窟"的事情，也完全是从典故生造，而非滁州野人所抓获的这只白兔真的具有"狡兔三窟"之实，所以是典型的以典造诗，其目的，当然是增加诗歌的新奇意蕴，凸显文字本身的趣味性。最后，刘攽继续发挥调笑的本事：主人对这只白兔异常喜爱，不过，外面的老翁正在"守株待兔"，要是你这只兔子走丢的话，可就再也找不回来了。当然又是拉杂典故。

由上述分析可见，刘攽这首诗，极具想象、夸张之能事，同时又生拉硬扯地引入"孔子泣麟""狡兔三窟""守株待兔"这些关于祥瑞或与白兔本身有关的典故。一般来说，诗歌中的用典，常常是为了使表达更为简洁畅朗或者意蕴更为丰富生动而采取的一种艺术手法，在这种用典的情况下，当然诗歌本身的意思是主导的要素，典故的意思只是借以达意。而刘攽此诗，则把典故放在主要的位置，以典故来展开诗歌，敷衍成篇，而这些典故的选取，仅仅是为诗歌的趣味性服务（这在16—22句尤为明显），而不是为了更好地言志抒情，故而说此诗是游戏。不过从艺术上说，此诗语言生动，趣味性更突出，无疑要比前面梅尧臣那首语言平淡、想象呆板的诗歌更胜一筹。

王安石《信都公家白兔》：

> 水精为宫玉为田，姮娥缟衣洗朱铅。
> 宫中老兔非日浴，天使洁白宜婵娟。[4]
> 扬须弭足桂树间，桂花如霜乱后前。
> 赤鸦相望窥不得，空疑两瞳射日丹。[8]
> 东西跳梁自长久，天毕横施亦何有。
> 凭光下视罝网繁，衣褐纷纷漫回首。[12]
> 去年惊堕滁山云，出入虚莽犹无群。
> 奇毛难藏果亦得，千里今以穷归君。[16]
> 空衢险幽不可返，食君庭除嗟亦窘。
> 令予得为此兔谋，丰草长林且游衍。[20]

此诗典型地体现了其奇倔拗峭的风格，夹杂了大量语典事典，但本质上也脱不出游戏的性质。1—8 句，也是在白兔毛色之白上做文章：水晶宫中的田是玉田（"水晶宫""玉田"，都有一种白的色泽的铺陈），嫦娥用白色的衣巾洗去粉黛。宫中的白兔，并不需要天天沐浴（挪用《庄子》"鹄不日浴而白，乌不日黔而黑"的典故），它的天性就是如此。正因为这样，所以白兔才可以匹配嫦娥。白兔在桂树丛中跳梁嬉戏，桂花落下来，就像白色的霜霰。而乌鸦却看不到白兔，只看到两只红彤彤的眼睛（这句话想象尤其奇特，谐趣横生）。而花 8 句的长篇幅，并且动用奇特的想象与典故，来描写如此一个微不足道的主题，无疑又是游戏。白兔跳梁嬉戏久了，就不免会走失，即便是"天毕横施"，又有什么用？（这句话借用《诗经·大东》中的语典。毛传谓："毕，所以掩兔也。"这也是典型的以典造文，实际上之于所描写的对象，并没有有效的意义。）13—20 句，大意为这只白兔去年掉到了滁州，因为颜色太过于洁白耀眼，所以很容易就被滁州之人得到了，并被不远千里送给了欧阳修。京师中大路通衢，又充满了危险，于是白兔就回不去天上了。但是，人类的食物对于这只来自月宫中的白兔，又显得酸窘无味。所以作者替白兔出谋划策，说是去丰草长林的野外，也比被人畜养起来好。这首诗，末尾几句有类似"与其困于劳碌的仕途，不如隐于林泉遂自我之性"这一托物言志之意。不过整首诗，也是充满了虚构的笔法，其基调还是以游戏戏谑为主。

欧阳修《白兔》：

> 天冥冥，云蒙蒙，白兔捣药姮娥宫。
>
> 玉关金锁夜不闭，窜入滁山千万重。[4]
>
> 滁泉清甘泻大壑，滁草软翠摇轻风。
>
> 渴饮泉，困栖草，滁人遇之丰山道。[8]
>
> 网罗百计偶得之，千里持为翰林宝。
>
> 翰林酬酢委金璧，珠箔花笼玉为食。[12]
>
> 朝随孔翠伴，暮缀鸾皇翼。
>
> 主人邀客醉笼下，京洛风埃不沾席。[16]
>
> 群诗名貌极豪纵，尔兔有意果谁识。
>
> 天资洁白已为累，物性拘囚尽无益。[20]
>
> 上林荣落几时休，回首峰峦断消息。

欧阳修此诗，之于以上梅尧臣、刘敞、王安石三首，语言风格上并没有什么别样的特色。1—10 句，说明白兔的来历，以及如何为滁州之人得到。11—14 句，说明自己对这只白兔的喜欢，饲以珍馐玉食，并且使白兔常常得以出入御苑，与御花园中的孔雀、鸾凤等珍奇异兽为伍，突出其高贵的处境。不过作者最后却感叹道，纵然现在这只白兔锦衣玉食，得以常常出入皇家的花园，但是，这不是白兔想要得到的生活。白兔天资洁白的美好本性，反而因此受到了束缚。上林御苑，花开花落，繁华不会休歇，而那种在大自然中自由自在的生活，却再也没有了。这首诗，因为最后一段话，隐含了作者的自我寄托，这属于传统诗学中的范畴，反映了其身在仕途而身不由己之感，表面上看游戏的意蕴较淡。

至于苏洵的诗歌，基本上是自说自话，与他人缺少互动，游戏的意蕴也不是很重，不妨也来看看。苏洵《欧阳永叔白兔》：

> 飞鹰搏平原，禽兽乱衰草。苍茫就擒执，颠倒莫能保。[4]
> 白兔不忍杀，叹息爱其老。独生遂长拘，野性始惊娇。[8]
> 贵人织筠笼，驯扰渐可抱。谁知山林宽，穴处颇自好。[12]
> 高飙动槁叶，群窜迹如扫。异质不自藏，照野明暠暠。[16]
> 猎夫指之笑，自匿苦不早。何当骑蟾蜍，灵杵手自捣。[20]

苏洵的诗意思较为舛乱。1—4句，意为猎鹰搏击平原，使禽兽纷纷被捉，当然这里也包括白兔。5—10句，说猎人不忍杀掉白兔而把它畜养起来。刚开始时，白兔野性难驯，畜养一段时间后，渐渐地变得温顺可人了。可11—18句，还是在说捉白兔的场面。白兔在山林里上蹿下跳，可因为毛羽过于洁白光鲜，其难以自藏，被猎户抓住了。而被抓住之后，那么"何当骑蟾蜍，灵杵手自捣"，就只能成为一种遥远的梦想。虽然语意舛乱，但不难看出苏洵真正想表达什么。苏洵此人年轻时喜欢游历，直至中年才发愤读书，所以在苏洵身上，有一股野性，而到了官场之后，官场的环境与这股野性无疑也是格格不入的。所以诗歌中就有一层这样的寄托，也反映了其对于仕宦的矛盾的心态，所以此诗也就缺少了游戏的意味。

　　而韩维的诗歌，看起来似乎并不具有游戏意味，但实际上，恐怕也脱不出游戏之作。韩维《赋永叔家白兔》：

天公团白雪，戏作毛物形。太阴来照之，精魄孕厥灵。[4]
走弄朝日光，艳然丹两睛。不知质毛异，乃下游林坰。[8]
一为世俗怪，置网遂见萦。我尝论天理，于物初无营。[12]
妍者偶自得，丑者果谁令。豺狼穴高山，吞噬饫膻腥。[16]
苍鹰掊不得，逸虎常安行。是惟兽之细，田亩甘所宁。[20]
粮粒不饱腹，连群落燂烹。幸而获珍贵，愁苦终其生。[24]
纠纷祸福余，未易以迹明。将由物自为，或系时所丁。[28]
恨无南华辩，文字波涛倾。两置豺与兔，浩然至理真。[32]

诗歌前6句，也是用虚构、用典的笔法来描写白兔。因为这些意蕴在前面的唱和诗中都已体现过了，所以这6句便显得语言平庸，想象力匮乏。7—10句，说这只白兔不知自己有洁白无瑕的"异质"而游戏于草丛中，但结果却因为这种"异质"而吸引了人类来捕捉它。这与欧阳修、刘敞的意思形成了针锋相对的顶真。11句开始，作者大段大段地讲他的道理。作者认为，天地不仁，以万物为刍狗。而人或动物有妍丑、大小、美恶，这也只是随机的现象。不过，在这妍丑、大小、美恶中，却潜藏着福祸的关系。豺狼居于山林，它噬肉食腥；苍鹰盘旋于长空，不易为人们捕获；猛虎能在山中安然地散步。这些对人类有害的动物，却能安然地遂其野性、保全其身。但是像白兔这样无害的动物，一生却充满了不幸。在野外，它常常食不果腹，遭到人们的烹杀；而被人畜养起来，其境遇也是愁苦的。所以福祸这种东西，真是难以捉摸：有时它是物之本性使然，有时又与各种外部环境有关（11—

28句)。最后,作者自谦道:自己没有像庄子那样滔滔不绝的辩才,暂时把豺狼与白兔放在一边,以一种"道"的态度来面对吧。这首诗所表达的意思,是较为深刻的。但其语言贫乏,又夹杂着一大段庄子哲学的鹦鹉学舌,比较让人生厌。韩维这首诗,表面上看似乎过于严肃,事实上,就如后文笔者所论述的,它也含有强烈的游戏旨趣。

刘敞《题永叔白兔同贡甫作》:

> 梁王兔园三百里,不闻有与雪霜比。
> 今公畜此安取之,莹若寒玉无磷缁。[4]
> 春秋书瑞不常有,历年旷世曾一偶。
> 宁知彼非太阴魄,凤凰麒麟亦郊薮。[8]
> 周南之人公腹心,张罝肃肃横中林。
> 献全不损一毫末,顾直肯计千钧金。[12]
> 雕笼密槛回君宠,初不惊人有时拱。
> 由来文采绝世必见羁,岂能随众碌碌自放原野为?[16]

刘敞的诗,也夹杂了大量典故,也是以典造诗的产物。首句引入梁王兔园的典故,"三百里"既言其占地之大,又言其动物之多,可其中无一可与欧阳修的白兔比(当然这也是一种无从证实的说法,也是以典造文,所以就产生了戏谑性、游戏性)。故而作者发问道:这只"莹若寒玉无磷缁"的兔子,到底是从哪里得来的呢?然后,作者又自问自答道:关于白兔为祥瑞的记载,《春秋》上也不多见。那么这只兔子,难道就是由月亮之精华养成的?既然这只兔子如此稀奇,那么凤凰、麒麟这样的祥瑞,也是平凡无奇之物。从来贵重之物赠予贵重之人,那个滁州野人,最懂得欧阳修的心意,"张罝肃肃横中林",千辛万苦才捕捉到了这只兔子(此句由《周南·兔罝》篇敷衍而来,仅仅是为了

博炫）。有人出千金来购，他也不卖。他把它放在镶有龙纹的笼子中，
完好无损地送到欧阳修的手中。这只兔子有极其美丽的外表与极其珍
贵的品质，而正因为有这一极其珍贵的特性，所以它注定不能成为凡
物，必然会受到羁束，岂能自我放任于自然，像众人一样？这句话，
显然是针对欧阳修的诗的最后两句而发的。

梅尧臣《戏作嫦娥责》：

我昨既赋白兔诗，笑他嫦娥诚自痴。

正值十月十五夜，月开冰团上东篱。[4]

毕星在傍如张罗，固谓走失应无疑。

不意嫦娥早觉怒，使令乌鹊绕树枝。[8]

啴噪言语谁可辨，徘徊赴寝褰寒帷。

又将清光射我腹，但觉轸粟生枯皮。[12]

乃梦女子下天来，五色云拥端容仪。

雕琼刻肪肌骨秀，声音柔响扬双眉。[16]

以理责我我为听，何拟玉兔为凡卑。

百兽皆有偶然白，神灵独冒由所推。[20]

裴生亦有如此作，专意见责心未夷。

遂云裴生少年尔，谑弄温软在酒卮。[24]

尔身屈强一片铁，安得妄许成怪奇。

翰林主人亦不爱尔说，尔犹自惜知不知。[28]

叩头再谢沆已去，起看月向西南垂。

大概是梅尧臣自觉第一首诗意犹未尽，放在众人之中艺术水准也
相形见绌吧，故而又作了一首。此首从嫦娥下凡着眼，显得怪奇豪纵。
因为作者在第一首诗歌中笑嫦娥"不了事"而丢了白兔，所以受到了嫦

娥的责怪。同时，嫦娥对梅尧臣在诗歌中把白兔比作凡物也十分不满。
嫦娥首先派乌鸦传信，想将诗人责怪一番，但诗人不解鸟语，于是嫦
娥又托梦给诗人（7—14 句）。这一番虚构的托梦，戏谑调笑的意蕴就
尤其明显。嫦娥问诗人道："你为何把白兔比作凡物？百兽皆有偶然
白，而此白兔正是由于神灵所钟，故而才受到人们的珍爱。"（此句说
白兔是神灵所钟，无疑是从刘敞的诗歌中得到启发）诗人听后，心怀
不平，他认为裴煜（裴煜字如晦，也参加了这次白兔诗唱和，不过其
诗已佚）也这样想，但为何专门责怪自己而不责怪裴煜？嫦娥道："裴
煜是一个少年，性格温软，专门喜欢在酒席间戏谑，这是可以原谅的。
但你平时自诩倔强如铁，怎么现在也如此妄谑？主人欧阳公也不喜欢
你的说法，你要自重反思才是。"（15—28 句）于是梅尧臣叩头拜谢，
发现月亮向西南方落下去。这首诗，情节荒诞、想象怪奇，因其以追
求谐谑性与趣味性为旨归，所以用传统的言志、缘情、感物的范式来
解说，都完全失效，纯粹是空戏滑稽的产物。而关于这次的白兔唱和，
重要的诗篇就如上所述。

在传统文化中，关于白兔有非常多的语典事典，如白兔捣药、守
株待兔、狡兔三窟、肃肃兔罝、白兔为祥瑞、白兔为月魄之精，以及
白兔与嫦娥的传说，这些典故都被诗人们牵扯拉杂挪用到了诗中。不
过，拉杂这些典故，都不是为了更好地言志抒情，而是为了开拓出诗
歌的新意，以期在这场竞技中争新出奇，表现自己的博学与智力优越，
这就具有一种游戏的态度。同时，这几首诗都是对同一题材进行次韵
酬唱的作品，因此，诗人之间就产生了互动，使诗歌之间形成了一种
互文性效应。上面每个诗人的诗篇，或竞用典故，或争新出奇，展开
各种夸张的想象，但是，诗人们思维的展开、典故的选取，都是基于
相互影响、充分互动的结果。如果我们把上述诗人们共同的谈辩境域

找出来，那么可以发现这些诗，尤其具有调笑、游戏的性质。

首先，诗人们关注到的，是关于白兔的洁白的毛色。从上面诗歌中可以想象，诗人们在诗歌唱酬时，也许经过了一番辩论：他们辩论这只白兔为什么会如此洁白。故而在诗歌中，对白兔毛色之白的渲染，构成了一个重要的内容。在王安石的诗歌中，综合运用了想象、典故、环境渲染以及侧面烘托的手法来描述白兔之白（王安石诗 1—8 句）。而刘敞，则更是从白兔之白这一角度出发，延伸到白兔之洁白无瑕的品格与其"智谋"，来对白兔进行刻画。而这一命意，也渗入其他诗人的诗歌（韩维诗 1—2 句，刘敞诗 3—4 句）。持反对立场的，则有梅尧臣，认为白兔是"偶然白"，算不得稀奇，裴煜亦准此。而诗人们煞费苦心地用诗歌的形式，来辩论白兔毛色这一非常琐碎的题材，这个用意就是游戏的。

其次，诗人们还辩论白兔之美好的品质，给其带来了怎样的后果。王安石认为，白兔"奇毛难藏果亦得"，因毛色奇特而被捉。苏洵"异质不自藏，照野明皓皓"、韩维"不知质毛异，乃下游林坰。一为世俗怪，置网遂见萦"也如此认为。不过刘敞却认为，白兔由于其美好的品质，反而逃过了鹰犬的窥伺（"网罗脱死鹰犬避，一以洁素能超群"）。这种辩论，其用意当然并不在于说服对方，而是为了翻空出奇，进行智力竞赛，纯粹是为辩论而强辩，取得微言解颐的效果。

再次，诗人们对白兔被欧阳修饲养，到底是幸还是不幸这一议题进行辩论。作为白兔的拥有者欧阳修，认为白兔的本性在于山林，被畜养起来，没有了自由，是一种不幸。王安石也如此认为。但刘敞则认为，白兔既有美好的品质，它注定不能成为凡物，必然会受到羁束，岂能把它放归原野，让它像碌碌众人一样？这些议题由于蕴含着君子出处的问题，其用意或是严肃的。但是，韩维的观点却极有意思，韩维认为，不管在哪里，白兔都被命运主宰，处于一种悲哀的境地，而我们只能暂且忘掉白兔，以一种"道"的生活态度来豁然处之。韩维的诗歌，由于夹杂着一大段议论，所以表面上看不出游戏的意蕴。但是要知道，这样的想法，就是庄子哲学的老生常谈，宋代这些诗人岂会不知？所以韩维其实在用诗歌进行调停，让大家不要再针锋相对了。但是，这种调停本身就是可笑的，因为诗歌中各人观点的对立，并非尖锐的、基于有你无我的实用价值的对立，它们本身就不需要调停。故而再用以调停，其实也是争新出奇，赛出与大家都不一样的内容，所以这也是游戏的。

当然，上述诗歌，并非都是同一时间所作，而上述"辩论"，也不是针锋相对的面对面的思想交锋，而是存在于诗歌中，由诗句本身的意蕴所引发的次韵唱和者的思维指向，同时又被进一步表现于再唱和的诗歌中，所激起的一种互动效应。不过，上述诗歌也好，"辩论"也罢，由于都从白兔这一本身极其琐屑的题材中做文章，并且小题大做，争新出奇，用了怪诞的想象与虚构的手法，因此具有游戏的性质。

欧、梅等人第一次关于白兔唱和的情况，大致如上所述。这次唱和大约发生在嘉祐元年。到了嘉祐二年，欧阳修知贡举，在礼部锁院期间，又与梅尧臣、王珪等人进行了此题材的唱和，同时又把前面的"白鹤"与"鹇"也拉了进来，产生了诸如梅尧臣的《和永叔内翰思白兔答忆鹤杂言》《和公仪龙图忆小鹤》《和永叔内翰戏答》，欧阳修的《思白兔杂言戏答公仪忆鹤之作》《戏答圣俞》《忆鹤呈公仪》《和公仪赠白鹇》《再和》，王珪的《和公仪送白鹇于永叔》等诗篇。当然这些诗篇，则更是空戏滑稽、变本加厉，下面选取其中一首，来做简单的解说。

欧阳修《思白兔杂言戏答公仪忆鹤之作》：

君家白鹤白雪毛，我家白兔白玉毫。

谁将赠两翁，谓此二物皎洁胜琼瑶。[4]

已怜野性易驯扰，复爱仙格何孤高。

玉兔四蹄不解舞，不如双鹤能清嘷。[8]

低垂两翅趁节拍，婆娑弄影夸娇娆。

两翁念此二物者，久不见之心甚劳。[12]

京师少年殊好尚，意气横出争雄豪。

清樽美酒不辄饮，千金争买红颜韶。[16]

莫令少年闻我语，笑我乖僻遭讥嘲。

或被偷开两家笼，纵此二物令逍遥。[20]

兔奔沧海却入明月窟，鹤飞玉山千仞直上青松巢。

索然两衰翁，何以慰无憀。[24]

纤腰绿鬓既非老者事，玉山沧海一去何由招。

这首诗，也是以戏谑调笑为主。1—12 句，铺陈白鹤与白兔的可爱。但认为自己的白兔不如对方的白鹤能"趁节拍"而跳舞，这完全就是开玩笑。又说两人久在礼部，对这两只宠物思念之甚。13—18 句，却说到京师少年上去了。京师少年的娱乐活动，是邀欢买醉。如果让他们知道了我们对这两只宠物这么着迷，大概会笑话我们，说我们不懂娱乐吧？这是戏谑性的自嘲。19—26 句，作者想象这两只动物被人偷开笼子放走。"兔奔沧海却入明月窟，鹤飞玉山千仞直上青松巢"，那么我们两位老头就要索然寡欢了。因为我们不能像青年人那样能邀欢买醉。白兔奔入沧海，白鹤飞去玉山，千里迢迢，如何能招回来呢？这些句子还是调笑。从以上的解读中，可以发现这首诗都是戏谑调笑之辞。

上述关于鹇、白鹤、白兔的唱和以及礼部唱和诗，都发生在嘉祐元年至二年左右。不过，在欧、梅的诗歌中，游戏的现象是广泛存在的，并不局限于此期间。比如梅尧臣的诗，从某些诗歌的题目中就可以看出游戏的意蕴，如《依韵和徐元舆读寄内诗戏成》《戏寄师厚生女》《病痛在告，韩仲文赠乌贼鲭、生醓酱、蛤蜊酱，因笔戏答》《魏文以予病渴，赠薏苡二丛，植庭下，走笔戏谢》《宋中道失小女，戏宽之》《和韩五持国乞分道损山药之什》《宋中道快我生女》《次韵永叔试诸葛高笔戏书》《嘲江翁还接篱》《同谢师厚宿胥氏书斋，闻鼠，甚患之》《师厚云虱古未有诗，邀予赋之》《秀叔头虱》《扪虱得蚤》《八月九日晨兴如厕，有鸦啄蛆》《聚蚊》……这些诗，或戏谑友人寄内，或以生女为题，或写乞物赠食，都是一些极其琐碎的题材，乃至以头虱、鸦啄蛆这些丑怪的题材入诗，均有不同程度的游戏性质。故而因其游戏，诗题中就常常出现"戏"字。不过，更多的时候，诗歌中游戏的意蕴，并不直接体现在题目与题材表面，而是发生在诗歌内容深处。在解读梅尧臣的诗乃至整个宋诗时，我们必须要有"游戏"这一评价范式，不然，则极为容易对梅诗乃至宋诗产生错位阐释。下面再以一些篇章为例，稍加讨论这一情况。

比如梅尧臣的《依韵和永叔子履冬夕小斋联句见寄》：

> 遥知夜相过，对语冷无火。险辞斗尖奇，冻地抽笋箉。吟成欲寄谁，谈极唯思我。学术穷后先，文字少许可。敢将蠡测海，有似脂出輠。必饿尝见忧，此病各又果。弊驾当还都，重门不须锁。到时春怡怡，万柳枝娜娜。定应人折赠，只恐絮已堕。行橐且不贫，明珠藏百颗。

关于此诗，有论者以为："诗以'遥知'领起，从对方着笔，虽然与王维《九月九日忆山东兄弟》'遥知兄弟登高处，遍插茱萸少一人'、杜甫《月夜》'遥怜小儿女，未解忆长安'的构思全然相同，但其对想象中情性的细致描述和平淡表现，又显然可见与唐诗情感冲突高峰的凝聚截然不同的宋诗的冷静态度以及梅诗独有的简远平淡的特点。这首诗为依韵和作，但却丝毫未见唱和诗中常有的那种牵强应酬的痕迹，纯然一片诚意深情。"❶ 虽然此诗与唐诗不同，但还是将以唐诗学为代表的传统诗学作为评价标准，如像"诚意深情"这样的判断。并且，由于论者在观念中存有"唐诗激情、宋诗冷静"这类先入为主的标准，故而对此诗的解读，也似极力往此种标准上靠拢。但事实上，这首诗的主要特色，恐怕并不在于"简远平淡"或是"诚意深情"，其实就在于谐谑游戏。

梅尧臣所次韵原诗，为《冬夕小斋联句寄梅圣俞》，是欧阳修与陆经的联句作品。联句这一类诗体，常常带有文字游戏的性质，并没有多少实际深意在里面。而欧阳修自己也承认这一点："昨夕子履偶来会宿，联句数十韵奉寄，且以为谑。"❷ "且以为谑"，就点明了其诗歌游戏的性质。那么，梅尧臣次韵这一游戏的诗歌，则更具有游戏性质。这首诗押平水韵上声二十"哿"韵部，这一韵部非常苛刻，在诗歌中极其少见，读起来就具有语音形式上的滑稽性——这当然是梅尧臣牵于欧诗之韵的结果。但诗歌的谐趣性也可以从内容得见。如"冻地抽笋笴"，好像冰冻的土地上长出了笋苗，形容欧阳修与陆经那种窄韵傍出、争新出奇的状态，这一比喻就像欧阳修过去形容梅尧臣的诗是"粪壤自青红"（欧阳修《和圣俞〈唐书局后丛莽中得芸香一本〉之作用其韵》）一样，针尖对麦芒，尤其显得有趣。同时，梅尧臣说自己是有

❶ 许总：《宋诗史》，重庆出版社 1992 年版，第 179 页。
❷ （宋）欧阳修：《与梅圣俞书》（其十三），《全宋文》第三十三册，第 318 页。

心"敢将蠡测海"，并且其文采犹如"有似脂出輠"（盛油的器具中流出了油脂），显得当仁不让、非常自大，这当然也是朋友间的调笑之辞，且"有似脂出輠"这样的比喻，也古所未见。"必饿尝见忧，此病各又果"，意为自己与欧阳修常常在想要作诗酬唱的时候才想到对方，这就像饿汉想到要进食一样，现在欧阳修你这个老毛病又开始犯了。把作诗这种风雅之事比作饿汉进食这种粗俗的行为，显得谐趣横生。"重门不须锁"，反用《晋书》中隐士宋纤以"高楼重阁，距而不见"❶拒绝太守求见的语典，意为现在你欧阳修是馆阁修撰的京官，而我只在地方当一小小的知县❷，到时候我来到京城，你可不要对我拒而不见。以欧、梅关系之亲密，这当然也是一句玩笑话。最后，以想象性的场景作结尾：将来我来到京城，怕是错过了折柳踏青的时节（即指有感于物的踏青赋诗），但我的行囊里有明珠百斛（指代诗艺又有了进步），到时候，再与你大战三百回合。不难看出，这些话也具有调笑的味道。

从以上分析可见，梅尧臣此诗其实并不平淡，相反，比之梅尧臣某些寡淡无味的作品，它倒显得新奇、有趣；也并未以惯常的手法表达"诚意深情"的意思。它只是用各种语言、修辞与典故，让友人解颐发笑。诗可以笑，大概这是宋诗一个新兴的趣味。因其目的是使人发笑，所以，其创作自然就带有游戏的动机。这两者是两面一体的。

又如梅尧臣的《愿嚏》：

猛虎不独宿，鸳鸯不双栖。虞舜游苍梧，帝子夜向潇湘啼。时既

❶ （唐）房玄龄等：《晋书》卷九十四，中华书局1974年版，第2453页。

❷ 梅尧臣此诗作于康定元年。欧阳修《与梅圣俞书》（其十三）有云："昨夕子履偶来会宿，联句数十韵奉寄，且以为谑。又有前奉答长句，并录附去。"（《全宋文》第三十三册，第318页）此简编于康定元年，可知梅诗是追和之作，创作时间也应在此年。时梅尧臣知襄城。

禅禹妃亦老，老泪洒竹无高低。流根及笋驳红藓，此情乃与天地齐。
我今斋寝泰坛下，佗傺愿嚏朱颜妻。

钱锺书在《宋诗选注》中曾以此诗为例，批评梅尧臣有些诗写得过于
古怪："'朱颜'和'嚏'这两个形象配合一起，无意中变为滑稽，冲散
了抒情诗的气味。"● 当然，这首诗的最后两句确实显得很滑稽。但是，
论述诗歌时，我们首先要切入其整体语境。钱锺书以"抒情诗"的传统
标准来看待这一打喷嚏的形象，但是，这首诗整体上却并不是一首一
本正经的抒情诗。

　　此诗作于皇祐四年（1052）。诗题下有注：上辛祈谷为献官。这是
梅尧臣诗歌中少有的题中带注的现象，应该是梅尧臣的自注。所以这
个自注就值得玩味。此年梅尧臣以太常博士的身份祭献社稷陵寝。郊
庙祭献，本来是一件庄重严肃的事情，可是，在献祭前后，梅尧臣所
想的，却完全无关祭献，而是家里的那位"朱颜妻"；且因为自己对其
思念过甚，设想其今晚肯定在不停地打喷嚏，这样的场景确实让我们
感到哑然失笑●。不过，这首诗其实就是游戏的。前面四联，用各种浓
墨重彩的典故和词，来形容对妻子的思念。何须把这种思念夸张到如
此地步呢？这就给人滑稽之感。特别是出现了尤其悲哀的"虞舜游苍
梧，帝子夜向潇湘啼"这一故事，就变得更加滑稽了（即自己外出做
献祭官离开妻子，然后夸张地将妻子对自己的思念比附成舜出游苍梧
之野而受到娥皇女英的朝思暮想，这确实是很滑稽）。上面用了很多浓

● 钱锺书：《宋诗选注》，第23页。
❷ 倘若"泰坛"为祭献帝后、后妃之类的祭坛的话，那么这首诗还算有一个感于事的触发，
也不算是毫无来由的游戏之作。但事实并非如此。泰坛为古代祭天（兼祭祖，以祖配天）
的祭坛，《礼记》卷十四云："燔柴于泰坛，祭天也。"故而这首诗纯粹是毫无来由的游戏产
物。

墨重彩的词，而最后，诗歌加入打喷嚏的行为，与前面的抒情形象造成严重的艺术失衡，这是梅尧臣故意为之——既然诗歌本身的目的是游戏，那么，再在诗歌中加入一些非平衡的滑稽的要素，其用意是加强游戏性。同时，也正因为这样的游戏，我们才得以窥见梅尧臣性格中一些不愿受束缚、野性难驯的特质。由于梅尧臣的诗歌写得过于平淡，我们难用以意逆志的方法推求之，其人格形象，主要是由欧阳修塑造出来的，如称其"为人仁厚乐易"，好像是一个敦敦儒者的形象。但是，梅尧臣在祭献泰坛这样庄严的活动中，所想到的却是家里的那位朱颜妻，所以这本身就有点不入主流的兀傲的味道。

这种游戏的现象，在欧阳修的诗歌创作中也贯穿始终。如《圣俞惠宣州笔戏书》《鸣鸠》《代鸠妇言》《憎蚊》《清明前一日，韩子华以靖节斜川诗见招游李园。既归，遂苦风雨三日，不能出，穷坐一室。家人辈倒残壶，得酒数杯，泥深道路无人行，去市又远，索于筐筥，得枯鱼干虾数种，强饮疾醉，昏然便寐，既觉索然，因书所见奉呈圣俞》《奉答圣俞达头鱼之作》《鬼车》《嘲少年惜花》《戏答圣俞持烛之句》《戏书》《和圣俞聚蚊》《眼有黑花戏书自遣》等诗歌，或叙写怪奇之事，或叙写生活中琐屑滑稽的场面，从题目中就可想见其游戏的动机。故而在评论欧阳修的诗歌时，还是要注意其游戏的动机，如《绛守居园池》：

尝闻绍述绛守居，偶来览登周四隅。异哉樊子怪可吁，心欲独出无古初。[4]

穷荒搜幽入有无，一语诘曲百盘纡。孰云已出不剽袭，句断欲学盘庚书。[8]

荒烟古水蔚遗墟，我来嗟只得其余。柏槐端庄伟丈夫，苍颜郁郁老不枯。[12]

　　靓容新丽一何姝，清池翠盖拥红蕖。胡髯虎搏岂足道，记录细碎何区区。[16]

　　虑氏八卦画河图，禹汤皋咷暨唐虞。岂不古奥万世模，嫉世姣巧习卑污。[20]

　　以奇矫薄骇群愚，用此犹得追韩徒。我思其人为踌躇，作诗聊谑为坐娱。[24]

　　此诗为欧阳修于庆历四年（1044）四月出使河东，路经绛州时所作。欧阳修《集古录跋尾》卷九《唐樊宗师绛守居园池记》云："右《绛守居园池记》，唐樊宗师撰，或云此石宗师自书。呜呼，元和之际，文章之盛极矣，其怪奇至于如此。"故而此诗与樊宗师之文同题，含有批判以樊宗师、皇甫湜等人为代表的中唐古文怪奇文风的倾向。但是，此诗本身却写得极有意思，它不是一本正经地批判樊文的怪奇，而是刻意使用了怪奇的风格，来批判怪奇的文风，以怪奇反怪奇，说明这种怪奇不可为，这就使诗歌呈现游戏的意蕴。如第4句"心欲独出无古初"，"独出无古初"，五字皆用叠韵，这就如上文所论，是以文字为戏。第6句"一语诘曲百盘纡"，"百盘"用双声，另外五字都用y、j、q齿音，这是类似"吃语诗"的做法。第18句"禹汤皋咷暨唐虞"，一连串铺陈六个上古帝名，也是一种游戏的作法。第20句"嫉世姣巧习卑污"，除"污"字外，"嫉世习卑"四字用"i"韵，且六字都用扁平唇齿声母，也是一种"吃语诗"的做法。所以整首诗读下来，非常佶屈聱牙，这种佶屈聱牙，正是樊宗师、皇甫湜等人的古文风格。基于此，作者自云"作诗聊谑为坐娱"，点明此诗的目的是戏谑。因为其目的是戏谑，故而诗歌本身也即是游戏。

可见，在欧、梅等人的诗歌中，对游戏的注重是普遍存在的。正因为如此，欧、梅等人在表现一些严肃的题材时，也常常以游戏的笔法出之，在戏谑调笑中，引人深思，更好地达到表达的目的。上面的《绛守居园池》就是如此：诗歌本来是欧阳修用来批评韩门弟子的古文过于怪奇，可是在批评这件事时，却模仿他们的文风，这就有游戏的动机。又比如其《憎蚊》：

扰扰万类殊，可憎非一族。甚哉蚊之微，岂足污简牍。[4]
乾坤量广大，善恶皆含育。荒茫三五前，民物交相瞰。[8]
禹鼎象神奸，蛟龙远潜伏。周公驱猛兽，人始居川陆。[12]
尔来千百年，天地得清肃。大患已云除，细微遗不录。[16]
蝇虻蚤虱蚋，蜂蝎蚖蛇蝮。惟尔于其间，有形才一粟。[20]
虽微无奈众，惟小难防毒。尝闻高邮间，猛虎死凌辱。[24]
哀哉露筋女，万古仇不复。水乡自宜尔，可怪穷边俗。[28]
晨飧下帷幪，盛暑泥驹犊。我来守穷山，地气尤卑溽。[32]
官闲懒所便，惟睡宜偏足。难堪尔类多，枕席厌缘扑。[36]
熏檐苦烟埃，燎壁疲照烛。荒城繁草树，旱气飞炎燠。[40]
羲和驱日车，当午不转毂。清风得夕凉，如赦脱囚梏。[44]
扫庭露青天，坐月荫嘉木。汝宁无他时，忍此见迫促。[48]
翩翩伺昏黑，稍稍出壁屋。填空来若霰，聚隙多可掬。[52]
丛身疑陷围，聒耳如遭咒。猛攘欲张拳，暗中甚飞镞。[56]
手足不自救，其能营背腹。盘飧劳扇拂，立寐僵僮仆。[60]
端然穷百计，还坐瞑双目。于吾固不较，在尔诚为酷。[64]
谁能推物理，无乃乖人欲。驺虞凤凰麟，千载不一瞩。[68]
思之不可见，恶者无由逐。

这首题为《憎蚊》的诗，表达了作者对蚊子的憎恶。正如洪本健指出，"此隐刺残害君子之小人"❶。这一目的，当然属于诗歌传统的"美刺"。不过，在注意这一美刺功能的同时，也要注意欧阳修此诗的游戏旨趣。因为只有把讽刺与游戏相结合，"以游戏态度，把人事和物态的丑拙鄙陋和乖讹当作一种有趣的意象去欣赏"❷，才能增强讽刺的力度，使讽刺对象展示出更加"小"的现形，且避免自己因尖刻的怨怼而造成风度缺失。这首诗游戏的旨趣体现在哪里呢？首先，欧阳修竟然用长达 70 句的篇幅来表达对蚊子的憎恶之情，这种小题大做无疑是基于一种游戏的笔法。其次，就是内容的游戏性。1—4 句，作者总体上表达了对蚊子的印象：世界上可憎之物是如此之多，而蚊子这一极其琐碎细微之物，到底有什么可憎？5—15 句，作者开始虚构蚊子的"历史"。自天地洪荒以来，人兽杂处、益害相交。而自圣人出，有害的动物逐渐得到驱除，乾坤渐渐清朗。但是，大害已经除去，而像蚊子这样的，因其琐碎，反而被忽视，贻害至今。这里作者显然受到尧除四凶、周公杀管蔡等一系列典故的启发而敷衍成篇。同时也包含了作者对小人的憎恶：穷凶极恶的大恶人，易于得到清除，而一些隐匿在背后的小人，却总是难以被发觉，因此除之不尽。这层论述，因为是用了虚构，所以有了游戏的意味。从 19 句开始，作者开始责难蚊子，历数蚊子的种种危害。其中"蝇蚋蚤虱蚍，蜂蝎蚖蛇蝮"，用了连边的手法，是一种游戏诗法。27—62 句，作者开始落实到自己身上。自己遭到小人的谗言，被贬谪到了滁州这一穷乡僻壤，官闲心懒，无所作为，只想好好睡几个觉，可不料蚊子却无时无刻不来扰攘自己。诗人想用烟来熏走它们，却又怕熏到自己；想把墙壁风干，断绝蚊子的滋生源头，但

---

❶ （宋）欧阳修著，洪本健校笺：《欧阳修诗文集校笺》，上海古籍出版社 2009 年版，第 76 页。
❷ 朱光潜：《诗论》，第 24 页。

又懒于如此大动干戈。江南湿热的天气日复一日，从早上热到傍晚。晚上作者好不容易等来了凉风，感到犹如囚犯被赦免般的那种爽快，于是洒扫庭院，想在月下好好地纳个凉，可此时蚊子却又出动了。蚊子们等天黑等了好久了，它们一个接一个地从屋壁中飞出来。它们在空中盘旋，简直把月光都遮住了；它们聚集在缝隙中，一抓就是一大把。蚊子在耳边聒噪，就像人在哭一样。于是作者感到深陷重围。作者想奋力搏击，但这根本没有效果，这些蚊子就像暗处的飞箭，无时无刻不侵入作者的肌肤。于是作者感到自救不暇，一筹莫展。以上这些话，无疑包含了作者对那些深文罗织、不断攻讦污蔑自己的小人的憎恶。不过，在叙述中，作者却着重叙写自己一筹莫展的拙态，并用极度夸张的手法，充分发挥了诗歌的娱乐性、谐趣性。

关于欧、梅诗歌的游戏现象，由于论者较少阐述，故而本书不避烦琐，选取具体的篇章来稍作解说。当然，上面所提到的诗篇，也仅仅是其中的一小部分。不过，从中也大略可见欧、梅诗歌的游戏范型，即是注重诗歌题材与文字的趣味性，常常以琐碎的题材入诗，小题大做，加以虚构的想象、怪奇的风格，从而凸显文字的游戏性。

二、苏轼：寓戏于诗、游戏人间

苏轼的以诗为戏，则呈现出另一种范型。

苏轼的游戏，一部分继承了欧阳修等人以小题大做、虚构想象来完成调笑的范式。如《欧阳少师令赋所蓄石屏》：

何人遗公石屏风，上有水墨希微踪。
不画长林与巨植，独画峨嵋山西雪岭上万岁不老之孤松。[4]
崖崩涧绝可望不可到，孤烟落日相溟蒙。

含风偃蹇得真态，刻画始信天有工。[8]

我恐毕宏、韦偃死葬虢山下，骨可朽烂心难穷。

神机巧思无所发，化为烟霏沦石中。[12]

古来画师非俗士，摹写物像略与诗人同。

愿公作诗慰不遇，无使二子含愤泣幽宫。[16]

诗歌作于熙宁四年（1071）。从诗题可见，这是欧阳修有意让苏轼作诗，有命题作文的意思❶。作为欧阳修的门人，苏轼在作此诗时，并没有碍于师道尊严而表现出谨小慎微的样子，相反，诗歌用自由灵动的杂言句式，写得相当潇洒飘逸。采取这种杂言句，本身就有一种游戏的姿态。

苏轼此诗，充分展开了想象与虚构的本事。诗歌以假作真，寥寥

---

❶ 作为仁宗文坛的宗主，欧阳修经常发起诗歌酬唱活动，如上文所说的"白兔唱和"即是此例。在酬唱活动中，欧阳修所注重的，是文字的谐谑性与趣味性，以及由此带来的娱乐悦笑、开怀解颐的游戏功能。上文对这一现象已经有所揭示了。这里还有一些例子。如在上引白兔唱和活动中，梅尧臣作诗两首。不过后来，梅诗诗稿在欧阳修手中丢失了，于是欧阳修请梅尧臣再作一首，并说："诸君所作，皆以常娥月宫为说，顾愿吾兄以他意别作一篇，庶几高出群类。"（《与梅圣俞书》其四十一，《全宋文》第三十三册，第332页。）其实，上引诸公的白兔唱和诗，已经颇为怪异了，可欧阳修还不满意，还要请梅尧臣"以他意别作一篇"。后来梅尧臣确实又作了一篇，名《重赋白兔》，也是游戏之作。由此可以看出，由于欧阳修过于注重诗歌趣味性、悦笑性，加之欧阳修文坛宗主的身份，因此煽动了仁宗诗坛以诗为戏的现象。而苏轼这次赋石屏诗，其实也有一个"前奏"。欧阳修在庆历八年（1048）得到一块虢州紫石，后其被雕琢成石屏，并为其作诗，同时邀请了梅尧臣、苏舜钦等人进行诗歌唱和。上述三人的诗，均围绕石屏的来历，用长篇大制作、夸张的描述与虚构的想象敷衍成篇，并且为辩论而辩论，完全没有传统的言志缘情的深意，与"白兔唱和"时的用意一样，都是以诗为戏。欧阳修诗为《紫石屏歌》，苏舜钦诗为《永叔石月屏图》，梅尧臣诗为《读月石屏诗》。而苏轼这次赋诗是在熙宁四年（1071），可从庆历八年到熙宁四年，这么长时间过去了，欧阳修对石屏赋诗还意犹未尽。同时，既然是欧阳修请苏轼赋诗，可以想见，欧阳修必然会把自己"以他意别作一篇"这种对诗歌趣味性与新奇性的重视以及由此带来的娱乐悦笑的态度带给苏轼，由此也造成了苏轼此诗的游戏性质。

数语，就将这幅"长烟落日下的绝壁孤松图"写得栩栩如生（2—8句）。同时，苏轼赋予了这方石屏生命：它是古代毕宏与韦偃两位画师将"神机巧思无所发"的满腔热情"化为烟霏沦石中"的精华（9—12句）。这几句由于写出了传统文人共有的生命意识，故而显得惊心动魄、意蕴十足。也许是因为在游戏的动机下所产生的思想的极大自由，故而此诗逼出了美学史上最为警策的观点之一："古来画师非俗士，摹写物像略与诗人同。"最后，作者调笑入神，希望欧阳修"作诗慰不遇，无使二子含愤泣幽宫"，发欧阳修一笑。

从此诗中也略可以看出苏轼以诗为戏的特色，在于其对诗歌艺术的自由掌握。因其自由，故而不须像欧阳修等人那样刻意出奇，乃至入于怪奇，而是率意而为、自由挥洒，甚至有时候"信笔乱写"❶，我手写我心、无可无不可。这正像朱弁《风月堂诗话》引晁说之语指出的："'指呼市人如使儿'，东坡最得此三昧。其和人诗用韵妥帖圆成，无一字不平稳。盖天才能驱驾，如孙、吴用兵，虽市井乌合，亦皆为我臂指，左右前却，在我顾盼间，莫不听顺也。"❷这在苏轼的"交际诗"中有淋漓尽致的表现。

所谓交际诗，是指以酬唱、次韵、赠答为主的诗歌，这种诗歌，注重实用性、交际性，在上文欧、梅等人的诗中有一次集中的展现。生于"号称多士"的仁宗时代，活跃于神宗、哲宗人才辈出的两朝，并且辗转于京城、地方任官的丰富经历，使得苏轼与公卿大臣、地方长官、师友门人、僧侣道人乃至苍头布衣之间，都形成了一个以诗会友

---

❶ 如清人张尔岐在《蒿庵闲话》卷二中引张如命之语："张如命云：东坡文字亦有信笔乱写处。如《前赤壁赋》'壬戌之秋、七月既望'，下云'少焉，月出于东山之上，徘徊斗牛之间'。七月日在鹑尾，望时，日月相对，月当在陬訾，斗、牛二宿，在星纪，相去甚远。何缘'徘徊其间'？坡公于象纬未尝留心，临文乘快，不复深考耳。"（丛书集成初编本）

❷ （宋）朱弁：《风月堂诗话》卷下，中华书局1988年版，第108页。

的交往纽带，这点自不必再详细分说。而在交际诗中，苏轼常不拘小节，"倾尽城府"❶，几乎能把任何事情都以调笑的口吻出之。他将诸如友人买妾、生子、送酒、招饮、饷食、遗墨、应官妓求诗，乃至赏石观画、禅师答问等等题材，都不加选择地写入诗歌中，充满了戏谑调笑的精神。因为诗歌的旨意在于调笑，所以就要用各种诙谐的手法进行铺垫，这就解构了诗歌的严肃性与表达的有意义性，所以是游戏的。

比如赠诗给嗜好书法的友人时，就调笑人生的忧患是从识字开始的，因此，只要会写自己的姓名就可以了（《石苍舒醉墨堂》"人生识字忧患始，姓名粗记可以休"）。这两句似乎还有点深刻的用意，但是接下去的话就比较好笑了：说友人爱好书法是一种病，书法创作就像嗜好土炭的病人把土炭当成美味佳肴一样（乃知柳子语不妄，病嗜土炭如珍馐）。又劝友人不需要像张芝那样临池苦学，使池水尽黑，那些未曾染色的白绢，与其先写字后染色做衣服，不如直接拿来做被褥床帐（不须临池更苦学，完取绢素充衾裯），调侃的意味跃然纸上。对时事灰心丧气之时与友人喝酒，就说面对着青山不要谈论时事，不然就把他灌醉（《赠孙莘老七绝》其一"若对青山谈世事，当须举白便浮君"）。友人生子，就说自己想来道喜，但是又怕像李林甫一样，闹出将"弄璋之庆"写成"弄獐之庆"的笑话（《贺陈述古弟章生子》"甚欲去为汤饼客，惟愁错写弄獐书"）。评论米芾的书法，说书法对于米芾自己来说是画饼充饥，捞不到一官半爵，没有实际用处，可是那些"痴儿"，看着看着就"出馋水"了（《次韵米黻二王书跋尾二首》其二"画地为饼未必似，要令痴儿出馋水"）。赠诗给一个仕途不畅的县令，调笑说他人的辖境都是飞蝗蔽天，你的地方却稻丰如云，可见虽然人

❶ （宋）王辟之：《渑水燕谈录》卷四，《全宋笔记》第二编·四，第42页。

们不理解你，但蝗虫却理解你（《梅圣俞诗中有毛长官者，今於潜令国华也。圣俞没十五年，而君犹为令。捕蝗至其邑，作诗戏之》"羡君封境稻如云，蝗自识人人不识"）。与友人喝酒，喝着喝着，忽而想到了陶渊明，调笑陶渊明也不见得是通脱潇洒的人，喝酒喝醉了，那就对着客人睡觉好了，这又有什么煞风景的地方（《李行中秀才醉眠亭三首》其二"醉中对客眠何害，须信陶潜未若贤"）。友人想为其写真，他说古往今来，名公卿相何其之多，你还是去画像尉迟敬德这样的大功臣好了（《赠写真何充秀才》"勋名将相今何限，往写褒公与鄂公"）。友人寄茶，他先是将茶大肆夸耀了一番，说着说着，却又调笑道，恐怕老妻稚子不懂得这茶的好处，还是用蜀中以姜盐煎茶的土方法，将此茶煎去了一大半（《和蒋夔寄茶》"老妻稚子不知爱，一半已入姜盐煎"）。听闻友人在别人家喝酒，就调笑纵使你能豪饮一斗，主人也未必肯留你（《闻李公择饮傅国博家大醉二首》其一"纵使先生能一石，主人未肯独留髡"）。友人出游赏花，就调笑难怪这几天唤不动你，原来你是被花挽留了。不过昨晚雷雨滂沱，花落尽了，你应该就要回来了吧（《杜沂游武昌，以酴醾花、菩萨泉见饷，二首》其一"怪君呼不归，定为花所挽。昨宵雷雨恶，花尽君应返"）。友人没有邀请其喝酒，就说奇怪你一身都是德行，简直沦肌浃骨，但仔细想想也有一个缺点，就是没让我见到劝酒的美人（《次韵舒教授寄李公择》"怪君一身都是德，近之清润沦肌骨。细思还有可恨时，不许蓝桥见倾国"）。友人观自己所藏之墨，就自嘲我这个墨可以支用三十年，就怕墨还未用完，我的头发就先白了，所以说这不是人磨墨，而是墨磨人（《次韵答舒教授观余所藏墨》"此墨足支三十年，但恐风霜侵发齿，非人磨墨墨磨人"）。又说我晚年只要一方点漆墨就足够了，这些由万灶烧松烧来的墨有何用呢（《次韵答舒教授观余所藏墨》"一螺点漆便有余，万灶烧松何处使")。友人以蟛蜞求诗，就说我这个吴兴馋太守真是可笑，一首诗，才换得这么点分量（《丁公默送蟛蜞》"堪笑吴兴馋太守，一诗换得两尖团"）。友人送墨，就说我以前很穷，穷得只能用芦管在柿叶上写字，现在你们送了我这么多墨宝，恐怕好事人又要纷至沓来求书帖（《孙莘老寄墨四首》其三）。又说我因为写诗落到了这番窘境，受到了朋友们的劝诫，所以在黄州五年，我一直在戒笔反省。现在诗癖又稍稍犯了一点。你不仅不劝止我，反而给我送来这个"诗械"（《孙莘老寄墨四首》其四）。对爱谈禅的友人，则讥讽他整天谈空说有，觉都不睡了，忽然听到他凶悍妻子的"河东狮吼"，吓得连手杖都掉了（《寄吴德仁兼简陈季常》"龙丘居士亦可怜，谈空说有夜不眠。忽闻河东狮子吼，拄杖落手心茫然"）。诸如此类，不胜枚举。

因其游戏，故而苏轼对诗歌的态度较为率意，几乎事事都可以入诗。也正因为本身是一种游戏的姿态，所以其诗歌风格呈现出"左右前却"、任性挥洒、毫无支绌的自由感。且看以下两首：

今岁东风巧剪裁，含情只待使君来。对花无信花应恨，直恐明年便不开。

（《吉祥寺花将落而述古不至》）

仙衣不用剪刀裁，国色初酣卯酒来。太守问花花有语，为君零落为君开。

（《述古闻之，明日即至，坐上复用前韵同赋》）

作者招友人陈襄赏花，在花上做文章，第一首戏责陈襄是"对花无信花应恨，直恐明年便不开"。陈襄听闻，应邀而至，于是苏轼反转一笔，"太守问花花有语，为君零落为君开"。真可谓斡旋其章、翻云覆雨。

又如《闻辩才法师复归上天竺，以诗戏问》：

道人出山去，山色如死灰。白云不解笑，青松有余哀。［4］

忽闻道人归，鸟语山容开。神光出宝髻，法雨洗浮埃。［8］

想见南北山，花发前后台。寄声问道人，借禅以为诙。［12］

何所闻而去，何所见而回。道人笑不答，此意安在哉。［16］

昔年本不住，今者亦无来。此语竟非是，且食白杨梅。［20］

此诗题为“戏”，意指游戏，其仿照宗门问答的形式，“借禅以为诙”，自问自答，显得机趣横生。1—10句，正话反说，说法师出山之后，山色如死灰；一入山，山色又恢复了生气神机，这里借用杜甫《佳人》中“在山泉水清，出山泉水浊”的诗思结构，显然是拍道人的“马屁”，显得谐趣横生。13、14句，拉杂钟会见嵇康的一段著名的对话而发问，也显得有趣。钟会与嵇康的对话，剑拔弩张，可用在这里，显得轻松幽默。倘若法师答所闻所见，必然就落入执相。故而法师说“昔年本不住，今者亦无来”，用佛教有无双遣的思维破解了诗人的问话，显得非常高明——但倘若我们这样想，还是落入了执相。因为不管怎么高明的回答，都是对问题本身的执着。故而作者最后说，这个高明的回答也不“正确”。正确的答案是什么呢？没有答案，就“且食白杨梅”吧。这句完全仿照禅宗公案中禅师与门人之间的问话方式，即以答非所问的“回答”来破除提问者对于问题与答案、因与果这样的名相执着与思维串习，切断“过去心”或“未来心”的心缘妄念而把意识流注转到当下即刻上来❶。这首诗，还是与传统诗不一样，它组织很多词句，只是为了展示智力，表现自己的禅悦智慧，故而是游戏。

因为在苏轼的诗歌中，游戏是一个极其广泛的语境，故而有时候，常常是无戏谑处见戏谑、无游戏处见游戏，这对于理解苏轼的诗歌是很重要的一点。如《真兴寺阁》：

> 山川与城郭，漠漠同一形。市人与鸦鹊，浩浩同一声。[4]
> 此阁几何高，何人之所营。侧身送落日，引手攀飞星。[8]
> 当年王中令，斫木南山颠。写真留阁下，铁面眼有棱。[12]
> 身强八九尺，与阁两峥嵘。古人虽暴恣，作事今世惊。[16]
> 登者尚呀喘，作者何以胜。曷不观此阁，其人勇且英。[20]

陈衍评此诗为"此坡公五古之以健胜者"❷，王文诰则认为是"通幅一派蠢气，是此题本旨，俗谚所谓扣头作帽子也"❸。两者评价截然不同，那么如何理解这种矛盾呢？

真兴寺阁为宋初武将王彦超所建。这首诗，其实通篇都在戏谑调笑。1—4 句、7—8 句，用极度夸张的笔法渲染真兴寺阁的高度：在阁上眺望，山川与城郭，简直在同一地平线，而市声与鸦雀声，也融为一体了。侧个身就能送走落日，稍一举手就能摘到飞星。这绝不是像李白"危楼高百尺，手可摘星辰"这般对雄奇景观的称颂，而是为后面

---

❶ 如《五灯会元》卷四"赵州从谂禅师"条载："师问新到：'曾到此间么？'曰：'曾到。'师曰：'吃茶去。'又问僧。僧曰：'不曾到。'师曰：'吃茶去。'后院主问：'为甚么曾到也云吃茶去，不曾到也云吃茶去？'师召院主，主应诺，师曰：'吃茶去。'"门人的问话，从谂都答曰"吃茶去"，与苏诗结句如出一辙。见（宋）普济：《五灯会元》卷四，中华书局 1997 年版，第 199 页。

❷ （清）陈衍：《宋诗精华录》卷二，上海古籍出版社 2009 年版，第 75 页。

❸ 《苏轼诗集》卷三，第 115 页。

的调侃做铺垫。下面9—14句作者引入王彦超的事迹：此阁是当年王彦超王中令所建，建阁时，所砍伐的木材之多，使南山都秃了。筑阁是为了供奉其写真，他"铁面眼有棱，身强八九尺"。而后"与阁两峥嵘"，再次强调阁的高度。读到这里，读者也许看出了苏轼不厌其烦地写阁的高度的调笑意味：既然王彦超建阁是为了供奉自己的写真，让后人膜拜，那么，把阁造得这么高，岂不是阻断了后人前去膜拜的道路，让人望而却步？这难道不是一种非常荒唐的做法？明乎此，这首诗就显得很好笑了。所以下面作者说"古人虽暴恣，作事今世惊"，这个"作事今世惊"，调笑的意味更加浓重——我们确实理解不了王彦超这种惊世骇俗的做法。下面作者再问道，攀登的人尚且连连喘气，那么筑阁的人，何以胜任呢？此问无疑蕴含了对王彦超滥用民力、性格暴虐的批判。于是最后作者以"曷不观此阁，其人勇且英"这一句反语收尾：人们不辞辛苦，登上这么高的阁而瞻仰"其人勇且英"的仪容，当然是非常荒唐的举动了。故而此诗是通篇戏谑，"一派蠢拙"，它表面上似乎体现了陈衍所说的"健"的风格——特别是在景物描写上面，但事实上，这种"健"，只是一种为了达到戏谑调笑的效果而刻意使用的夸张和反语，因而也是典型的小题大做式的游戏。

又如《九日，湖上寻周、李二君，不见，君亦见寻于湖上，以诗见寄，明日乃次其韵》：

> 湖上野芙蓉，含思愁脉脉。娟然如静女，不肯傍阡陌。[4]
> 诗人杳未来，霜艳冷难宅。君行逐鸥鹭，出处浩莫测。[8]
> 苇间闻挐音，云表已飞屐。使我终日寻，逢花不忍摘。[12]
> 人生如朝露，要作百年客。唱彼终岁劳，幸兹一日泽。[16]
> 愿言竟不遂，人事多乖隔。悟此知有命，沉忧伤魂魄。[20]

诗歌作于熙宁六年（1073）苏轼任杭州通判上。苏轼戏称杭州为"酒食地狱"，首次倅杭，与地方太守、僧道、歌伎等多有交往，常相与赏花探梅、游湖宴乐。如诗题所示，此日苏轼与友人周某、李某相约出游，但在湖上失散，三人都在找寻对方，未果。1—6句，用拟人的手法，写芙蓉等待诗人的到来。写的虽是芙蓉，也双关歌伎之意，颇为有趣。7—12句，说自己遇不到友人，连摘花的心思都没有了，即与歌伎调笑的心思都没有了。这还是含有一丝调笑。13—20句，用《古诗十九首》那种极具悲哀的风格，感叹人生乖隔、盛时难再等等一系列沉重的命题。但用在这里显得相当滑稽：友人在湖上偶然失散，但今日不见明日见，何须如此沉痛？所以这几句话，虽然写得极其悲哀，但本身是没有坐实的意义的，实际是故作悲切，用这样严重的傻话来使友人发笑。

又如《和王庭二首》其一：

异时长怪谪仙人，舌有风雷笔有神。闻道骑鲸游汗漫，忆尝扪虱话悲辛。气吞余子无全目，诗到诸郎尚绝伦。白发故交空掩卷，泪河东注问苍旻。

《大风留金山两日》：

塔上一铃独自语，明日颠风当断渡。朝来白浪打苍崖，倒射轩窗作飞雨。龙骧万斛不敢过，渔舟一叶从掀舞。细思城市有底忙，却笑蛟龙为谁怒。无事久留童仆怪，此风聊得妻孥许。濡山道人独何事，夜半不眠听粥鼓。

上述两首诗，值得注意的是第一首中的"闻道骑鲸游汗漫，忆尝扪虱话悲辛"与第二首中的"龙骧万斛不敢过，渔舟一叶从掀舞"两联。这两联对偶，出句与对句意境失衡，用了一大一小两个极端。这也是一种游戏的笔法，正如《冷斋夜话》所说："东坡微意特奇，如曰：'见说骑鲸游汗漫，亦曾扪虱话辛酸'；又曰：'蚕市风光思故国，马行灯火记当年'；又曰：'龙骧万斛不敢过，渔舟一叶纵掀舞'。以'鲸'为'虱'对，以'龙骧'为'渔舟'对，小大气焰之不等，其意若玩世，谓之秀杰之气终不可没者，此类是也。"❶从游戏的笔法中，又绾合了"其意若玩世"的潇洒自由的人格意境，凸显了其游戏人间的存在姿态。

再如《器之好谈禅，不喜游山。山中笋出，戏语器之可同参玉版长老，作此诗》：

> 丛林真百丈，法嗣有横枝。不怕石头路，来参玉版师。聊凭柏树子，与问籜龙儿。瓦砾犹能说，此君那不知。

这首诗可谓彻底的游戏之作，也是彻底的调笑作品。宋代士林中谈禅之风十分盛行，不过，苏轼对这种谈空说有的谈禅之风颇为不满。他曾嘲笑友人陈襄所谈之禅是华而不实的"龙肉"，而自己所谈的世俗之理是"猪肉"，名虽不雅，但比虚无缥缈的"龙肉"更有用❷，可见戏谑的态度。刘安世刘器之也是如此，他喜欢参禅，却不与大自然亲近，于是苏轼拉他游山，并且戏谑他一番。诗歌前两句说丛林里有一位玉版和尚，是百丈禅师的法嗣，于是参禅爱好者刘安世听闻，欣然规往。两人不怕石头路滑，来同参这位玉版师。那这位玉版师是谁呢？

王文诰引《冷斋夜话》云："先生邀器之食笋，味胜，问'此何

---

❶ （宋）惠洪：《冷斋夜话》卷四，《全宋笔记》第二编·九，第 49 页。

❷ 苏轼《答毕仲举》其一："陈述古好论禅，自以为至矣，而鄙仆所言为浅陋。仆尝语述古：'公之所谈，譬之饮食，龙肉也；而仆之所学，猪肉也。猪之与龙，则有间矣，然公终日说龙肉，不如仆之食猪肉，实美而真饱也。'"见《全宋文》第 88 册，第 195 页。

名？'东坡曰：'即玉版师，此老善说法。'器之乃悟其为戏。坡公大笑，作偈。"❶指出了"玉版师"的隐语所指，其实就是笋。不独玉版师，其实这几句话，都用本色当行的禅宗语典作隐语，双关其意。"丛林"，指宗门，"百丈"，王文诰引《景德传灯录》语："洪州百丈山淮海禅师住大雄山，以居处岩峦峻极，故号云百丈。""法嗣""横枝"，王注次公曰："禅宇谓之法嗣，而禅家旁出，谓之横枝。""石头路"，则用禅宗大师石头希迁的语典。牵四挂五地拉杂了这么多禅宗的语典事典，但是实际上写的是什么呢？"丛林百丈"实指"丛林中参天的竹木"，"横枝"实指"笋"，"笋"出于"丛林"，确实是"丛林"的"法嗣"，这话切合禅宗典故，又切合实地场景，有趣而高妙。所谓"同参玉版师"，原来是以参禅为幌子，引诱刘安世外出挖笋，委婉地引导其应该在大自然中、在身体力行的劳作中，去寻找禅理真谛，而不要整日闷在家里苦思冥想。

苏轼戏称笋为玉版师来诓骗友人，当然友人就不高兴了。故而苏轼说："聊凭柏树子，与问篛龙儿。瓦砾犹能说，此君那不知。""柏树子"典出禅宗的著名公案："'如何是祖师西来意？'曰：'庭前柏树子。'"❷"篛龙儿"，也指笋。李纲《进笋》"养就篛龙儿，斓斑角未齐"，是可知。"瓦砾说法"，王注次公引《景德传灯录》曰："有僧问如何是佛？文殊答云：'墙壁瓦砾亦能说法，意则如清焕。'""此君"亦指"玉版师"。诗意为像柏树子、瓦砾都会说法，那么更不用说味美的笋了，你应该感到高兴才是，而不要怪我诓骗。此诗以笋小题大做，借禅以为诙，表现作者的机锋智慧，尤可见游戏的意蕴。这正如诗题中查慎行引胡仔语指出："此诗尽用禅家语形容，可谓善于游戏者也。"

❶《苏轼诗集》卷四十五，第2447页。
❷（宋）普济：《五灯会元》卷四，第202页。

无戏谑处尚能见戏谑、无游戏处尚能见游戏，因此可以想见在苏轼的诗歌中，游戏戏谑的现象是多么普遍了。而既然游戏的现象那么普遍，有时空戏滑稽当然也在所难免。像前面提到过的《续丽人行》，把诗圣杜甫描写成一个偷窥美女的登徒子，就属于空戏滑稽的产物。

又如《李思训画长江绝岛图》：

> 山苍苍、水茫茫，大孤小孤江中央。
> 崖崩路绝猿鸟去，惟有乔木参天长。[4]
> 客舟何处来，棹歌中流声抑扬。
> 沙平风软望不到，孤山久与船低昂。[8]
> 峨峨两烟鬟，晓镜开新妆。
> 舟中贾客莫漫狂，小姑前年嫁彭郎。[12]

这首题画诗，1—4句书画中所见。第5句开始，则进入虚构想象：远处驶来一叶小舟，划桨的声音与舟子的歌声、水声融为一体，抑扬顿挫。沙软风平，小舟缓慢地前行，远远地，只看见大小孤山与小船两两低昂。随着烟消云散，大小孤山露出了它们的真容，就像女子在早晨试妆。这层虚构已经很有趣了，更妙的是，在最后，作者还对这个并不存在的"舟中贾客"调笑道：看见了这两位美女（即大小孤山），你不要喜得发狂，因为小姑早已经嫁给了"彭郎"。这里熔铸了一则民间传说。陈郁《藏一话腴》甲集卷上载："小孤山在宿松县江北岸，与江州彭泽接境，山形如覆钟，高数十丈。山西有小孤庙，相对有彭浪矶。俗讹山为'小姑'，矶为'彭郎'，遂有小姑嫁彭郎之说。"[1] 此诗将错就错，在一个讹误的基础上又加以调笑，完全是空戏滑稽的产物。

又如《章质夫寄惠崔徽真》：

---

❶ （宋）陈郁：《藏一话腴》甲集卷上，民国适园丛书本。

　　玉钗半脱云垂耳，亭亭芙蓉在秋水。当时薄命一酸辛，千古华堂奉君子。水边何处无丽人，近前试看丞相嗔。不如丹青不解语，世间言语原非真。知君被恼更愁绝，卷赠老夫惊老拙。为君援笔赋梅花，未害广平心似铁。

这首也是题画诗。崔徽真，即崔徽的写真像。崔徽的本事，据元稹《崔徽歌》题下注："崔徽，河中府娼也。裴敬中以兴元幕使蒲州，与徽相从累月。敬中便还，崔以不得从为恨，因而成疾。有丘夏善写人形，徽托写真寄敬中曰：'崔徽一旦不及画中人，且为郎死。'"❶ 这个悲哀的故事，也成了作者调笑的对象：所谓"当时薄命一酸辛，千古华堂奉君子"，这一个美女，虽然在她的有生之年为爱情而殉命，可是也正因为此，千古之后，她的画像被供奉在现在君子们的书斋中，成为君子们浮想联翩的对象。这句话是以乐语写悲情，写出了世事苍黄的荒谬感，由此可见戏谑笔法的妙用。第三联"水边何处无丽人，近前试看丞相嗔"完全与题意无关，只是拉杂并改造杜甫《丽人行》中"三月三日天气新，长安水边多丽人""炙手可热势绝伦，慎莫近前丞相嗔"的典故，空戏滑稽。第五联"知君被恼更愁绝，卷赠老夫惊老拙"，也是一句调笑的话，意为陈襄总是看这幅画，看多了，不免被恼，大概一则因为败坏了其禅心，二则因为现实生活中并没有如此绝色的美女。所以他就干脆把这幅画送给了作者。而作者自己又老又拙，看到这样的美女画像，简直"惊"了起来，这一句写得尤为滑稽。最后一联"为君援笔赋梅花，未害广平心似铁"还是用了一个典故。广平即指唐代宰相宋璟宋广平，宋璟一生刚正不阿，"铁肠石心"，却作有风流妩媚的《梅花赋》。故而作者说，现在应你要求，我虽然作了这样一首关于这

❶　（清）彭定求等编：《全唐诗》卷四百二十三，中华书局 1960 年版，第 4652 页。

幅美女画像的诗歌，但是，这无害我依然是铁石心肠，是一个不对女色动情的人，这句话也是空戏滑稽，拉杂典故进行调谑。这首诗，其主旨是调谑的、是空戏滑稽的，可在游戏中，却间或出以新警的议论，典型地体现了苏诗"论辨唱酬，间以谈谑，以是尤为士大夫所爱" ❶ 的特质。

苏轼的游戏诗，虽然带着戏谑调笑乃至空戏滑稽的用意，不过，把这种戏谑调笑与空戏滑稽置于忧患中，那么它就超越了肤浅的动机，从而取得了深刻的内涵。

关于此点，笔者较为关注的是苏轼在岭南三州所作的诗歌。从绍圣元年（1094）贬谪惠州开始，苏轼的人生就进入了晚年阶段。这个晚年，其政治意义多于生理意义。一个将近 60 岁的老人，被处于极贬，这就等于宣告了其政治生命的终结。这与其 43 岁时被贬到黄州的况味完全不同。黄州之贬，对苏轼虽然是一个不小的打击，可毕竟 43 岁这样的年纪，在政治年龄上，还算是年富力强的"青年"时期，就像其后面的经历所证实的，其不久就被火箭式提升，进入六部尚书行列。但惠州、儋州之贬，其境遇就每况愈下了。不过，与政治境遇形成反差的是，苏轼在惠州、儋州期间的诗歌中，却少有悲哀之辞，而呈现出一派喜气洋溢、笑容可掬的乐易精神。而这种乐易精神，也主要是通过游戏诗表现出来的。

苏轼曾有一番话来概括自己文学意境的转变："少小时须令气象峥嵘，采色绚烂，渐老渐熟，乃造平淡，其实不是平淡，绚烂之极也。" ❷ 这点对游戏的诗歌也同样适用。在晚年之前，苏轼的游戏大致表现为戏谑调笑、空戏滑稽，在艺术取径上，则以典为诗、纵横拉杂，

---

❶ （宋）王辟之：《渑水燕谈录》卷四，《全宋笔记》第二编·四，第 42 页。
❷ （宋）赵令畤：《侯鲭录》卷八，《全宋笔记》第二编·六，第 269 页。

用以博炫。不过在晚年，这种炫耀性的因素逐渐减少了，调笑戏谑依然存在，但这种调笑戏谑，已经成为一种生命大智慧与饱经忧患之后的透彻之悟；典故当然不能尽去，但不再以博炫为能，而是信手拈来，熔化无迹。

如作于儋州贬所的《夜烧松明火》：

岁暮风雨交，客舍凄薄寒。夜烧松明火，照室红龙鸾。快焰初煌煌，碧烟稍团团。幽人忽富贵，蕙帐芬椒兰。珠煤缀屋角，香溢流铜盘。坐看十八公，俯仰灰烬残。齐奴朝爨蜡，莱公夜长叹。海康无此物，烛尽更未阑。

这首诗写了"烧火"这样一件极其琐碎的小事，但在极其琐碎的题材中，体现了苏轼的大幽默与生命大智慧。宋代的海南是蛮荒极恶之地，据苏轼自己说，"此间食无肉、病无药、居无室、出无友、冬无炭、夏无寒泉，然亦未易悉数，大率皆无"❶，物质条件极为匮乏。所以，连烧个火，都让苏轼感到喜悦。在寒冷的岁暮夜烧松明火，火光将屋子照得通红，就像龙飞凤舞。在火光的图腾下，作者感到自己如一个幽囚之人忽然暴富，语气十分俳谐幽默。在火烧完之后，虽然屋角缀满了熏人的煤珠，但松脂的香味从火炉中源源不断地流出来。于是这个"十八公"，俯仰之间，就成了灰烬。"十八公"不仅拆"松"字成文以为戏，同时，将松称为"公"，又暗用秦始皇封松树为"大夫"的典故。于是，作者"坐看"十八公成为灰烬，就好像坐看人间的繁华富贵，如同一场过眼云烟。似有似无的用典，一下子就贯通古今历史，使得诗句显得波澜壮阔。最后，作者想到了晋代的石崇与本朝的寇准。晋朝

❶ （宋）苏轼：《与程秀才三首》其一，《苏轼文集》卷五十五，第1628页。

的石崇，他家早上煮饭都不用柴火，用蜡烛，可谓奢豪之极；而本朝的寇莱公，则夜夜高朋满座，第二天早上，蜡烛油流了一地。但是寇准到了海康，却没有此物，这对于过惯了奢豪生活的寇准来说，想必很不好过吧？这首诗，以烧火这样极其琐碎的俗事大做文章，尤可见其游戏的笔触，同时诗歌傲视古今、睥睨人间，获得了无限深广的精神内涵。

又如其作于惠州贬所的《游博罗香积寺》：

二年流落蛙鱼乡，朝来喜见麦吐芒。东风摇波舞净绿，初日泫露醅娇黄。汪汪春泥已没膝，剡剡秋谷初分秧。谁言万里出无友，见此二美喜欲狂。三山屏拥僧舍小，一溪雷转松阴凉。要令水力供白磨，与相地脉增堤防。霏霏落雪看收面，隐隐叠鼓闻舂穅。散流一啜云子白，炊裂十字琼肌香。岂惟牢丸荐古味，要使真一流天浆。诗成捧腹便绝倒，书生说食真膏肓。

诗题下有作者自注："寺去县七里，三山犬牙，夹道皆美田，麦禾甚茂。寺下溪水可作碓磨，若筑塘百步闸而落之，可转两轮举四杵也。以属县令林抃，使督成之。"诗歌以"二年流落蛙鱼乡"起兴，可并未把这份贬谪的悲哀继续叙写下去，而是一笔带过，立刻转到"朝来喜见麦吐芒""谁言万里出无友，见此二美喜欲狂"这些喜气洋溢的叙述中，尤可见其游戏的姿态。第12句后面，用虚构的笔法想象"碓磨"作成以后水美田肥、稻米流脂的场面，亦是"画饼充饥"式的游戏笔法，真是"诗成捧腹便绝倒，书生说食真膏肓"。可见苏轼在贬谪中，还能有一种游戏的精神，时时把生活中不起眼、不如意的场景转化为乐观洋溢的观照，这体现了苏轼游戏人间、潇洒旷达的人生姿态。

苏轼晚年的诗歌，常常信笔写来，游戏为之，但这种游戏，以神不以迹，逾工巧而臻神逸。如《被酒独行，遍至子云、威、徽、先觉四黎之舍，三首》其一：

半醒半醉问诸黎，竹刺藤梢步步迷。但寻牛矢觅归路，家在牛栏西复西。❶

诗以问答展开，然神行飘逸、意韵自如，其"用变体，如兵之出奇，变化无穷，以惊世骇目"❷，甚至出现"牛屎指路"这样粗俗的意象，与诗歌传统的庄雅性格格不入，故而也可以视为游戏之作。一代旷世文豪，居然要以牛屎指路，且家不复家，邻于牛栏，几令人掩口。然"道在吃饭屙屎中""以法眼观，无俗不真"，苏轼正是用这种游戏的态度，表达其潇洒飘逸的出尘之姿。不过对此诗，注家纪昀却有不满，认为"'牛矢'字俚甚"。王文诰则反唇相讥，以《左传》"埋之马矢之中"与《史记》有"一饭三遗矢"的用例，来反驳纪昀❸。纪昀的批评，固已暴露了其执着于雅俗之辩的理障而导致的一叶障目的艺术肤浅，而王文诰看似言之凿凿实则不得要领的辩护，更令人哑然失笑。对于饱经忧患而又大彻大悟的苏轼，还会以"六经中有无糕字"这种战战兢兢的心态作诗吗？还会执着于雅俗之辩这种理障吗？可见清人已完全失去了游戏的精神。

又如《纵笔三首》其一：

寂寂东坡一病翁，白须萧散满霜风。儿童误喜朱颜在，一笑那知是酒红。

---

❶ 《苏轼诗集》卷四十二，第 2322 页。
❷ （宋）胡仔：《苕溪渔隐丛话》（前集），第 42 页。
❸ 纪昀与王文诰的评语，均见曾枣庄主编：《苏诗汇评》，四川文艺出版社 2000 年版，第 1820 页。

东坡已经老成一个病翁，某一天，喝了酒，家里的儿童还以为这位老爷爷返老还童了，哪知一笑起来就露馅了：这个朱颜原来得益于酒精的作用。这首诗也没有深刻的用意，仅仅是为了不放过生活中这么一个滑稽有趣的片段而作一首诗予以记载，同时带了一点自嘲的口气。不过，也正因为这种幽默的自嘲，我们可以看出苏轼喜气可掬、乐观洋溢的生命意识。

苏轼诗歌的游戏性，表达出他游戏人间的生命意识。正如《冷斋夜话》指出："东坡至南昌，太守叶祖洽问云：'世传端明已归道山，今尚耳游戏人间耶！'东坡曰：'途中见章子厚，乃回反耳。'"❶文字虽属小说家言，亦颇可见宋人对苏轼游戏人间的生命意识的认同。

苏轼"论辨唱酬，间以谈谑，以是尤为士大夫所爱"❷，呈现出游戏型的人生性格。宋人笔记小说中对苏轼游戏型人格的记载屡见不鲜。如其以诗歌为判词，出籍杭州官妓❸；对荆公新学，寓骂于嘲，极尽调侃之能事；乃至在司马光丧礼上嘲讽程颐为"枉死市叔孙通"❹，戏笑失和，成为蜀洛党争的一个触发点。这些有趣的"边角料"，是苏轼活泼通脱的生命情趣的表现，为后人所乐道。不过，苏轼游戏型的性格，又往往与悲哀的生命体验相伴而生。

"苏轼以其诗人气质，怀着比时人更亢奋、又似乎近于浪漫的'致君尧舜，此事何难'的淑世精神，但其人生的无常和忧患意识却比他人要强烈的多。"❺这种忧患意识，源于自我的价值实现与社会现实的冲突，同时在北宋中后期，在由于政治文化的转向而造成彼党唱罢此

---

❶ （宋）惠洪：《冷斋夜话》卷七，《全宋笔记》第二编·九，第63页。
❷ （宋）王辟之：《渑水燕谈录》卷四，《全宋笔记》第二编·四，第42页。
❸ （宋）王辟之：《渑水燕谈录》卷十，《全宋笔记》第二编·四，第105页。
❹ （宋）李焘：《续资治通鉴长编》卷三九三，第9569页。
❺ 沈松勤：《北宋文人与党争》，人民出版社1998年版，第277页。

党上台、此党执政彼党被贬的周期性反复的政局中，更得到极大强化。在由王安石变法所引发的新旧党争中，苏轼身罹"乌台诗案"，成为新旧党争中首当其冲的牺牲品，之后又数起数贬，历经坎坷。这就如黄庭坚评论苏轼的那样，"方其金马石渠，不自知其东坡赤壁也。及其东坡赤壁，不自意其紫微玉堂也。及其紫微玉堂，不自知其珠崖儋耳也"❶。这种对命运无法自主的"不自知"和"不自意"，加重了苏轼对人生无常的体验。在苏轼的诗文中，像"身非我有""人生如梦"❷的这些意识，屡屡出现。

不过在忧患中，苏轼独特的应世哲学，也逐渐形成。这首先体现在元丰五年（1082），创作于黄州时期的前、后《赤壁赋》，其云：

盖将自其变者而观之，则天地曾不能以一瞬。自其不变者而观之，则物与我皆无尽也，而又何羡乎？❸

这种哲学，按照现代呆板的术语来说，即是基于主观唯心主义的相对性思维方式。天地万物的存在，取决于我的内心，并且不同的观照方式，决定了物的不同的存在方式。虽然从这种思维方式中，可见苏轼极力泯除物我对立的努力，但其方法，毕竟是"以我观物"，极大地凸显了"我"的价值，因此也产生了如佛家所说的"我执"。基于此，黄州时期的苏轼，大致呈现出悲哀与游戏并存的思想性格。一方面，"扁舟草履，放浪山水间，与渔樵杂处，往往为醉人所推骂"❹，使放浪山

❶ （宋）黄庭坚：《东坡先生真赞》，《全宋文》第107册，第301页。

❷ 如苏轼《与圆通禅师四首》其一："未脱罪籍，身非我有。"（《苏轼文集》卷六十一，第1885页。）又如苏轼《临江仙》（夜饮东坡醒复醉）："长恨此身非我有，何时忘却营营。"（《苏轼词编年校注》，第467页。）

❸ （宋）苏轼：《前赤壁赋》，《苏轼文集》卷一，第6页。

❹ （宋）苏轼：《答李端叔》，《苏轼文集》卷四十九，第1432页。

水、纵浪大化成为其主要的生命基调。但这种纵浪大化之举，与陶渊明那种遵从于内心选择而呈现出的无喜无惧的精神气质又有不同，而总是带着无法遣怀的悲哀。这在苏轼此期某些文章中得到了体现。如《记承天寺夜游》，在记叙承天寺静谧空灵的夜景后云："何夜无月？何处无竹柏？但少闲人如吾两人者耳。"❶ 又《书临皋亭》："东坡居士酒醉饭饱，倚于几上。白云左绕，清江右洄，重门洞开，林峦坌入。当是时，若有思而无所思，以受万物之备，惭愧！惭愧！"❷ 这些话表面上都说得很幽默，但骨子里其实包含了无限牢骚与悲哀。试为解读。第一则，"何夜无月？何处无竹柏？"是自然本然的意境，那么，"少闲人如吾两人"，又有何缺憾？这即是说，正由于自己被贬到黄州，有了闲暇，才使黄州的景物更为美妙，得以充分地展现物我一体的自然之理。第二则，大自然也并不会在意人类的无思或有思，以有思无思之身受万物之备，又何必惭愧？即是说自己何德何能，能够饱受黄州景物的垂爱。宋神宗将苏轼贬到黄州，其本意乃在于使其在穷处荒僻的环境中反省，而苏轼反而刻意以此为乐，似乎没有贬谪，就不足以凸显其生命之乐。这样的含义，表面上凸显了其游戏玩世的姿态，但实际上都是一种"反讽"的语气，而反讽的话，其实正是说明了苏轼骨子里的牢骚与悲哀——换言之，如果是真正的快乐，那何必再用"反讽"这种腔调来说出？同时，也正因为"我执"，所以由贬谪而来的生命落空的悲哀，还是如影随形，须臾难离。如编管黄州不久，苏轼就以孤鸿自况，赋形移情，抒发"有恨无人省""寂寞沙洲冷"❸ 等惊魂未定、悲愤苍凉之感，并通过对"苦幽独"的海棠的吟咏，抒发"天涯流落"

---

❶ 《苏轼文集》卷七十一，第 2260 页。
❷ 《苏轼文集》卷七十一，第 2278 页。
❸ （宋）苏轼：《卜算子》（缺月挂疏桐），《苏轼词编年校注》，第 275 页。

之叹（《寓居定慧院之东，杂花满山，有海棠一株，土人不知贵也》）。
即便随着时间流逝，久寓黄州，苏轼还是无法淡化这种因人生处境的
巨大变化而产生的心理落差，并用诸如"君门深九重，坟墓在万里。
也拟哭途穷，死灰吹不起"（《寒食雨二首》其二）这类诗句淋漓尽致
地反映出来。

　　随着阅历的加深、修养的精进，苏轼的应世哲学也呈现更为深广
的精神内涵。晚年《试笔自书》云：

　　吾始至南海，环视天水无际，凄然伤之曰："何时得出此岛耶？"
已而思之：天地在积水中，九州在大瀛海中，中国在少海中，有生孰
不在岛者？覆盆水于地，芥浮于水，蚁附于芥，茫然不知所济。少焉
水涸，蚁即径去，见其类，出涕曰："几不复与子相见。"岂知俯仰之
间，有方轨八达之路乎？念此可以一笑。❶

这段幽默的话是苏轼在经历数起数贬之后所形成的生命大智慧。这一
认识，还是带有其一贯的相对性思维的痕迹：一个存在，往往被另一
个更大的存在支配，存在是不具备独立性的。从此出发，作者对天地、
九州、中国的空间坐标进行层层透视，"以物观物"，逐步缩小视角，
最终推出"有生孰不在岛者"的结论。当然这一认识典出邹衍的"大九
州观"❷。邹衍不过借此自高其说，喻儒者不知天外有天之意，而苏轼
则点铁成金，用来做自己"身非我有"的生命哲学的注解。"身非我有"
与"人生如梦"互为因果，是苏轼在黄州期间集中形成的生命意识。不
过现在，由于苏轼把"身非我有"推衍至宇宙万物的存在极限，这就完
全隔除了其在黄州时期的消极悲哀。既然不自由是宇宙万物的常态，

---

❶ 《苏轼文集》佚文汇编卷五，第2549页。
❷ （汉）司马迁：《史记》卷七十四，第2344页。

那么，何必像那上面那几只可笑的蚂蚁一样，执着于渺小的自我人身呢？以此而论，游戏人间的生命意识，得到了升华。

由存在的相对性而来的思考，是苏轼游戏人间的生命意识的基点，也是其以诗为戏的哲学基础与表现形态。既然存在状态是相对的，没有什么固定的中心主义，那么在诗歌中，自然也没有什么必须固守的定理定法。这就导致其诗歌不遵循严肃的言志感物的传统风格，而仅仅出于调笑谐谑，且论辨唱酬，随性恣肆，无施而不可。不仅诗歌为然，文章亦是如此。这表现在政论文中，甚至出现如朱熹所说的"东坡议论大率前后不同，如介甫未尝当国时是一样议论，及后来又是一样议论"❶，"东坡平时为文论利害，如主意在那一边利处，只管说那利。其间有害处，亦都知，只藏匿不肯说，欲其说之必行"❷的自相矛盾的情况。表现在散文中，则用以游戏调笑，时或以荒唐之辞书无稽之事，类如《庄子》文风，恢宏诡幻、漫汗无端，也体现了其游戏的精神。如《后杞菊赋》是"以自嘲"❸、《洞庭春色赋》是"戏作赋"❹、《中山松醪赋》是"以发一笑"❺、《怪石供》是"戏作"❻等。又如《老饕赋》以夸张的笔法叙写一次饕餮大餐，最后人散酒醒，以"先生一笑而起，渺海阔而天高"❼的一笔抹倒，使人间的富贵繁华，恍若梦寐；《菜羹赋》从一件食菜羹的小事出发，抒发自比"葛天氏之遗民"❽的谐乐心

---

❶《朱子语类》卷一百三十，第 3112 页。
❷《朱子语类》卷一百三十，第 3114 页。
❸《苏轼文集》卷一，第 4 页。
❹《苏轼文集》卷一，第 11 页。
❺（宋）苏轼：《与程正辅七十首》其四，《苏轼文集》卷五十四，第 1589 页。
❻（宋）苏轼：《与佛印二十首》其二，《苏轼文集》卷六十一，第 1868 页。
❼《苏轼文集》卷一，第 16 页。
❽《苏轼文集》卷一，第 17 页。

理；《酒隐赋》描写了一个隐于酒的逸人❶；《浊醪有妙理赋》表达"神圣功用，无捷与酒"❷的诙谐真理；《鼎砚铭》用奇诡的典故记录一方三只脚的砚台❸；等等。表现在笔记小说中，则"片语单词，谐谑纵浪，无不毕具"，或记"梦幻幽怪""神仙伎术"，在游戏中，体现其"洒然有以自适其适，固有不为形骸彼我，宛宛然就拘束者矣"❹的潇洒风神。

三、黄庭坚：以真实相出游戏法

以诗为戏的现象，在黄庭坚的诗集中至为突出。笔者以"戏"字为关键词，用北大版《全宋诗检索系统》检索黄庭坚诗歌，共得到188条结果，约占黄庭坚2295首诗的8.2%，这即是说，在黄庭坚的每12首诗中，大概就有1首是游戏戏谑的作品。这仅仅是最表面化的现象，事实上，诗体中不点明"戏"字但其实是游戏的作品，数量就更多了。

这一结果，也是与黄庭坚的诗学主张相符的。黄庭坚注重诗歌的幽默调笑宗旨，所谓"作诗正如作杂剧，初时布置，临了须打诨，方是出场"❺，"诗者，人之情性也，非强谏争于廷，怨忿诟于道，怒邻骂座之为也。其人忠信笃敬，抱道而居，与时乖逢，遇物悲喜，同床而不察，并世而不闻，情之所不能堪，因发于呻吟调笑之声，胸次释然，而闻者亦有所劝勉。比律吕而可歌，列干羽而可舞，是诗之美也。其发为讪谤侵陵，引颈以承戈，披襟而受矢，以快一朝之忿者，人皆以

---

❶ 《苏轼文集》卷一，第20页。
❷ 《苏轼文集》卷一，第21页。
❸ 《苏轼文集》卷十九，第558页。又《鼎砚铭》的游戏意蕴，周裕锴先生还有细致的文本分析，详见《游戏三昧，神奇幻诡——苏轼〈鼎砚铭〉试析》，《古典文学知识》2011年第1期。
❹ 以上均见《东坡志林》明人赵用贤序文，《全宋笔记》第一编·九，第11页。
❺ （宋）陈善：《扪虱新话》，《全宋笔记》第五编·十，第62页。

为诗之祸，是失诗之旨，非诗之过也" ❶，均体现了其对诗歌游戏调笑的幽默意蕴的重视。上述材料中，"呻吟"是悲剧性，"调笑"是喜剧性，不过，由于黄庭坚的心性修养，诗歌中呻吟之声倒是不多，而调笑之辞却屡屡形诸笔端。所以黄氏所言的呻吟调笑诗法，实则偏义调笑，是一种幽默的游戏诗法。

在黄庭坚的诗集中，当然也不乏一些诸如欧阳修、苏轼一样的空戏滑稽的作品。如《以小团龙及半挺赠无咎并诗，用前韵为戏》：

> 我持玄圭与苍璧，以暗投人渠不识。城南穷巷有佳人，不索宾郎常晏食。[4]

> 赤铜茗碗雨斑斑，银粟翻光解破颜。上有龙文下棋局，探囊赠君诺已宿。[8]

> 此物已是元丰春，先皇圣功调玉烛。晁子胸中开典礼，平生自期莘与渭。[12]

> 故用浇君磊隗胸，莫令鬓毛雪相似。曲几团蒲听煮汤，煎成车声绕羊肠。[16]

> 鸡苏胡麻留渴羌，不应乱我官焙香。肥如瓠壶鼻雷吼，幸君饮此勿饮酒。[20]

1—4句，玄圭与苍璧，借用《尚书》"禹锡玄圭"与《周礼》"以苍璧礼天"的语典，实代指诗歌中的"小龙团"，突出其珍贵性。所谓"以暗投人"，黄庭坚在另一首诗中说"矞云从龙小苍璧，元丰至今人未识"（《谢送碾壑源拣芽》），因为建州云龙在当时识货的人还不多，所以说是"以暗投人"。"佳人"指晁补之，"城南穷巷有佳人"，借用杜甫"绝

---

❶ （宋）黄庭坚：《书王知载朐山杂咏后》，《全宋文》第106册，第188页。

代有佳人，幽居在空谷"的语典。"不索宾郎常晏食"，用南朝刘穆之的典故。任渊引《南史》云："刘穆之少贫，好往妻兄江氏家乞食，食毕求槟榔。江氏戏之曰："槟榔消食，君乃常饥，何忽须此。"饭后食槟榔是魏晋士族的一种风尚，然槟榔消食，越吃越饿，而贫穷的刘穆之也嗜好此风，犹可见其滑稽荒悖的性格。这句话用在这里，本身也没有什么意思，只是以典造文，用以调笑晁补之。第 5—10 句，写茶饼的形状、来历。9—12 句，说晁补之满腹经纶，自比伊尹、太公，但久困不售，胸中不平，故而黄庭坚寄茶浇其"磊隗胸"，不要因世不见用而愁白了头发。这也有一层调笑的口吻。第 15、16 句，是黄庭坚的得意句，因写得过于工巧新奇，故而苏轼见此句，戏云"黄九恁地怎得不穷"！（任渊注引《王立之诗话》）所谓穷而后工，诗句写得如此工巧，当然也就注定其人生际遇要"穷"了。第 17、18 句，任渊注云"水苏一名鸡苏、胡麻一名巨胜……俗人煮茶，多以此二物杂之"，其意为"对于这么珍贵的茶，你可不要在煮茶时用俗人所用的方法，以鸡苏、胡麻同煮"，也是调笑的话。第 19 句，戏谑晁补之肥胖。第 20 句，说希望你不要像"俗人"一样，喝了此茶之后还要饮酒。因为宋代的"俗人"，觉得茶太淡，常常在饮茶后还要喝酒助兴❶。所以这句还是调笑的话。

此诗堆垛典故、生新拗峭，典型地体现了山谷体"雅"的艺术风格，不过，我们把这层"雅"的因素予以"还原"，可见此诗实在没什么重大严肃的意思。这首诗写的是什么呢？其实就是给友人送茶而已。它用戏谑性的言辞安慰友人，仅仅是在游戏调笑。这种绞尽脑汁，以

❶ 欧阳修曾在一首诗歌中描写了这种宋代"俗人"的饮茶之风："可怜俗夫把金锭，猛火炙背如虾蟆。由来真物有真赏，坐逢诗老频咨嗟。须臾共起索酒饮，何异奏雅终淫哇。"（《尝新茶呈圣俞》）

字词的趣味性来完成一个微不足道的功能的情况,在黄庭坚的诗歌中也是屡见不鲜的。

又如《咏史呈徐仲车》:

> 诸葛见益州,释未答三顾。川流恨未平,武功原上路。[4]
>
> 杜微对诸葛,舆致但求去。倾心倚经纶,坐上漫书疏。[8]
>
> 白鸥渺蒹葭,霜鹘在指呼。借问诸葛公,如何迎主簿。[12]

一看到"咏史"这类题目,读者可能首先会想到的是抒发历史兴亡这类严肃的命题。不过,此诗并非如此,其目的还是在于游戏调笑。这里的"咏史"不是单纯地咏史,而是跟着"呈徐仲车",故而以咏史为题,来契合徐绩本身的事迹。徐绩有什么事迹呢?诗题有任渊注"仲车以聩弃官"——因耳聋而丢了官职。所以这首咏史诗,便是从此出发,小题大做。1—4句以诸葛亮答刘备三顾之事,缩略为诸葛亮人生中的一个剖面,以小见大,反映其勤勤恳恳、筚路蓝缕的经营之功。虽然如此,但最终不免出师未捷而铩羽殒身。黄庭坚突出诸葛亮专注建功立业的无奈下场,隐然已含有作者的立场判断。5—8句,引出杜微,作对比的、加强的书写。任渊引《三国志·蜀书》注云:"微字国辅,先主定蜀,微尝称聋,闭门不出。丞相亮领益州牧……以微为主簿,固辞,舆而致之。亮以微不闻人语,坐上与书,微自乞老病求归,亮又与书曰:'君但当以德辅时耳,不责君军事。'拜为谏议大夫,以从其志。仲车病聋,故以此事戏之。"故而这四句隐括杜微事迹,突出杜微倾心典籍经纶而不求宦达的高标出尘之姿,同时以杜微"以聩求去"的事迹调侃徐绩。第9、10句用两个兴象类比徐绩与诸葛亮:白鸥潇洒飘逸,渺于蒹葭;而若为霜鹘,则逃脱不了被指呼之命运,还是含有作者的立场判断。最后,作者下总体断言:诸葛亮与杜微,一重世功,一重出世，二人用心本就不同，以诸葛亮之心，何以理解杜微之出尘高标？即"借问诸葛公，如何迎主簿"。

这首诗，以典造文，一反历代诗人称赞诸葛亮忠君爱国的惯用表达，而是借诸葛亮之事迹，作为不甚起眼的杜微之反衬。如果以传统的眼光来看，这样的表达相当怪奇——当然这种怪奇是黄庭坚有意追求的，是山谷体"尖新"的诗风的典型体现。徐绩为胡瑗弟子，注重学问修身，同时又以聘去官，这些都切合杜微事迹。不过在《三国志》史传中，杜微与其他蜀臣并传，其事迹不过寥寥400余字，但在这首诗歌中，却反客为主，拉入诸葛亮作为陪衬，表达黄庭坚一贯的"入世建功，沉浮宦海，不如远离政治、修身向学"这种态度。拉拉杂杂地写得这么拗，其实就是为了安慰徐绩。估计徐绩读到这首诗，看到比拟自己的杜微比诸葛亮还要高尚，也会解颐一笑吧。但说白了，这样的诗，其实就是黄庭坚展示自己诗才的作品（包括对历史典故的熟稔、对诗歌惯用表达方式的破坏），是典型的小题大作、游戏为诗。

不过，黄庭坚游戏于诗的目的，更多在于如同苏轼说的"以真实相出游戏法"。❶何谓"以真实相出游戏法"？黄庭坚曾点化张志和的《渔歌子》而成《浣溪沙》一词，云："新妇矶头眉黛愁，女儿浦口眼波秋，惊鱼错认月沉钩。青箬笠前无限事，绿蓑衣底一时休，斜风细雨转船头。"这首词被苏轼一眼就看出了游戏调笑的意蕴："其词清新婉丽，闻其得意，自言：'以水光山色，替却玉肌花貌，此乃真得渔父家风也。'然才出新妇矶，又入女儿浦，此渔父无乃太澜浪乎？"❷这句话表面上是在调侃黄庭坚，实际上由于苏轼一贯幽默的说话风格，这大概是在赞扬黄庭坚不执于相的禅宗解悟。而谢景温则说得更明白："此

❶（宋）苏轼：《跋鲁直为王晋卿小书尔雅》，《苏轼文集》卷六十九，第2195页。
❷（宋）胡仔：《苕溪渔隐丛话》（前集），第330页。

郎能于水容山光、玉肌花貌无异见，是真解脱游戏耳。"❶ 这种"水容山光、玉肌花貌"的"无异见"，正是释氏的不执于相、万法平等的宗旨，也即所谓"以真实相出游戏法"的具体表现。

"真实相"是佛教用语，用在黄庭坚的游戏诗上，是一个比拟性的说法，即黄庭坚的游戏，并非像苏轼那样了无准的，表现游戏人间的态度，而是在游戏中，包含了人生的道理或者万事万物的不变之理。不妨说，黄庭坚的诗歌，笔法常常是游戏的，或写一些琐碎的事物，或写一些荒诞的场面，或写一些无稽之谈，但是本质上，则是揭示人间实相、抒发人生至理，或讽刺，或凸显自己高洁的品质，这和苏轼的游戏诗有本质的不同。

如第二章中所提到的《演雅》，平行地罗列 42 个取自《尔雅》的形象，用以讽刺世人营营役役的众生相。最后以"江南野水碧于天，中有白鸥闲似我"打诨而出，突出自己的鸥鹭之性。又如其《寺斋睡起二首》其一"小黠大痴螳捕蝉，有余不足夔怜蚿。退食归来北窗梦，一江风月趁鱼船"，如同一篇小型的《演雅》：前两句用"演雅句法"，资书为诗，形容世人不安本分而导致的贪婪可笑的可怜状；后两句用语意跳跃过大的"北窗梦"，来凸显自己身陷官场囹圄而心存渔樵林泉的真隐本色。又如题画诗《题伯时画顿尘马》"竹头抢地风不举，文书堆案睡自语。忽看高马顿风尘，亦思归家洗袍袴"：前两句写自己作为一个小官吏的无聊的文书生活，后两句则打诨而出，与前两句意脉形成张力，表达自己希望归隐、不受世俗污染的高洁品质。又如《戏赠世弼用前韵》，前两句用"盗跖人肝常自饱，首阳薇蕨向来饥"这一形象化的对比描写，来突出人世间的苍黄颠倒：那些凶残狠戾、一无操守之

---

❶ （宋）阮阅：《诗话总龟》（前集），第 105 页。

徒，常常得势；而那些有所坚守的高尚君子，往往郁郁不得志。后两句用"谁能着意知许事，且为元长食蛤蜊"的调侃，凸显自己的自由品性，所谓"孔丘盗跖俱尘埃"，关心这些破事干什么呢？且食蛤蜊吧。这两句的思路，也借鉴了"吃茶去"的禅宗机锋。以上这些诗，都是打诨而出的例子。打诨而出，因为常常在尾联嵌入与前面语意跳跃过大的话，造成一种结构的失衡，所以是一种游戏的诗法。

又如《戏呈孔毅父》：

> 管城子无食肉相，孔方兄有绝交书。文章功用不经世，何异丝窠缀露珠。校书著作频诏除，犹能上车问何如。忽忆僧床同野饭，梦随秋雁到东湖。

管城子既封为子，却无食肉之相；孔方兄虽称兄，但要与诗人绝交。而校书著作郎的工作，仅仅是嘘寒问暖式的"上车问何如"。这一切让诗人感到厌倦。故而诗人最后又来了一个"打诨而出"，他忽然想到了与友人"僧床同野饭"的快乐时光，那个梦随着秋雁，飘到了遥远的东湖。

再如《戏答刘文学》：

> 人鲊瓮中危万死，鬼门关外更千岑。问君底事向前去，要试平生铁石心。

诗歌作于绍圣三年（1096）山谷于黔州贬途。"人鲊瓮""鬼门关"是贬谪黔南途中的必经之险。祝穆《方舆胜览》卷五十八"咤溪"条载："咤溪，在秭归县，水石相激，如喷咤之声……咤心大潭，如瓮，舟行多覆溺之患。故名'人鲊瓮'。"又卷四十二"鬼门关"条载："鬼门关，《旧唐书》云在北流县之南，有两石相对，俗号'鬼门关'……其南尤多瘴疠，去者罕得生还。谚曰：'鬼门关，十人去，九不还。'"然而经历了"人鲊瓮中危万死，鬼门关外更千岑"的贬途险境后，作者以自问自答的方式，将贬谪戏比为"要试平生铁石心"，可谓举重若轻。之所以说这首诗是游戏的，是因为谁都知道贬谪是无法选择的被动之举，而作者却以主动的姿态来超越贬谪的悲哀，所以这种说法本身就是无稽的，因其无稽，所以成了游戏。但也正是这样一种游戏的笔法，才凸显出黄庭坚不惧艰险、一往无前的心性修养。而《雨中登岳阳楼望君山》其一也是如此："投荒万死鬓毛斑，生出瞿塘滟滪关。未到江南先一笑，岳阳楼上对君山。"将贬谪种种，仅以一句"投荒万死鬓毛斑"截断众流，力挽千钧又举重若轻，并最终在"岳阳楼上对君山"的主客契悟一笑中潇洒泯去，使投荒万死的分量，还比不上"对君山"时的契悟一笑，尤可见其游戏的态度。而因此游戏，又可见其潇洒旷达之姿。

上文以欧梅、苏轼与黄庭坚为例，介绍了宋诗中的游戏现象。以诗为戏，并不是宋诗中独有的现象，但是在宋诗中，这一现象却显得尤其突出。而且宋人的以诗为戏，比起前代也有了很大的不同，它不再是一些无关紧要的空戏滑稽而已，而是具有了一系列精神维度，宋人或以游戏的诗歌来自娱娱人，以此超越凡俗的生活，或用它来体现游戏人间的生命意识，或"以游戏法出真实相"，来揭露世情实相，突出潇洒高洁的自我自性，其功能与意义，甚至比传统的"非游戏诗"更为丰富。

第五章　凡俗的超越——宋人对生活与自然的趣味观照

"唐诗多以丰神情韵擅长，宋诗多以筋骨思理见胜"❶，宋诗"尚理"的美学特质已众所周知。从宋诗这一大体走向出发，并考虑到宋诗中本有的谐趣现象，论者对宋诗中的"理趣"也多有揭示。不过笔者想要指出，理趣仅仅是宋人以趣眼观物的一个方面。除理趣外，宋人书写生活与刻画自然的诗歌中，也多注重趣的表达，而这一趣的表达，正是通过俳谐的视角与方法来实现的。

第一节　发现生活之趣

正如日本学者吉川幸次郎在《宋诗概说》中指出的，"宋诗比起过去的诗，与生活结合得远为紧密"，"过去的诗人所忽视的日常生活的细微之处，或者事情本身不应被忽视，但因为是普遍的、日常的、和人们太贴近的生活内容，因而没有作为诗的素材，这些宋人都大量地写进诗歌"❷。宋诗取材的生活化倾向，是宋诗的重要特色，这点已得到学界公认。不过我们也可以进行进一步追问，即宋诗为什么有这种

---

❶　钱锺书：《谈艺录》，生活·读书·新知三联书店，2001年版，第3页。
❷　［日］吉川幸次郎著，李庆等译：《宋元明诗概说》，第14页。

倾向。关于这个问题，相关探讨也已经有很多了。加拿大学者柯霖（Colin Hawes）总结吉川幸次郎在《宋元明诗概说》里的观点，指出宋人这一新兴趣味的原因："其一是由于许多宋代诗人出身不高，比起前代那些出身高门的诗人，他们更关注普通人的生活。其二，他（吉川幸次郎）认为与时代的哲学精神有关，宋代诗人的新兴趣与理学或道学的兴起有关，按照二程兄弟这样的学者的说法，世间万物皆在一定程度上代表了天地自然之理，即使是最卑微的题材，也不应忽视——任何事物都值得用诗来描绘与分析。吉川幸次郎认为，在宋代，许多诗人本身就是大思想家，这一点印证了哲学对诗歌的影响，而且宋诗用语平易，风格像散文一样流易，也与这种影响有关。其三是由于宋代政局相对平稳，仁宗朝尤其突出，这使得这一时期的诗人更为乐观，由此可以放眼于一己得失之外，培养对生活世界广泛而健康的兴趣。"❶ 不过笔者认为，宋诗之所以在取材上偏重生活化，还有一个重要的原因，则是为营造谐趣服务。宋人书写日常生活时，常常带着一种谐趣的视角，也因为以谐趣的眼光来观照生活，才能够对凡俗的生活有一种意向性的超越，令沉闷的生活变得生机盎然起来。

一、欧阳修之前生活诗的特色

笔者认为，这种带有谐趣色彩的日常生活化的诗歌，到了欧阳修的手中才开始大量地出现。因此，这里以欧阳修为断限，来考察一下欧阳修之前的这类诗歌。在欧阳修之前，这类诗歌正在逐渐发展壮大。典型如白居易。白居易将其诗歌分为讽喻诗、闲适诗、感伤诗、杂律诗四大类。而在闲适诗中，含有大量描写日常生活且又语带幽默的诗

---

❶ ［加］柯霖著，刘宁译：《凡俗中的超越——论欧阳修诗歌对日常题材的表现》，朱刚、刘宁主编：《欧阳修与宋代士大夫》，上海人民出版社 2007 年版，第 88—89 页。

歌。白居易早年提倡"歌诗合为事而作"的儒家讽喻诗旨，发起了以"篇篇无空文，句句必尽规"为精神宗旨的新乐府运动。不过到了晚年，随着人生阅历的老熟、资历名望的上升，且目睹了朝廷一幕幕政治波澜，其老庄思想开始抬头。反映在诗歌上，即以书写日常生活为主，体现其知足保身、吟玩情性的闲适诗的大量涌现。

如《狂言示诸侄》：

> 世欺不识字，我somewhat攻文笔。世欺不得官，我somewhat居班秩。人老多病苦，我今幸无疾。人老多忧累，我今婚嫁毕。心安不转移，身泰无牵率。所以十年来，形神闲且逸。况当垂老岁，所要无多物。一裘暖过冬，一饭饱终日。勿言舍宅小，不过寝一室。何用鞍马多，不能骑两匹。如我优幸身，人中十有七。如我知足心，人中百无一。傍观愚亦见，当己贤多失。不敢论他人，狂言示诸侄。

这首诗把自己的得意之处与世俗的眼光进行对比，越比越乐，处处高世俗一着，显得谐趣横生。而这些乐，很大程度上是通过"幸无疾""婚嫁毕""饱终日""暖过冬"这些日常生活意象而建构出来的。不过，倘若仔细分析一下，我们可以发现作者引以为乐的因素，其实不免显得虚构而空洞。因为最后作者自己就说了，"傍观愚亦见，当己贤多失。不敢论他人，狂言示诸侄"。这些生活化的乐事，在一些见惯世面的达官贵人眼中肯定是不足道的，所以作者也不敢对别人讲，只能在家里对侄儿们讲一讲所谓不入主流意识的"狂言"。所以这首诗的主旨，本身就是诙谐的。

白居易的闲适诗，大多有这种精神基调，即从日常生活中体味出一些快乐的况味。白居易又有一首幽默的《中隐》诗，从中可以窥见其典型的乐天知命的精神状态：

> 大隐住朝市，小隐入丘樊。丘樊太冷落，朝市太嚣喧。不如作中隐，隐在留司官。似出复似处，非忙亦非闲。不劳心与力，又免饥与寒。终岁无公事，随月有俸钱。君若好登临，城南有秋山。君若爱游荡，城东有春园。君若欲一醉，时出赴宾筵。洛中多君子，可以恣欢言。君若欲高卧，但自深掩关。亦无车马客，造次到门前。人生处一世，其道难两全。贱即苦冻馁，贵则多忧患。唯此中隐士，致身吉且安。穷通与丰约，正在四者间。

诗歌写得颇为幽默，虽然身在仕途，但是一点都不妨碍作者"登临""游荡""欢言"乃至"高卧"的闲逸生活。名仕实隐、隐于仕途，江湖魏阙两得，这种"中隐"观，早在王维身上就得到了体现。但第一次旗帜鲜明地提出来的，大概就是白居易了。这种仕隐观，在宋代也颇受推崇。

如果我们再把目光溯前，则可发现陶渊明也作有一些充满谐趣的生活诗。如《责子》：

> 白发被两鬓，肌肤不复实。虽有五男儿，总不好纸笔。阿舒已二八，懒惰故无匹。阿宣行志学，而不爱文术。雍端年十三，不识六与七。通子垂九龄，但觅梨与栗。天运苟如此，且进杯中物。

此诗以"责子"为题，用充满诙谐的语言，记录了作者五个儿子少不聪慧的情况，有自嘲的意味。陶渊明在当时的时代，属于"非成功人士"，自己既不得志，就寄希望于子女，这是天下父母普遍的情感心理。但五个儿子如此不聪慧，那就只能是"天运苟如此"了，于是诗人只好"且进杯中物"，又顺其自然，不拔苗助长，显得相当幽默。难怪黄庭坚在《书陶渊明〈责子〉诗后》说："观渊明之诗，想见其人岂弟慈祥、戏谑可观也"❶。

上引之诗，只是生活诗的几例代表，当然还有其他同类的诗歌，这里就不多引了。这些诗虽然也颇为诙谐，但与笔者后面要论述的同类诗歌，其精神主旨和表现手法还是有鲜明的不同。首先，这些诗歌营造诙谐的主旨，是为了自嘲，如白居易的《狂言示诸侄》和陶渊明的《责子》，体现得非常清楚，而自嘲是一种非常传统的谐谑手法❷，故而它们算不得是谐谑诗中的创举。其次，这些诗歌在描写生活时，还是用比兴的思维，将生活的情态恰如其分地"镶嵌"在某种情感的表达体系中，而对谐乐生活本身并不注重，这在白居易的《中隐》诗里体现得非常清楚：诗歌中纵然有"登临""游荡""赴宾筵""恣欢言""高卧"这些生活场景的描述，但它们均是为表达作者闲暇适意的情感服务的，故而这些生活场景的细节，作者完全没有展开——当然也不需要展开，只要用这些概念来恰如其分地比兴出这种闲暇适意的情感就可以了。故而这些生活诗，虽然有谐趣的外表，但是和笔者后面要论述的同类诗歌是完全不同的。

而从宋代开始，这种带有诙谐色彩的生活诗明显更多了，而且跟宋前的诗歌相比，呈现出了不少变貌，如王禹偁的《独酌自吟拙诗，次吏报转运使到郡，戏而有作》：

> 日高睡足更何为，数首新篇酒一卮。郡吏谩劳相告报，转输应不管吟诗。

诗意为作者在任地方官时，日高睡足，诗酒度日，过着惬意的生活，

---

❶ （宋）黄庭坚：《书陶渊明〈责子〉诗后》，《全宋文》106册，第176页。

❷ 关于古代文人的自嘲精神，可以参看陈兰村、葛永海：《文化人格的压抑与自救——论古代文人的自嘲意识》，《贵州社会科学》2001年第2期。

但是某天碰到了上级来检查，于是作者灵光妙现，想到作为转运使的上级，吟诗作对这样的事，应该是管不着的吧？

文人天性与官场局束的冲突，是古典诗歌里反复表现的主题，如高适《封丘作》里"拜迎长官心欲碎"的自伤，或是李商隐《任弘农尉献州刺史乞假还京》中"却羡卞和双刖足，一生无复没阶趋"的想象自残，均是如此。不过这种冲突，在此诗作者的灵光一现中得到了消解，这也是诗题中"戏"的主旨。因此可以说，整首诗的出发点与落脚点，均是作者这偶一闪现的机趣，而记录这种稍纵即逝的机趣灵光，并使之赋生活以生气，则成了本诗最重要的创作动机。因而我们可以说，"谐"的要素，不再是某种情感的纯粹比兴，也不是表面自嘲实则悲哀的传统结构的表达，它就是生活本身。而如果生活中偶一闪现的机趣灵光都值得记录，那么生活中本身的一些"谐乐"的场景，更成了宋诗的取材来源。

如王禹偁的《张屯田弄璋三日，略不会客，戏题短什，期以满月开筵》：

> 布素相知二十年，喜君新咏弄璋篇。洗儿已过三朝会，屈客应须满月筵。桂子定为前进士，兰芽兼是小屯田。至时担酒移厨去，请办笙歌与管弦。

诗歌写作者的友人新得小儿，完全沉浸在弄璋之喜中，迟迟不宴请朋友，于是作者用诗催促一番。像这样一个事件，本来没有多少"谐"的因素，但作者用诗歌把这件琐事写了出来，构成了对友人的一种嘲谑，于是谐趣便产生了。可见作者带着谐乐的眼光，重新发现生活中的普通事件，并赋予这一普通事件以乐趣。可以说在宋诗中，生活本身，就成了谐乐的要素。

再比如李至的《庭中千叶玫瑰今春盛发，烂然可爱，因赋一章寄上仆射相公》：

> 小槛锁玫瑰，群芳次第催。刺多疑有妒，艳绝却无媒。露洒啼妆在，风牵舞态回。层苞不暇吐，数日未能开。烂胜燕脂颗，殷于烈焰堆。浓将丹笔染，碎把绛绡裁。漠漠香如芷，青于叶似苔。天难胜暖日，静不惹纤埃。远对裹书幌，傍观置酒杯。朵稀心暗记，根浅手亲培。雉控眠偷摘，僧逢醉觅栽。尽嘲终彷佛，拟折又徘徊。丽夺倾城色，吟归间世才。多情百花主，闻必有诗来。

这首诗用大量笔墨刻画了一朵春天的玫瑰。从叙述的过程来讲，谐的成分并不突出，但关键在于作者的态度：作者用大量笔墨来逗才使翰，其最后的目的不过是招邀友人赏花写诗。这正像德国戏剧理论家里普斯说的，"喜剧性乃是惊人的小"，"它是这样一种小，即装作大，吹成大，扮演大的角色，另一方面却仍然显得是一种小，一种相对的无，或者化为乌有。同时，主要在于这种化为乌有是突然发生的" ❶。因而在这种形式与内容的严重不平衡中，就产生了谐趣的效果。

以上所引的例子中，可以看出宋人的一种新兴趣味，即带着谐乐的眼光，从凡俗的生活中挖掘点滴的乐趣，而更大规模地实践这一理念的，当属欧阳修，同时陆游也大量地实践了这一理念。下面以这两位诗人为中心，论述相关问题。

二、欧阳修的生活谐趣诗

在欧阳修的诗歌中，一个常常出现的情况，是把一些生活中的琐

---

❶ ［德］里普斯：《喜剧性与幽默》，伍蠡甫等主编：《西方文艺理论名著选编（中卷）》，北京大学出版社 1986 年版，第 454 页。

细与微不足道的事情作为诗料。在上一章"宋诗与游戏"中，笔者曾举过一些。这里还可以列举更多，如《有赠余以端溪绿石枕与蕲州竹簟，皆佳物也。余既喜睡，而得此二者，不胜其乐，奉呈原父舍人、圣俞直讲》《县舍不种花，惟栽楠木冬青茶竹之类，因戏书七言四韵》《于刘功曹家见杨直讲女奴弹琵琶，戏作呈圣俞》《尝新茶呈圣俞》《清明前一日，韩子华以靖节斜川诗见招游李园。既归，遂苦风雨三日，不能出，穷坐一室。家人辈倒残壶，得酒数杯，泥深道路无人行，去市又远，索于筐筥，得枯鱼干虾数种，强饮疾醉，昏然便寐，既觉索然，因书所见奉呈圣俞》《圣俞惠宣州笔戏书》等。因诗歌是一种抒情性的文学体裁，所以像这些琐碎的生活，实在不能算是很好的诗料，故而欧阳修在表达意旨上，常常就从谐谑一途入手，以谐乐的观照来达到新奇的艺术效果。而且因其谐谑，题目中就常常出现"戏"字。不妨选取其中几首来管见一斑。

如《于刘功曹家见杨直讲女奴弹琵琶，戏作呈圣俞》：

大弦声迟小弦促，十岁娇儿弹啄木。啄木不啄新生枝，惟啄槎牙枯树腹。[4]

花繁蔽日锁空园，树老参天杳深谷。不见啄木鸟，但闻啄木声。[8]

春风和暖百鸟语，山路碗确行人行。啄木飞从何处来，花间叶底时丁丁。[12]

林空山静啄愈响，行人举头飞鸟惊。娇儿身小指拨硬，功曹厅冷弦索鸣。[16]

繁声急节倾四坐，为尔饮尽黄金觥。杨君好雅心不俗，太学官卑饭脱粟。[20]

娇儿两幅青布裙，三脚木床坐调曲。奇书古画不论价，盛以锦囊装玉轴。[24]

披图掩卷有时倦，卧听琵琶仰看屋。客来呼儿旋梳洗，满额花钿贴黄菊。[28]

虽然可爱眉目秀，无奈长饥头颈缩。宛陵诗翁勿诮渠，人生自足乃为娱。[32]

此儿此曲翁家无。

如诗题所说，作者在刘功曹刘敞家宴饮，看到了杨直讲杨褒的家妓弹琵琶。这种听琵琶的场面，本来是唐代诗歌中的常用诗料，典型如白居易的《琵琶行》。不过与《琵琶行》中白居易抒发"座中泣下谁最多，江州司马青衫湿"这类强烈的抒情所不同，欧阳修抒发了别样的情感。诗歌 1—16 句，描写琵琶声的效果，这些描写是这类诗歌的应有之义，也没有谐趣，略过不表。但从第 17 句开始，诗歌就滑稽起来。首先，作者刻画了家妓的主人杨褒的滑稽形象。杨褒虽有家妓，可从诗歌"杨君好雅心不俗，太学官卑饭脱粟"和家妓"虽然可爱眉目秀，无奈长饥头颈缩"这几句可以看出，杨褒的官俸并不高，并不算达官贵人。王辟之《渑水燕谈录》卷八也记载："华阳杨褒好古博物，家虽贫，尤好书画奇玩充实中囊；家姬数人，布裙粝食，而歌舞绝妙，故欧阳公赠之诗云'三脚木床坐调曲'。盖言褒之贫也。"❶ 杨褒家境贫穷还蓄养歌伎以学歌舞，这一行为本身就是滑稽的。其次，这位弹琴的家妓也是滑稽的。弹琴本为雅事，但她不是盛装华服出场，而是穿着青布裙、坐在三角木床上，并且主人家的贫穷使之挨饿而显得营养不良、缩头缩脑（"娇儿两幅青布裙，三脚木床坐调曲""虽然可爱眉目秀，无奈

---

❶ （宋）王辟之：《渑水燕谈录》卷八，《全宋笔记》第二编·四，第 86 页。

长饥头颈缩")。再次，听琵琶的人也是滑稽的。诗歌从侧面写出这一滑稽：那位年仅十岁的家妓，弹的不是京城时新的曲调，而是弹了《啄木》这样的旧曲（"啄木不啄新生枝，惟啄槎牙枯树腹"），这无疑是为了迎合这些老人的口味，故而这些听众也是滑稽的。这首诗的谐趣，主要是从雅事写俗的张力中产生的。同时作者的态度也值得玩味，因为从以上叙述中，可以发现这次听琵琶的活动本身是滑稽的，而且不合时宜。但即便不合时宜，作者仍饶有趣味地用诗记录，并且曲终奏雅，进行主旨的升华——"人生自足乃为娱"。即便不合时宜，但丝毫不妨碍诗人的自娱自乐。可以说，欧阳修虽没喊出如同弟子苏轼在《超然台记》中所说的"凡物皆有可观，苟有可观，皆有可乐"的口号，但其实已切实地实践了这一乐感哲学。所谓美的发现只留给美的眼睛，而要从凡俗的生活中发现"可乐"的要素，首先也需要知足常乐的性格。因其乐，生活本身也充满趣味了。

又比如《有赠余以端溪绿石枕与蕲州竹簟，皆佳物也。余既喜睡，而得此二者，不胜其乐，奉呈原父舍人、圣俞直讲》：

端溪琢出缺月样，蕲州织成双水纹。呼儿置枕展方簟，赤日正午天无云。[4]

黄琉璃光绿玉润，莹净冷滑无埃尘。忆昨开封暂陈力，屡乞残骸避烦剧。[8]

圣君哀怜大臣闵，察见衰病非虚饰。犹蒙不使如罪去，特许迁官还旧职。[12]

选材临事不堪用，见利无惭惟苟得。一从僦舍居城南，官不坐曹门少客。[16]

自然唯与睡相宜，以懒遭闲何惬适。从来羸茶苦疲困，况此烦歆正炎赫。[20]

　　少壮喘息人莫听，中年鼻齁尤恶声。痴儿掩耳谓雷作，灶妇惊窥疑釜鸣。[24]

　　苍蝇蟆蟆任缘扑，蠹书懒架抛纵横。神昏气浊一如此，言语思虑何由清。[28]

　　尝闻李白好饮酒，欲与铛杓同生死。我今好睡又过之，身与二物为三尔。[32]

　　江西得请在旦暮，收拾归装从此始。终当卷簟携枕去，筑室买田清颍尾。[36]

这首诗写了友人赠送自己端溪绿石枕与蕲州竹簟，虽然两者"皆佳物"，但是对于这样一个琐屑的题材，用长达 36 句的容量来书写，可见欧阳修对诗歌取材生活化的偏好。同样地，诗歌的精神基调也十分俳谐。

　　诗歌的 1—6 句，对石枕与竹簟进行描写，说明两物是何等珍贵，没有谐趣的要素。7—14 句，说明自己致仕念头很强烈，且已得到了皇帝的恩准就任外官。此诗作于嘉祐四年（1059）。欧阳修于嘉祐三年知开封府，其《辞开封府札子》云："臣素以文辞专学，治民临政既非所长，加以早衰多病，精力不强，窃虑隳官败事，上误圣知。"❶ 又于嘉祐四年连上《乞洪州札子》《乞洪州第二札子》《乞洪州第三状》等辞官表，乞辞京官而求一小藩。所以 7—14 句对致仕愿望的陈情，确实是欧阳修对仕途倦怠的真切反应，也没有诙谐的要素。但从第 15 句起，作者开始诙谐起来。15—18 句，说自己心灰意懒，只僦居在城南一隅，门可罗雀。这样闲适懒散的环境中，睡觉当然是打发时间的好

---

❶　（宋）欧阳修：《辞开封府札子》，《全宋文》第 32 册，第 5 页。

方法，以懒遭闲，让人非常惬意。这些话自我打趣的意味甚浓。然后，作者以夸张的笔法，描写了自己"别具一格"的鼾声：它让痴儿掩耳逃跑，就像遇到了打雷；让妻子以为是灶釜沸鸣。在熟睡中，苍蝇蠓蠓懒得去驱赶，而书架上的书，则东一本西一本地散落在地上，也不去理会。这几句话，如同一幅生活中的漫画，把自己衰老可笑但又豪放洒脱的一面凸显出来。然后，作者提到了李白。李白希望自己的影子与明月共饮以终，而现在的自己，好睡又超过了李白，与石枕、竹簟"为三物"了。这些话都表达了一个集中的意思，用现在的流行语来讲，就是甘于"摆烂"，故而这样的意思当然非常滑稽。在这首诗歌中，作者并没有表达像传统题材中经常会出现的哀老叹穷的情绪，而是以石枕与竹簟为触媒，用诙谐的场景呈现了自己的生活状态，进而抒发对这种凡俗生活本身的认同与赞赏。

从欧阳修的诗歌中，略可以看出宋人如何在生活化的诗歌中超越凡俗——主要是通过幽默的观照与谐谑的手法来完成。生活并不十全十美、充满激情，相反，生活本身就是凡俗的，甚至有诸多缺憾。就像欧阳修听琵琶曲一样，听琵琶曲的场合，是在一个比较穷酸的士人家里；弹奏琵琶的女子，也并不貌美如花；而听琵琶曲的自己，也不是处于如同少年那样天真烂漫、喜好歌舞的年纪了。可是，这不妨碍其对这些算不上美的细节本身进行刻画，同时用一种谐乐的视角，对这种凡俗的生活进行重塑，从而完成一种对凡俗生活的意向性超越。而因这种超越，我们才可以说作者完成了一次"诗意地栖居"的书写。

宋人对于凡俗生活的刻画，常常是用充满谐趣的眼光来重新发现生活，这就首先需要宋人具备这一能力，即是将眼光注意到生活中饶有谐趣但又稍纵即逝的片段，并用诗歌予以记录。这样一些片段，是生活中的"意外事件"，本来不在诗歌的传统题材之内，但宋人还是不遗余力地予以记录，诸如朋友生女儿比自己早（梅尧臣《宋中道快我生女》）、朋友送来了一只猫（黄庭坚《谢周文之送猫儿》）、朋友养了两只鹅被自己烹了（黄庭坚《吴执中有两鹅，为余烹之，戏赠》）、摘来的梅花养在瓶子里竟然好几天没有凋谢（张耒《摘梅花数枝，插小瓶中，辄数日不谢，吟玩不足形为小诗》）、朋友许诺为自己酿酒但迟迟没有行动故而写诗去问（张耒《孙志康许为南酿，前日已闻籴米，欣然作诗以问之》）、纸张贵得用不起了（孔平仲《使纸甚费》）、大龄友人迟迟没有结婚（谢逸《嘲潘邠老未娶》）、掉了一颗牙（王炎《自嘲落牙》）、向朋友借了一匹马发现驽得根本不能骑（周紫芝《蔡长源以老马见借，驽甚，戏作》）、朋友来家里做客发现没有坐垫（张守《客居坐无茵褥，宾至常苦之，戏作》）、偶尔的耳鸣让人叫苦不迭（吴芾《偶苦耳聋》）等等，而读者也可以从中直观地看出题材本身的谐趣。

　　不妨选取黄庭坚的《谢周文之送猫儿》管窥之：

> 养得狸奴立战功，将军细柳有家风。一箪未厌鱼餐薄，四壁当令鼠穴空。

诗歌写了"送猫儿"这件微不足道的生活琐事，写得非常好玩。首句"养得狸奴立战功"，用"战功"这样的重词，来形容养猫除鼠的效果，显得相当滑稽。前句已明其"战功"，故而次句"将军细柳有家风"，再承接上句进行一种"佯谬"的叙述。友人姓周，故而用周亚夫的语典来形容友人的"战功"，意指你养了一只这么有功勋的猫，果然是周亚夫的后代，调笑意味尤其强烈。"一箪未厌鱼餐薄，四壁当令鼠穴空"，除了突出猫的勤恳可爱之外，作者还侧面自嘲了穷困。陆游《赠猫》诗有云"裹盐迎得小狸奴，尽护山房万卷书。惭愧家贫策勋薄，寒无毡坐食无鱼"，将陆游的"惭愧家贫策勋薄，寒无毡坐食无鱼"与黄庭坚的"一箪未厌鱼餐薄"对读，这种穷困的自嘲溢于言表。而叙写穷困，从大的意义上来说，则是突出了自己的"不遇"。不过，诗歌显然并未对此刻意措意，只是选取了这一生活的剪影，用幽默的姿态，突出了生活本身的温暖特质与点滴趣味。

宋人的这些生活诗，因为要对有趣的生活细节进行描述，所以有些诗还带着一个长长的叙述性的题目，以便首先把这些谐乐的细节交代清楚。如梅尧臣《王殿丞赴莫州日，就余求钓竿数茎以往，今因其使回，戏赠》，苏轼《景贶、履常屡有诗，督叔弼，季默唱和，已许诺矣，复以此句挑之》《新渡寺席上，次赵景贶、陈履常韵，送欧阳叔弼。比来诸君唱和，叔弼但袖手旁睨而已。临别忽出一篇，颇有渊明风致，坐皆惊叹》《仆所藏仇池石，希代之宝也。王晋卿以小诗借观，意在于夺。仆不敢不借，然以此诗先之》《王晋卿示诗，欲夺海石，钱穆父、王仲至、蒋颖叔皆次韵。穆、至二公以为不可许，独颖叔不然。今日颖叔见访，亲睹此石之妙，遂悔前语。仆以为晋卿岂可终闭不予者，若能以韩干二散马易之者，盖可许也。复次前韵》《轼欲以石易画，晋卿难之。穆父欲兼取二物，颖叔欲焚画碎石。乃复次前韵，并解二诗之意》，黄庭坚《赵子充示竹夫人诗，盖凉寝竹器。憩臂休膝，似非夫人之职。予为名曰青奴，并以小诗取之》，张耒《王都尉惠诗求和，逾年不报，王屡来索，而王许酒未送。因次其韵以督之》，赵鼎臣《七月朔集于河沙，方允迪辞疾不至，已而闻新买妾甚美，用葆真韵作俚语戏之》，周紫芝《四月二十八日，江元楷置酒，坐客皆醉卧，已而主人亦就睡，戏作数语以纪其事》，王庭珪《刘端行自建溪归，数来斗茶，大小数十战，予惧其坚壁不出，为作斗茶诗一首，且挑之使战也》，吴芾《江朝宗许重阳见过，候终日，竟不闻车音，使人怅然。因成拙句以诮之》，诸如此类，不胜枚举。

不仅从日常生活中着意发掘一些不起眼的谐乐的特质，宋代的生活诗还有一种情况，是常常把生活中丑的、怪的、滑稽的因素进行描写。这在以欧阳修、梅尧臣等人为代表的嘉祐诗坛中就有所体现。如梅尧臣《同谢师厚宿胥氏书斋，闻鼠，甚患之》《师厚云虿古未有诗，邀予赋之》《扪虱得蚤》《八月九日晨兴如厕，有鸦啄蛆》，王安石《和王乐道烘虱》《疥》，司马光《和王介甫烘虱》等。而这些诗，除了体现嘉祐诗人们对于诗歌表现功能的开拓之外，也非常明显地体现了宋人以谐趣的视角观照生活的情趣。又如谢逸《无逸病目以诗戏问》、谢薖《闻彦光田舍遇火，几焚其廪》、程俱《园居荒芜，春至草生，日寻野蔬以供匕箸。今日枯栌间，得蒸菌四五，亦乞食之。自笑穷甚，戏作此诗一首》、唐庚《疟疾寄示圣俞》、王十朋《家食遇歉，有饭不足之忧，妻孥相勉以固穷，因录其语》、范成大《时叙火后意不释然作诗解之》、吕南公《道傍见乞士捕虱》、吴芾《酒为偷儿所窃》、吕本中《疥》等等，这些诗都是从一种谐趣的态度出发，对生活中滑稽、可笑的因素进行捕捉。因此我们说，宋代的诗歌，于古代言志缘情的传统之外，又开拓了一种"诗可以笑"的全新功能。

当然，上述所引的诗，从内容深度上来说，有些是颇不足道的。不过，所谓内容深度，其实也是一种相对的评价标准，就像笔者在前面几章中指出的，在于我们对诗歌采取何种期待视野与评价范式。传统中以诗言志缘情，抒发理想落空或者生命悲哀的作品，我们常常会觉得具有深度。但是，像上述所引的这些诗，它们以谐乐的眼光观照生活，注重生活方方面面的趣味，至少它们体现了宋人随遇而安、潇洒豁达的生命姿态。

这种豁达的态度，当然也容易得到后人的认同。而这种谐乐的生活诗，在后来的宋诗中是不胜枚举的。限于篇幅，这里就不详细列举解读了。下面再集中以陆游为例，来谈谈这方面的问题。

三、陆游的生活谐趣诗

笔者之所以选取陆游，主要出于如下考虑：陆游一生以收复失地为志向，呈现出执着型的人格色彩，乃至临终时还以"不见九州同"为憾。因此体现在诗歌中，就像刘辰翁所说的，"陆放翁诗万首，今日入关，明日出塞，渡河践华，皆如昔人。想见狼居胥、伊吾北，有志无时，载驰载驱，瘝语出狂"❶，出现了"不少称得上是宋王朝立国以来诗坛出现的最富激情的作品"❷，并且为其赢得了"爱国主义诗人"的美名。同时，陆游的诗歌，最具唐音范式，包括多用律体、对仗工稳、下字响亮、表达流畅。因此，陆游的谐乐的生活诗，就更有典型性。因为连激情如许、最具唐音意识的陆游也创作谐乐的生活诗，那么其他诗人就更不能避免。

陆游的诗集中虽然有"不少称得上是宋王朝立国以来诗坛出现的最富激情的作品"，但这只是事情的一个方面。其实，只要翻开存诗将近一万首的《剑南诗稿》，就可以发现这种激情洋溢的爱国作品，在其诗歌中只占一个相对较小的比例。而大量的诗歌，就是王士禛说的"务观闲适，写村林、茅舍、农田、耕渔、花石、琴酒事，每逐月日记寒暑，读其诗如读其年谱"❸的闲适诗。当然，这一现象得到了后人的广泛研究。不过，笔者所要指出的是，陆游在书写日常生活的诗歌中，还是继承了欧阳修以来所奠定的宋诗精神基调，即以谐乐的眼光发掘生活之趣。

---

❶ （宋）刘辰翁：《长沙李氏诗序》，《全宋文》第 357 册，第 56 页。

❷ 章培恒、骆玉明主编：《中国文学史新著》中卷，上海文艺出版社 2007 年版，第 282 页。

❸ （明）王士禛：《带经堂诗话》卷一，人民文学出版社 1963 年版，第 43 页。

在陆游的诗歌创作中，往往把视角触及生活的方方面面，带着谐乐的眼光，发现生活中的种种有趣之事，使凡俗的或者不堪忍受的生活变得情趣盎然。如《听事前紫薇花二本甚盛戏题绝句》：

> 红药紫薇西省春，从来惟惯对词臣。问囚自是粗官分，无奈名花解笑人。

诗歌作于乾道九年（1173）权嘉州守任上。紫薇花是一种名贵之花，《梦溪笔谈》卷三载："唐故事，中书省中植紫薇花……至今舍人院紫薇阁前植紫薇花，用唐故事也。"❶ 所以作者说紫薇花是"从来惟惯对词臣"。可是现在，作者在问囚的厅院中也看到了紫薇花，所以就自我嘲谑：紫薇花看惯了那些清贵的翰林学士草诏奏章的场面，现在看到我这样讯囚决狱的粗俗场面，大概要嘲笑我吧。这种平时不易察觉的生活细节，在陆游的诗歌中则转化成了诙谐的生活要素。

又如《嘉州守宅旧无后圃因农事之隙为种花筑亭观甫成而归戏作长句》：

> 吾州山水西州冠，正欠雄楼并杰观。奇峰秀岭待弹压，明月清风须判断。三峨旧不到郡斋，创为诗人供几案。烟云舒卷水墨图，草木青红锦绣段。一时冠盖共登临，百年父老俱惊惋。萦回舞袖试弓弯，宛转歌声学珠贯。佳人蜂蝶争绕鬓，上客龙蛇看挥翰。寓公虽作一月留，梅发东湖归思乱。儿戏聊成此段奇，陈迹应留后人叹。明朝艇子溯平羌，却伴谪仙游汗漫。

如诗题所说，陆游在嘉州的守宅没有园圃，于是在农事之隙，他开辟

---

❶ （宋）沈括：《梦溪笔谈》卷三，《全宋笔记》第二编·三，第24—25页。

荒地，并种花筑亭。这首诗小题大做，想象奇特，充满了谐趣幽默。

首先，作者把自己在圃中所筑的亭子，比喻为"雄楼并杰观"，小事大写，显得很幽默。因为"奇峰秀岭待弹压，明月清风须判断"，所以筑亭是当务之急。"弹压""判断"这两字，作者用了词语出位的手法，显得谐趣横生（关于词语出位所形成的谐趣，详见第六章）。因为种花筑亭，垒砌了假山，所以看上去有点像三峨风光，这还是用了夸张的手法。本来，"三峨旧不到郡斋"，可望而不可即，可现在是"创为诗人供几案"，推开书斋就可以看到。这句话用虚构的想象，也显得相当诙谐。于是，这"烟云舒卷水墨图，草木青红锦绣段"的美妙风光，吸引了冠盖登临、佳人歌舞。不过，作者虽然这样大动干戈，可自己在嘉州只停留一个月，过后就要去别的地方，故而说前面的兴作，是"儿戏"。这首诗用奇特的想象与夸张的笔法，书写了生活中的一段乐事，体现了陆游时时能从生活本身挖掘快乐养料的生活情趣。

这种有趣的题材，在陆游的诗歌中屡见不鲜。如梦见自己作诗，醒来忘记了，然后赶紧作诗追补下来（《九月六夜梦中作笑诗，觉而忘之，明日戏追补一首》）；嘉州无木樨花，偶然得到一枝，于是赶紧作一首诗，把这份欣喜的心情记录下来（《嘉阳绝无木犀，偶得一枝，戏作》）；自作山石盆景，又在山石周围缀上栏杆石磴，看上去就如蜀中的栈道（《小山之南作曲栏石磴，缭绕如栈道，戏作》）；观白鹤画时，看到这只鹤很瘦，就突然想到它跟随着我这个贫士，怎么能够肥（《题宇文子友所藏薛公鹤》）；顺风行船，感到十分惬意，说是自己豪放的习气吸引了风（《风顺舟行甚疾戏书》）；焚香昼睡，醒时香还未散去，于是觉得这个香陪伴自己很久，充满人情味（《焚香昼睡，比觉，香尤未散，戏作》）；用泼墨来决讼，使旁边的小吏吓得退到一丈之外（《焚香作墨沈决讼，吏皆退立一丈外，戏作此诗》）；等等。这些诗歌，于无谐趣处见谐趣，用诗的语言记录日常生活中不易觉察的、稍纵即逝的点滴乐趣，把凡俗的生活艺术化了。

上面的事情，都是一些日常生活中的"意外事件"，在有别于常的意外中，容易进行谐乐的观照；但同时，对于凡俗生活中的普通事件、题材，陆游也尽量运用俳谐的手法，展开谐趣的视角，将之描述得谐趣横生、情趣盎然。在陆游的诗歌中，充斥着诸如吃茶、吃饭、午睡、焚香、看戏、读书、种菜、腌肉、独坐、夜归这样的生活化意象，这从题目中可以直接看出来，如《试茶》《食荠》《午梦》《饭罢碾茶戏书》《眉州驿舍睡起》《幽居》《饭罢戏作》《蔬圃》《读书》《赠猫》《新寒小醉睡起，日已高，戏作》《山中夜归戏作短歌》《伏中官舍极凉戏作》《斋前独坐戏作》《卤斋十韵》《饭罢忽邻父来过戏作》等。这些诗歌，都以叙写日常生活琐事为主，在日常生活意象的建构中，带点谐乐幽默。

如上引《试茶》：

苍爪初惊鹰脱鞲，得汤已见玉花浮。睡魔何止避三舍，欢伯直知输一筹。日铸焙香怀旧隐，谷帘试水忆西游。银瓶铜碾俱官样，恨欠纤纤为捧瓯。

首联写煮茶时汤茗的状貌。颔联的意思是"因为喝了茶，所以就不易犯困了，喝茶又比喝酒雅，所以酒也不要喝了"，但这样写就很平淡，所以作者用"睡魔"与"欢伯"把睡与酒拟人化，就显得谐趣横生。颈联写喝茶时引起的回忆。尾联以"茶器都是做官时留下来的，可现在，奉茶的美人却没有了"这样的话作今昔对比，在淡淡的自嘲中，表达了作者知足常乐、自在自适的生活态度。

又如《赠猫》：

　　襄盐迎得小狸奴，尽护山房万卷书。惭愧家贫策勋薄，寒无毡坐食无鱼。

以"惭愧家贫策勋薄"的自嘲，对猫"寒无毡坐食无鱼"表示歉疚，显得戏谑谐乐。而这样生活化的题材与幽默的态度，贯穿陆游人生经历的各个阶段，特别是在其晚年的闲居诗中达到了顶峰。

　　从淳熙十六年（1189）即陆游64岁起，至嘉定二年（1209）临终，在这大约二十年的时间内，陆游基本处于退居山阴老家的状态。此段时期，陆游作诗尤多，据欧小牧的统计，除了最初两年以及去世那年诗作稍少外，其余十多年，几乎每年都作诗200首以上 ❶。这些闲居诗，体现了其日常生活化的题材取向。同时，它们也多带有一些轻喜剧式的幽默。也许，正是由于幽默具有舒缓人心、微言解颐的作用，陆游才能以85岁这样的高龄善终吧。

　　虽已进入晚年，但此期陆游的某些作品，其笔力依旧不减，或充满了雄奇的想象，或对政治世情依旧保持热切的关注。不过，由于陆游在诗歌中本身就注重谐趣的表达，所以当这种谐趣与陆游激情的笔力结合起来时，常常就使诗歌呈现出潇洒飘逸、摇曳生姿的全新境界。这正是谐趣的书写在诗歌中极其精彩的体现。如《盟云》：

　　谓云本无心，企望乃尔奇。谓云果有心，百变端为谁。岂怜此翁愁，一出怡悦之。横截千嶂平，高擎一峰危。银城突嵯峨，玉海浩渺弥。或为群龙矫，或作孤鹤飞。卷舒闲有态，去来倏无时。潝潝覆松顶，霭霭映水湄。带雨过僧窗，和月傍钓矶。岂惟困画工，吾诗固难追。惟当与之盟，毕世相娱嬉。忍饥固易耳，此友不可欺。

❶ 欧小牧:《陆游年谱》陆放翁诗系年统计表，人民文学出版社1981年版，第335页。

此诗作于绍熙二年（1191），时陆游已 66 岁。在古典诗词中，云常常是一个充满禅意的意象。而陆游则突发奇想，希望与云盟誓，把它当作一个朋友。作者以"盟云"为题，通过奇思妙想，写得十分潇洒飘逸。

又如《秋晚闲步，邻曲以予近尝卧病，皆欣然迎劳》：

> 放翁病起出门行，绩女窥篱牧竖迎。酒似粥酽知社到，饼如盘大喜秋成。归来早觉人情好，对此弥将世事轻。红树青山只如昨，长安拜免几公卿。

这首诗抒发了作者山居岁月中邻里生活的淳朴美好。作者经过久日卧病，病愈之后散步，邻人纷纷出迎，嘘寒问暖。诗歌前三联都是用轻快的笔法书写这种邻里的和睦淳朴。可最后，作者用语意过于跳跃的"红树青山只如昨，长安拜免几公卿"打诨而出，寥寥数笔，就把京城官场里那一幕幕苍黄反复、起起落落的荒唐戏写得淋漓尽致，既深刻，又凸显了作者的潇洒之姿。

再如《十一月四日风雨大作》。这组诗共有二首，后一首"僵卧孤村不自哀，尚思为国戍轮台。夜阑卧听风吹雨，铁马冰河入梦来"，慷当以慷、情感深沉，是各类文学史经常引用的材料。可前一首，却很诙谐温存：

> 风卷江湖雨暗村，四山声作海涛翻。溪柴火软蛮毡暖，我与狸奴不出门。

"风卷江湖雨暗村，四山声作海涛翻"，在这大雨倾盆的冬日里，作者准备与猫依偎在一起，"不出门"，享受生活的温馨闲暇。幽默的叙述中，体现了作者潇洒快乐的生命情趣。

　　当然，这一时期更多的诗，其主旨基调，还是主要从日常生活本身出发，将视角延伸到生活中的点点滴滴，以诙谐的观照，表达"老翁七十尚童心"（《窗前作小土山艺兰及玉簪，最后得香百合，并种之，戏作》）的愈老愈小、返璞归真的生命情趣。像《出门与邻人笑谈》《甜羹之法，以菘菜、山药、芋、莱菔杂为之，不施醯酱，山庖珍烹也，戏作一绝》《书适》《蜗庐》《偶得长鱼巨蟹，命酒小饮，盖久无此举也》《熏蚊效宛陵先生体》《家酿颇劲戏作》《畜一鸡，报晓声清圆，而鸣每晚，戏书绝句》《食野味包子戏作》《鼠屡败吾书，偶得狸奴，捕杀无虚日，群鼠几空，为赋此诗》《书室明暖，终日婆娑其间，倦则扶杖至小园，戏作长句》《予所居三山，在镜湖上，近取舍东地一亩，种花数十株，强名小园，因戏作长句》《夜坐灯灭戏作》《夜分起复读书》《一齿动摇，似不可复留，有感》《朝饥，食齑面，甚美，戏作》《晨镜》《戏咏山家食品》等诗，书写读书、出游、酿酒、种菜、食粥、览镜、耕种、邻里笑谈等生活场景，带着趣的眼光，来发现生活本身所蕴含的温暖美好的特质。如《书适》表达"老翁垂七十，其实似童儿""更挟残书读，浑如上学时"的返老还童之态；《蜗庐》表达"蜗庐四壁空，也过百年中"的知足常乐精神，并通过"但恨村醪薄，衰颜只暂红"的调笑，作加强的抒发；著名的《书室明暖，终日婆娑其间，倦则扶杖至小园，戏作长句二首》其二则从"美睡宜人胜按摩"的调笑中起笔，表达了恬淡闲适的生活乐趣。就像钱锺书说的，这些诗"闲适细腻，咀嚼出日常生活的深永的滋味，熨贴出当前景物的曲折的情状" ❶。

---

❶ 钱锺书：《宋诗选注》，第 270 页。

第二节 发现自然之趣：以"诚斋体"为中心

宋人不仅用诙谐的视角来观照生活中的点滴乐趣，同时，对于自然万物，宋人也无不以趣眼观物，将自然万物书写得生趣灵动、摇曳生姿。本节就以杨万里的"诚斋体"为代表，论述这一现象。

杨万里的诚斋体，在其生前身后受到了截然不同的评价。赞誉者多强调其"别出机杼"的创作尝试，如同时代诗人项安世评其为"雄吞诗界前无古，新创文机独有今"（《题刘都干所藏杨秘监诗卷》）。严羽《沧浪诗话》于南宋诗坛仅列陈与义"陈简斋体"与杨万里"杨诚斋体"二体，并指出后者"初学半山、后山，最后亦学绝句于唐人。已而尽弃诸家之体，而别出机杼"❶。对于这种"别出机杼"，杨万里本人也有自觉意识。郭绍虞先生说："杨氏《跋徐恭仲省干近诗》云：'传派传宗我替羞，作家各自一风流。黄陈篱下休安脚，陶谢行前更出头。'即别出机杼之证。"❷ 但也有不赞同诚斋诗风的，如钱锺书认为："杨万里的主要兴趣是天然景物，关心国事的作品远不及陆游的多而且好，同情民生疾苦的作品也不及范成大的多而且好；相形之下，内容上见得琐屑。"❸ 不管如何，从毁誉参半的评价中，可以看出杨万里的诗歌确实与前人的诗歌产生了巨大差别。这一差别的最重要的特质，笔者认为在于杨万里诗在写物造景时，常常把谐趣作为诗旨的自觉追求，达到了"不笑不足以为诚斋诗"的谐乐效果。这种谐趣效果，大体上说，主要是杨氏借鉴魏晋俳谐文的手法，将景物拟人化，进而将人的种种谐乐、可笑的情状赋予景物而实现。具体而论，有以下四种表现手法。

---

❶ （宋）严羽著，郭绍虞校释：《沧浪诗话校释》，第 59 页。

❷ （宋）严羽著，郭绍虞校释：《沧浪诗话校释》，第 67 页。

❸ 钱锺书：《宋诗选注》，第 256 页。

第一是赋予景物人格化的滑稽色彩。如《木樨二绝句》其一："只道秋花艳未强，此花尽更有商量。东风染得千红紫，曾有西风半点香？"这是刻画木樨花的"不甘心"：因世人认为秋花开不长久，所以引起了木樨花的不满，要"商量"一番，其理由是春天的花虽然艳丽妖娆，但终比不上它芳香四溢。像这样写花因为不甘心要主动跳出来与世人商量一番的手法，十分新鲜，饶有谐趣。又如《晓雾》："不知香雾湿人须，日照须端细有珠。政是春山眉样翠，被渠淡粉作糊涂。"这里不正面写雾中看山的朦胧之美，反而把雾比作一个不高明的化妆师，"糊涂"地涂抹在了如翠眉一样的山上。再如《雨作抵暮复晴五首》其五："风伯颠狂太劣生，雨师懒困洒来轻。若言不被云君误，谁放斜阳作晚晴。"将一幅雨后晚晴图，虚构为风伯和雨师受到了云君的欺骗而放出斜阳作晴。这些诗歌里所描绘的景物，在拟人化的基础上，复又使之呈现出笨拙、滑稽、易受欺骗等人的性格，故而使诗歌谐趣横生。

第二是景物对人的嘲谑或戏弄。由于杨万里在诗歌中把景物拟人化，故而在此基础上，又建立起一层景物与人的关系，构成景物对人的嘲谑或戏弄，这样一来，诗歌的谐趣自然就产生了。如《癸未上元后，永州夜饮赵敦礼竹亭，闻蛙醉吟》："茅亭夜集俯万竹，初月未光让高烛。主人酒令来无穷，恍然堕我醉乡中。草间蛙声忽三两，似笑吾人悭酒量。"青蛙会嘲谑诗人的酒量不好。《都下无忧馆小楼，春尽旅怀二首》其一："不关老去愿春迟，只恨春归我未归。最是杨花欺客子，向人一一作西飞。"杨花会欺负异乡客子。《行圃二首》其二："澹天薄日倦春游，苍桧丛篁引径幽。忽有小风人未觉，荼花无数总摇头。"荼花嘲谑诗人不够敏感，因诗人没有感受到风而"摇头"。

第三是建立景物与人的"游戏"关系。杨万里的诗歌，常常突破诗人对景物的比兴联结，而用一种"游戏性"的观照来呈现人与景的关系。这又可分为两种情况：其一是景物主动与人游戏。如《族叔祖彦通所居，宛在水中央，名之曰"小蓬莱"，为作长句》："侬爱南溪不减公，南溪亲公却疏侬。为侬只作一两曲，为公绕尽云边屋。"作者把"南溪"比作一个任性的朋友，作者爱南溪之甚，而南溪却不买账，反而将美景留给诗人的族叔，这就如同跟人捉迷藏。又如《小雨》："雨来细细复疏疏，纵不能多不肯无。似妒诗人山入眼，千峰故隔一帘珠。"小雨似乎嫉妒诗人只顾看山而对其视而不见，故而调皮地在诗人面前洒下"一帘珠"。再如《雾中见灵山依约不真》："东来两眼不曾寒，四顾千峰掠晓鬟。天欲恼人消几许，只教和雾看灵山。"把雾中看山的平常之景转换为天公故意气恼诗人。其二是景物与诗人的双向互动。如《夜宿东渚放歌三首》其一："前山欺我船兀兀，结约江妃行小谲。乘我船摇忽远逃，见我船定还孤出。老夫敢与山争强，受侮不可更禁当。醉立船头看到夕，不知山于何许藏。"写作者在乘船途中，受到"前山"和"江妃"的戏弄，船颠颠簸簸，不让作者看到山的真面目，所以作者灵机一动，干脆喝酒一醉，用醉中的颠簸抵消了行船的颠簸，反而把山看了个仔细。《惠山云开复合》："二年常州不识山，惠山一见开心颜。只嫌雨里不子细，仿佛隔帘青玉鬟。天风忽吹白云圻，翡翠屏开倚南极。政缘一雨染山色，未必雨前如此碧。看山未了云复还，云与诗人偏作难。我船自向苏州去，白云稳向山头住。"此诗也与上诗有异曲同工之妙：诗人好久没有见到山，看到惠山非常高兴，但天公不作美，又是下雨又是飘云，既然如此，作者干脆作别云雨，不理它们。凡是游戏必有谐趣，这种手法塑造的谐趣，也是显而易见的。

第四是将景物与人建立一层"知交谊"的联系。由于杨万里把自然人化了，所以自然万物到了杨万里的手中，呈现出千姿百态的魅力，与诗人具有了深厚的交谊。如湖山因为要挽留诗人，而有意让晚归的暮钟打得轻一点:"湖山有意留侬款,约束疏钟未要声。"(《同君俞、季永步至普济寺,晚泛西湖以归,得四绝句》其一)在雨中行役,风因为怕诗人路远身乏,故而"殷情隔雨送钟声"(《彦通叔祖约游云水寺二首》其二)。在归乡路上,杜鹃早早地探知了诗人归心似箭的迫切心情,从而催促诗人赶得更快一些:"杜鹃知我归心急,林外飞来头上啼。"(《春尽舍舟余杭,雨后山行》)在旅行的路上,天公担心诗人因为风景太单调而感觉疲乏,故"旋裁蜀锦展吴霞,低低抹在秋山半"(《夜宿东渚放歌三首》其三)。这就如辛弃疾说的"一松一竹真朋友,山鸟山花好弟兄"(《鹧鸪天·博山寺作》),自然万物成了诗人的知心朋友。

既然自然万物对自己青睐有加,杨万里就投桃报李,常常顾及这些"朋友"的感受。如对竹子作诗,怕竹子会嫌弃自己的诗写得未够清绝:"诗成欲写且复歇,恐竹嫌诗未清绝。"(《题唐德明秀才玉立斋》)烧柚花沉香时,怕会引起其他香料的嫉妒:"却悔香成太清绝,龙涎生妒木犀憎。"(《和仲良分送柚花沉香三首》其二)喝酒后不敢大声说话,怕"只愁惊起白鸥眠"(《醉后题壁》)。留恋花丛不忍归去,怕花儿们寂寞:"绕花百匝不忍归,生怕幽芳怨孤寂。"(《梅花下遇小雨》)

杨万里诗歌的谐趣营造之法,建立在拟物为人的基础上,对景物自身以及人与物的关系进行深化,从而开拓了本是客观之物的表意空间,开辟出诗歌别具一格的抒情方式。按上引杨万里《跋徐恭仲省干近诗》诗云:"传派传宗我替羞,作家各自一风流。黄陈篱下休安脚,陶谢行前更出头。"这些表现手法,似乎是他的独创。其实不然。这些手法在魏晋的俳谐文中已有先例,杨万里只不过是借鉴于此,并进行了诗化创新。

魏晋南北朝时期是俳谐文学的兴盛期,此期的俳谐文,虽风格多样、各有千秋，但一个最重要的特色就是拟人化：不仅出现了鸡、驴、牛等动物的拟人化，如袁淑《鸡九锡文》《驴九锡文》，陆云《牛责季友文》等；还出现了芭蕉、白发、山岳等没有情意知觉的自然之物的拟人化，如沈约《修竹弹甘蕉文》、左思《白发赋》、孔稚圭《北山移文》；甚至诸如"贫穷"这样的概念都可以拟人化，如杨雄《逐贫赋》。这种拟人化，即是杨万里以上谐诗逻辑的根据。因为根据幽默理论，"我们周围的自然界是什么时候都不会显得可笑的"，"喜剧性始终直接地或间接地同人联系着"，"滑稽总是同人的精神生活领域有某种联系"❶。也就是说，要在写物造景的诗歌里制造谐趣，首先要把它们拟人化，使它们像人一样有精神个性。但这种拟人化是产生谐趣的必要条件，而非充分条件，就如先秦诸子散文中的寓言故事一样，并不尽然是充满谐趣的篇章，因此杨万里的做法是，在拟人的基础上，又加了诸如嘲讽、戏谑、游戏等俳谐手法，于是谐趣就产生了。

　　同时，杨万里这种写物造景之法，在以前的诗歌中也不乏其例，虽然未有如杨万里这样密集，但从涓涓细流中亦可以予人启发。如杜甫的《春水生二绝》其一："二月六夜春水生，门前小滩浑欲平。鸬鹚鸂鶒莫漫喜，吾与汝曹俱眼明。"中唐卢仝的《村醉》："昨夜村饮归，健倒三四五。摩挲青莓苔，莫嗔惊着汝。"这两首唐诗，类似杨万里诗歌中的第三类与第四类，同样具有谐趣效果。而到了宋代，这样的诗歌则越来越多。如景物与人游戏类，有张耒的《漫成七首》其三："高槐无花亦有阴，参天老枝逾十寻。流莺不使人窥见，故隔深条送好音。"再如北宋中期诗人彭汝砺的《船中见庐山》："翠色苍茫杳霭间，船人指点是庐山。浮云作意深藏护，未许行人取次看。""知交谊"类，

❶　［苏］普罗普著，杜书瀛等译：《滑稽与笑的问题》，辽宁教育出版社1998年版，第20—21页。

有邵雍的《是夕宿至锦幪山下》:"寻常看月亦婵娟,不似今宵特地圆。疑是素娥纾宿憾,相逢为在锦幪前。"苏轼的《新城道中二首》其一:"东风知我欲山行,吹断檐间积雨声。岭上晴云披絮帽,树头初日挂铜钲。野桃含笑竹篱短,溪柳自摇沙水清。西崦人家应最乐,煮芹烧笋饷春耕。"另外杨万里有诗"诸峰知我厌泥行,卷尽痴云放嫩晴"(《宿小沙溪》),可以视为苏轼"东风知我欲山行,吹断檐间积雨声"的翻版。再如李纲的《荔枝五首》其一:"海山仙子绛罗襦,雾縠中单白玉肤。知我远来相劳苦,故驰先使迓中途。"均是如此。

因此我们说,杨万里的诚斋体,是在继武前人的基础上,把前人"开辟的道路延长了,疏凿的河流加深了"。这也正如新批评巨头艾略特指出的,"我们在称赞一个诗人时,往往只着眼于他的作品中与别人最不同的诸方面……找到他的特质。我们心满意足地大谈特谈这个诗人和他的先辈,尤其是他的前一辈的不同之处;我们为了欣赏,力图找出一种可以孤立起来看的东西。反之,如果我们不抱这种偏见来研究一个诗人,我们将往往可以发现,在他的作品中,不仅其最优秀的部分,而且其最独特的部分,都可能是已故的诗人、他的先辈们所强烈显出其永垂不朽的部分"❶。这种情况,即便是看起来最为别出机杼的诚斋体也不例外。

从上面的分析中可以看出,杨万里的这种"自然景物诗",其中一个特质是非常明显的,即诗人破弃了那种将自然意象恰如其分地镶嵌在诗歌中的传统比兴的手法,以拟人化为基础,对万事万物的情状进行诙谐的观照与刻画,正因为这些刻画方式本身就是使用了俳谐的手法,所以自然显得灵性多姿。

---

❶ [英]艾略特:《传统与个人才能》,伍蠡甫等主编:《西方文艺理论名著选编(下卷)》,北京大学出版社1987年版,第40页。

第六章　宋诗俳谐手法研究

第一节　由变异形式造成的谐趣

古典诗歌在发展过程中，在形式上逐渐形成了一系列稳定的规则。而有些作者，则是运用形式的变异来打破规则，从而解构读者对诗体形制的期待视野，塑造谐趣。除了第三章提到的各种游戏体之外，具体而论，还有以下几种。

一、俚言俗语

古典诗歌是一种讲究"诗庄"的雅言体，而俚俗的语言，几乎最能对诗歌的雅言性产生解构而迅速达到让读者发笑的效果。如西昆体诗人杨亿的《傀儡诗》：

鲍老当筵笑郭郎，笑他舞袖太郎当。若教鲍老当筵舞，转更郎当舞袖长。

傀儡即木偶戏，"鲍老""郭郎"是木偶戏里的两个角色。"郎当"即指衣服宽大而造成的不合时宜的滑稽之状——今天演化为俗语"吊儿郎当"。西昆体以语言典雅、典故充塞闻名，而杨亿这首诗，由俚俗的语言所塑造的"鲍老""郭郎"这两个滑稽的形象，是非常具有喜剧性的，迅速地达到了令人发笑的效果。

又如被黄庭坚视为"清江三孔"之一的孔平仲的《代小子广孙寄翁翁》：

> 爹爹来密州，再岁得两子。牙儿秀且厚，郑郑已生齿。翁翁尚未见，既见想欢喜。广孙读书多，写字辄两纸。三三足精神，大安能步履。翁翁虽旧识，伎俩非昔比。何时得团聚，尽使罗拜跪。婆婆到挈下，翁翁在省里。大婆八十五，寝膳近何似。爹爹与妳妳，无日不思尔。每到时节佳，或对饮食美。一一俱上心，归期当屈指。昨日又开炉，连天北风起。饮阑却萧条，举目数千里。

此诗作者模仿牙牙学语的儿童的口吻，给爷爷写家书，读起来非常滑稽。里面夹杂着诸如"爹爹""郑郑""翁翁""三三""婆婆""妳妳"等儿童常有的叠化称呼，以及"牙儿""伎俩""省里""既见想欢喜""写字辄两纸""大婆八十五""一一俱上心"等俗词俗句，絮絮叨叨地介绍着家里的一些琐碎情况，令人忍俊不禁。

由语言的俚俗对诗歌的解构，其实表现在两个不同的层面。其一是对诗歌语言风格的解构，这是属于文体形式层面的。在这种情况下，这种由俚语俗词所产生的谐趣，并不需要与诗歌的内容配合起来，几乎从形式上，读者就可以感受到谐趣的当下呈现。

如王安石的《拟寒山拾得二十首》其六：

> 人人有这个，这个没量大。坐也坐不定，走也跳不过。锯也解不断，锤也打不破。作马便搭鞍，作牛便推磨。若问无眼人，这个是甚么？便遭伊缠绕，鬼窟里忍饿。

王安石的诗歌，遣字造句间不容发，十分注重语言的安排锤炼之功，但这首用俗语写成的诗，模仿寒山拾得的诗风，是其以诗为戏的产物。这首诗的俳谐要素，也正是由语言的俚俗所产生的。但其深层意蕴，细究起来其实并不俳谐。这首诗是咏"佛性"的。所谓"人人有这个，这个没量大"，即是人人有佛性，佛性不可思议、无边无量。然后作者用各种比喻来形容佛性：佛性自在自为，事事无碍，"锯也解不断，锤也打不破"，作马不以载货为累，作牛不以推磨为苦。但是，佛性只能自修自证，无法用理性思维来表诠。所谓"若问无眼人，这个是甚么？便遭伊缠绕，鬼窟里忍饿"，倘若执着于"佛性是什么"的追问，就落入执相，违背佛法宗旨了。虽然此诗主旨并不俳谐，但由语言的俚俗所引发的俳谐效果则于当下呈现——因为这样的俗语，绝对不是"正常"的诗歌语言，它对诗歌的雅言性造成了极大的背离。因而我们可以说，语言的俚俗性，是俳谐诗的一个重要手法。

由语言的俚俗所产生的谐趣，这种手法在宋代俳谐诗中经常用到，尤其在诚斋体中达到了高峰。清代赵翼指出："诚斋专以俚言俗语阑入诗中，以为新奇。"❶ 如前章所论，杨万里的诚斋体，将物拟人后赋予物各种游戏滑稽色彩，使其总体显示出谐趣横生的艺术风貌，这是诚斋体谐趣的一个方面。而正如赵翼所指出的，俚言俗语的运用，也是诚斋体产生"新奇"效果的又一个方面。如《大儿长孺赴零陵簿，示以杂言》：

> 好官易得忙不得，好人难做须着力。汝要作好官，令公书考不可钻。借令巧钻得，遗臭千载心为寒。汝要作好人，东家也是横目民。选官无选处，却与天地长青春。老夫今年六十四，大儿壮岁初筮仕。先人门户冷如冰，岂不愿汝取高位。高位莫爱渠，爱了高位失丈夫。

---

❶ （清）赵翼：《瓯北诗话》卷六，第93页。

老夫老则老，官职不要讨。白头官里捉出来，生愁无面见草莱。老夫
不足学，圣贤有前作。譬如着棋着到国手时，国手头上犹更尽有着。

这首诗，其主旨是劝诫儿子要做一个好官，也并不怎么俳谐；但只
要我们粗读一过，碰到这些"好官易得忙不得""汝要作好官，令公
书考不可钻""老夫今年六十四""爱了高位失丈夫""白头官里捉出
来""譬如着棋着到国手时，国手头上犹更尽有着"这些语言俚俗的词
句，估计会哑然失笑，这些词句，对诗歌雅言性的解构力实在太大。

　　语言的俚俗对诗歌的解构，其二表现在内容层面的解构。因为
俚语俗言本身就具有粗俗性，所以用它来形容人物或者事件，常常能
对人与事本应具有的严肃性、崇高性造成解构，从而突出其滑稽的形
象。如叶梦得《避暑录话》载："张景修，字敏叔，常州人，笃厚君子。
少以赋知名，而喜为诗，好用俗语。尝有《谢人惠油衣》云：'何妨包
裹如风橐，且免淋漓似水鸡。'"❶"风橐""水鸡"两个词用得很俗，形
象地传达出了作者的滑稽态，所以具有意蕴上的谐趣。而上面所引的
杨亿与孔平仲的诗歌，其由俗语的使用所产生的谐趣，也有意蕴上的
表现。

　　除了通篇采用俗语俚语或者以俗语俚语构成主要的诗歌骨架之外，
宋人在诗歌创作中还有一种运用俗语的方式，即是选取一两个俗语方
言来嵌入诗句。由于这典型地体现了宋诗"以俗为雅"的作风，所以这
种现象在宋诗中更为常见，故而笔者也顺带提及。且看如下材料：

　　苕溪渔隐曰："永叔《喜雪》云：'常闻老农语，一腊见三白，是为
丰年候，占验胜著策。'三白事古人不曾用，自永叔始，遂为故实。如

---

❶ （宋）叶梦得：《避暑录话》卷上，《全宋笔记》第二编·十，第271页。

鲍钦止《雪霁》云：'三白岁可期，一饱分已定。'吕居仁《雪》诗云：'看取一年三白，喜欢共入新年。'皆本此也。"❶

舟人占风，若炮车云起，辄急避，乃风候也。东坡诗云："今日江头天色恶，炮车云起风欲作。"张文潜诗云："喜逢山色开眉黛，愁对江云起炮车。"❷

文潜尝因过仓前，作《输麦行》，有云："场头雨干场地白，老稚相呼打新麦，半归仓廪半输王，免教县吏相煎迫。"输王，北农语也。❸

王君玉谓人曰："诗家不妨间用俗语，尤见工夫。雪止未消者，俗谓之'待伴'，尝有雪诗：'待伴不禁鸳瓦冷，羞明常怯玉钩斜。''待伴''羞明'皆俗语，而采拾入句，了无痕类，此点瓦砾为黄金手也。"余谓非特此为然。东坡亦有之："避谤诗寻医，畏病酒入务。"又云："风来震泽帆初饱，雨入松江水渐肥。""寻医""入务""风饱""水肥"，皆俗语也。又南人以饮酒为"软饱"，北人以昼寝为"黑甜"，故东坡云："三杯软饱后，一枕黑甜余。"此亦用俗语也。❹

除了采择俗语入诗外，还有一些诗人，则喜欢采择民间俗谚入诗，典型如陈师道。庄绰指出："杜少陵《新婚别》云'鸡狗亦得将'，世谓谚云'嫁得鸡，逐鸡飞；嫁得狗，逐狗走'之语也。而陈无己诗亦多用一时俚语，如'昔日剜疮今补肉。百孔千疮容一罅。拆东补西裳作带。

---

❶ （宋）胡仔：《苕溪渔隐丛话》（后集），第169页。
❷ （元）王构：《修辞鉴衡》卷一"用俗语尤见功夫"条，文渊阁四库全书本。
❸ （宋）胡仔：《苕溪渔隐丛话》（前集），第350页。
❹ （宋）胡仔：《苕溪渔隐丛话》（前集），第181页。

人穷令智短。百巧千穷只短檠。起倒不供聊应俗。经事长一智。称家丰俭不求余。卒行好步不两得'，皆全用四字。'巧手莫为无面饼（巧媳妇做得无面馎饦）。不应远水救近渴。谁能留渴须远井（远水不救近渴）。瓶悬甃间终一碎（瓦罐终须井上破）。急行宁小缓（急行赶过慢行迟）。早作千年调。一生也作千年调（人作千年调，鬼见拍手笑）。拙勤终不补（将勤补拙）。斧斫仍手摩（大斧斫了手摩娑）。惊鸡透篱犬升屋（鸡飞狗上屋）。割白鹭股何足难（鹭鸶腿上割股）。荐贤仍赌命',"❶

宋人之所以喜欢采择俚语俗谚入诗，是因为宋人特有的美学好尚。宋诗的口号是"以俗为雅"，故而采择俚语俗谚入诗，对打破诗歌语言的因袭化、取得"生新"的美感效果起到了非常大的作用。同时，这更是对诗人诗艺水平的一种考验。诗歌是一种雅言，而如何用雅言写诗，历代已经积累了丰富的艺术经验，并提供给后人可资模仿的范式。但是用俚语俗谚作诗，则可资模仿的经验不多，因而更可以自出机杼、出奇制胜。这正如上面胡仔引宋初诗人王琪语指出的"诗家不妨间用俗语，尤见功夫"。

不过，像这类采择俗语俗谚而成诗的俳谐情况，则需具体问题具体分析。有些诗歌，其采择俗语入诗，确实能产生谐趣。如上面材料中所提到的张景修"何妨包裹如风橐，且免淋漓似水鸡"两句，"风橐""水鸡"两个词用得很俗，用生新的形容写出了自己的滑稽之态，因此显得谐趣横生。但是有些诗句，往往是不具有谐趣的，这是出于以下三种原因。

其一，俚语俗言本来就是诗歌的语源之一。采择俗语入诗，古已

---

❶ （宋）庄绰：《鸡肋编》卷下，《全宋笔记》第四编·七，第108页。

有之。正如胡仔引《蔡宽夫诗话》指出的："五方之音各不同，自古文字，曷尝不随用之。楚人发语之辞曰羌、曰蹇，平语之词曰些，一经屈、宋采用，后世遂为佳句。"❶ 齐梁时代，乐府曲词往往采择吴语方言入诗，这些方言对促进诗歌的情韵化起到了非常大的作用。以吴语为代表的方言的入诗，到宋代还存在。费衮《梁溪漫志》卷七说："方言可以入诗。吴中以八月露下而雨，谓之愀露；九月霜降而云，谓之护霜。竹坡周少隐有句云：'雨细方愀露，云疏欲护霜。'方言又有"勃姑""鸦舅""槐花黄，举子忙""促织鸣，懒妇惊"之类，诗人皆用之。大抵多吴语也。"❷

而文人诗中以俗语入诗，杜甫、白居易等人的实践更具有典型性。白居易的诗歌语言浅切，力求老妪都能解自不必说，但白居易语言浅切的诗歌，也不尽然都是俳谐诗。对于杜诗中运用口语俗字的情形，宋人也有所觉察。如宋人黄彻曰："数物以个，谓食为吃，甚近鄙俗，独杜屡用。'峡口惊猿闻一个'，'两个黄鹂鸣翠柳'，'却绕井栏添个个'；《送李校书》云'临歧意颇切，对酒不能吃'，'楼头吃酒楼下卧'，'但使残年饱吃饭'，'梅熟许同朱老吃'。盖篇中大概奇特可以映带者也。"❸

又南宋孙奕指出：子美善以方言里谚点化入诗句，词人墨客，口不绝谈。其曰："吾家老孙子，质朴古人风"（《吾宗》）、"客睡何曾着，秋天不肯明"（《夜客》）、"汝去迎妻子，高秋念却回"（《舍弟观归蓝田》）、"父母养我时，日夜令我藏"（《新婚别》）、"枣熟从人打，葵荒欲自锄"（《秋野五首》其一）、"掉头纱帽侧，曝背竹书光"（《秋野五

❶（宋）胡仔：《苕溪渔隐丛话》（前集），第139页。
❷（宋）费衮：《梁溪漫志》卷七，《全宋笔记》第五编·二，第207页。
❸（宋）黄彻：《䂬溪诗话》卷七，《历代诗话续编》，第379页。

首》其三）、"见耶背面啼，垢腻脚不袜"（《北征》）、"旧犬喜我归，低
徊入衣裾。邻舍喜我归，沽酒携葫芦"（《草堂》）、"床前两小女，补
绽才过膝"（《北征》）、"谁能更拘束，烂醉是生涯"（《守岁》）、"痴
女饥咬我，啼畏猛虎闻"（《彭衙行》）、"家家养乌鬼，顿顿食黄鱼"
（《遣兴》）、"一夜水高二尺强，数日不可更禁当"（《春水生》）、"不分
桃花红胜锦，生憎柳絮白于绵"（《送路六侍御入朝》）、"负盐出井此
溪女，打鼓发船何郡郎"（《十二月一日》）、"去岁兹辰捧御床，五更
三点入鹓行"（《至日遣兴奉寄北省旧阁老两院故人二首》其一）、"凭
陵大叫呼五白，祖跣不肯成枭卢"（《今夕行》）、"老妻画纸为棋局，
稚子敲针作钓钩"（《江村》）、"与兄行年校一岁，贤者是兄愚者弟"
（《狂歌行》）、"八月秋高风怒号，卷我屋上三重茅……南村群儿欺我
老无力，忍能对面为盗贼？公然抱茅入竹去，唇焦口燥呼不得"（《茅
屋为秋风所破歌》）、"但使残年饱吃饭，只愿无事长相见"（《病后遇
王倚饮赠歌》）❶。但上引杜诗诸句，也不尽然都有谐趣。

　　由是可以看出，诗歌中俗语的使用，也已成为诗歌语言实践的自
觉意识，形成了诗语在"雅"的标准之外的另外一极，使诗歌语言在雅
俗之间表现出极大的弹性。诗歌语言的浅俗俚俗，早已在我们的期待
视野之内，故而诗人们在用俗语作诗时，常由于未对我们的期待视野
形成解构，故而也就没有俳谐的意蕴了。

　　除了诗歌语言的弹性，还有一层原因，便是诗人们在使用浅俗语
时，往往对其进行了加工改造，使之符合诗歌语言本身的诗化性。正
如周紫芝引苏轼语指出的："街谈市语，皆可入诗，但要人镕化耳。"❷
正因为有这一层"镕化"的作用，故而俗语本身就被诗化了，对诗歌语

---

❶ （宋）孙奕：《履斋示儿编》卷十，文渊阁四库全书本。
❷ （宋）周紫芝：《竹坡诗话》，《历代诗话》，第 354 页。

言风格或内容不构成任何解构，也就没有俳谐。这正如上引材料中的陈师道，对入诗俗谚都进行了诗化，如将"巧媳妇做不得无面馎饦"诗化为"巧手莫为无面饼"，将"情人眼里有西施"诗化为"西施逐人眼，称心最为得"。由于这些俗语都被诗化了，"以俗为雅""了无痕类"，都符合诗歌语言句法的标准，并且体现了诗歌语言的极大弹性，故而我们也不觉其突兀。

最后，由于古今语言背景的差异，有些语言在古代诗歌中一开始使用时可能是俗语，可到了今天，整体文化语境的变化，使我们不觉其俗。比如黄庭坚的《乞猫诗》："秋来鼠辈欺猫死，窥瓮翻盘搅夜眠。闻道狸奴将数子，买鱼穿柳聘衔蝉。""衔蝉"即是俗语。此诗被陈师道赞为"虽滑稽而可喜。千载而下，读者如新"[1]。不过由于我们现代汉语中并没有"衔蝉"这样的俗语，所以也不觉其用字有多滑稽。整首诗的滑稽意蕴，只是题材本身的有趣所赋予的。又如杨万里《和仲良春晚即事五首》其四"贫难聘欢伯，病敢跨连钱"，"欢伯""连钱"是分别是宋代"酒""马"的俗称，但由于这些俗词并不在今天的口语体系中，所以我们也不觉其谐俗滑稽。

可见俚俗语有无谐趣效果，关键还是在于这样一点，即这些俚俗语是否对诗歌的语言风格或者内容意蕴造成了明显的解构作用。有些俚语俗语放在诗歌中，对诗歌的雅言性或者内容意蕴的解构是立竿见影的，这就具有谐趣；反之，如果是字面上虽然采取俚语俗语，但是对诗歌的语言形式并不构成鲜明的解构，甚至它还经过"镕化"，妥帖地进入诗歌中，那么就不具有谐趣。

---

[1]　（宋）陈师道：《后山诗话》，《历代诗话》，第 308 页。

二、语言怪奇

　　诗歌语言讲究温柔敦厚，而语言的怪奇，也会对温柔敦厚的诗语风格造成解构，从而产生谐趣。同时，又因为"滑稽"的事件本来就属于平常生活中的出其不意，所以在塑造谐趣时，也需要以怪奇的语言进行表达，来打破语言的陈陈相因造成的乏味感，取得一种出乎意料的效果。这种语言怪奇的诗歌，在唐代韩孟诗派的酬唱活动中曾有一次大规模的展现，如韩愈《陆浑山火一首和皇甫湜用其韵》《城南联句》《石鼎联句》《月蚀诗效玉川子作》等诗歌，均怪怪奇奇，带着以诗为戏的性质。逮至宋代，这类怪奇的诗歌，在欧阳修与梅尧臣的时代也有一次集中的展现。欧阳修对韩愈的欣赏，集中于韩诗雄奇、怪奇的方面。《六一诗话》中一段著名的评论韩愈的文字曰："退之笔力，无施不可，而尝以诗为文章末事，故其诗曰'多情怀酒伴，余事作诗人'也。然其资谈笑，助谐谑，叙人情，状物态，一寓于诗，而曲尽其妙。此在雄文大手，固不足论，而余独爱其工于用韵也。盖其得韵宽，则波澜横溢，泛入傍韵，乍还乍离，出入回合，殆不可拘以常格……得韵窄，则不复傍出，而因难见巧，愈险愈奇……"❶ 从中可见欧阳修所注重的是韩诗"无施不可"的雄奇，"资谈笑、助谐谑"的调笑与"不可拘以常格""因难见巧，愈险愈奇"的押险韵和风格怪奇。不难看出，对于韩诗这一特质的欣赏，也牵动了欧阳修等人争新求变、以诗为戏的创作动机。这样的诗在第四章"宋诗与游戏"中，笔者已经举例过一些。再如欧阳修的《答圣俞白鹦鹉杂言》《鬼车》《栾城遇风效韩孟联句体》，梅尧臣的《冬夕会饮联句》《余居御桥南，夜闻妖鸟鸣，效昌黎体》《日蚀》《依韵酬永叔再示》《寄题绛守园池》等诗歌，

---

❶ （宋）欧阳修：《六一诗话》，《历代诗话》，第 272 页。

均呈现出怪奇的特色。

不妨选取梅尧臣与谢绛二人共同完成的《冬夕会饮联句》以管窥：

> 与君数夜饮，唯恐酒盏空。今我苦欲浅，语志难此同。[4]
> 陈编侑欢适，间谑何魁雄。婢子寒且倦，主人哦不穷。[8]
> 灯青屡结花，煎响时鸣虫。穴鼠暗出没，风雁高雍容。[12]
> 冰霜覆瓦屋，貂狐输贵翁。孤床乏暖质，苦语有淡工。[16]
> 咀嚼患炙小，煨炮惊壳红。落蟾斜入窍，远漏微递风。[20]
> 醉心欺睡魄，细书刺昏瞳。吽呀闻争犬，哮吼厌啼豵。[24]
> 拨火乱赪豆，附炙双弯弓。干果硬逆齿，寒齑酸满胸。[28]
> 枯蛤擘无肉，淡脯烧可饔。语必造圣贤，乐已过鼓钟。[32]
> 纸窗幸未曙，絮被令旋缝。冻痹两股铁，跑抓双糵蓬。[36]
> 胜尿既懒溺，褪虱唯欲烘。器皿足缺斝，捧执无天秾。[40]
> 儿女寒不寝，僮仆困欲薵。岂无贵富徒，笑此饥寒踪。[44]
> 丈夫固有负，道义久已充。墨子不黔突，齿辈且得封。[48]
> 勉哉梅夫子，塞者终自通。

联句这一类的诗，向来就有文字游戏的性质，而这首联句，也将文字游戏的功能发挥到了极致：它主要是通过异乎寻常的怪奇语言和形容完成这一功能的。诗歌开篇尚算正常，但从第7句开始，逐渐怪异起来。"婢子寒且倦，主人哦不穷"，刻画了一个滑稽的场面：旁边伺候的婢女累得快要睡着，可宾客们还是兴高采烈，吟诗吟个不停。第11、12句，"穴鼠暗出没，风雁高雍容"，这个对偶很怪，出句是丑拙的物态，对句是高远的形象，对得非常失衡，是宋诗中不时闪现的"失衡对"的诗法，造成意境的失衡，显得颇为怪异。第17、18句"咀嚼患炙小，煨炮惊壳红"，意为由于大口咀嚼，故而担心肉块太小而不能过嘴瘾，螃蟹在"煨炮"之下，蟹壳变红了，让诗人们感到很吃惊。这样怪奇夸张的表述，在传统诗歌中未见，相当滑稽。第19句，"落蟾斜入窍"，"窍"字本指洞孔，但不说"月亮落山"而说"月亮落窍"，也是怪奇。至于"醉心欺睡魄，细书刺昏瞳。咿呀闻争犬，哮吼厌啼骡""拨火乱频豆，附炙双弯弓。干果硬迸齿，寒齑酸满胸。枯蛤擘无肉，淡脯烧可饔""纸窗幸未曙，絮被令旋缝。冻痹两股铁，跑抓双鬅蓬。脬尿既懒溺，裩虱唯欲烘。器皿足缺鬴，捧执无禾秭。儿女寒不寝，僮仆困欲瞢"这些句子，其怪奇的程度就更令人咋舌、令人绝倒。无疑，这首联句诗，由于语言的怪奇，它解构了我们对于诗歌语言温柔敦厚的期待视野，故而显得相当滑稽，纯粹是以诗为戏的产物。

这种语言怪奇的诗歌，除仁宗诗坛的欧、梅等人以外，其他诗人也间或作之，且都以长篇古体居多。如石介《虾蟆》，王令《甲午雪》《日蚀》，王安石《寄慎伯筠》，司马光《九月十一日夜雨宿南园，韩秉国寄酒兼招，以诗谢之》，郭祥正《送梅直讲》，苏轼《云龙山观烧得云字》，徐绩《戏答》《和李自明》，晁补之《扬州被召著作佐郎，自金山回，阻冰，效退之陆浑山火句法》《和颜随饮酒》，张耒《琉璃瓶歌赠晁二》，刘弇《元丰辛酉七月九夜大风四十韵》等等，都是以语言怪奇为特色的俳谐诗。

如徐绩的《和李自明》：

自明多奇辞，更为奇怪歌。好共卢仝骑騄駬，吟哦直上昆仑坡。更令张旭辈，醉中挥笔书嵯峨。安用呼老子，两脚跨橐驼。有命得坚疾，无术除沉疴。一从水木迭用事，肺为废物囚网罗。而况小暑之后有初伏与大暑，更添热厉兼昏魔。骨间赫赤炭丸走，皮上烘炙铁手摩。有时一屋之内但觉汤火近，不辨镬与锅。手持匕箸腹先胀，酒到喉咙

颜已酡。青黏漆叶无所用，乌伸熊顾其奈何。五脏孰云可湔洗，百骸
终恐生虫窠。脱身难上赤霄路，梦魂忽泛沧溟波。沧溟尽处是星汉，
有人常弄机与梭。枯槎去后更无客，历历赤桂来经过。取得良书挂牛
角，持将斗柄吞明河。但把明河吞满腹，不去龙田拾瑶玉。便控鳌头
出海来，霞点云痕在眉目。起穿两柳行青莎，怪歌使我须吟哦。吟哦
作文非小事，要为法度后世无讥诃。大抵文章本诸内，归之无憾斯平
和。拟之于经辅之友，精讲明辩相切磋。君虽病肝，其心可用教。我
虽病肺，心亦不自阿。日夜思索，已矣老矣，所学亡失多。

这首诗是语言的怪奇与俚俗兼而有之。我们并不需要细究作者到底在
写什么，只要粗读一过，这种怪奇的语言风格带来的俳谐感，就会立
刻感受到。

三、故犯诗病

　　古典诗歌在发展过程中，形成了一系列世所遵循的艺术规则，而
一旦违背了这些规则，则会被认为是"诗病"。因而有些作者故意以犯
诗病的方式来营造谐趣。比如关于犯重的诗病，就经常被宋人使用。

　　在诗歌既定的篇幅容量中，诗歌应该表达更为丰富的意涵而不是
相反，这点应该能得到读者的认同。如宋人指出："世之为文者，常患
用字意义重叠，故有'一个孤僧独自归'之语。"❶"一个"即"孤""独"，
这一诗句，在一句话中用了许多意思相近的词，使得诗歌的意涵变得
狭促，因此被视为一种诗病。又如在对偶方面，对偶本来是中国古典
诗歌对稳定工整的形式美的一种追求，但随着实践的发展，过于平衡
的偶对，反而变成了一种诗病，即"合掌"。合掌谓在对偶句中，出句

❶　（宋）杨延龄：《杨公笔录》，文渊阁四库全书本。

与对句对得太死，像天对地、日对月等等，过于拘于词性的一致性以致对偶缺乏灵动。对得太死，也使得诗意内涵变得狭促，意境得不到开拓。如刘辰翁评杜诗："'第五桥东流恨水，皇陂岸北结愁亭'，恨水愁亭，俳语也。"之所以说以"愁亭"对"恨水"是"俳语"，是因为这种对偶法过于合掌，使诗句表现力显得相当单薄。基于这些认识，有些俳谐诗故意用重复的字词或者重叠拖沓的句型，故作"诗病"来产生谐趣。这种手法之所以能产生谐趣，是因为重复的字词与重叠的句法，容易打乱诗歌意象的丰富性与表述的层次性，或造成一种黏皮带骨的叙述，或破坏诗歌起承转合的内在结构逻辑，造成一种叠床架屋式的啰唆拖沓的表达。

如王安石的《两山间》：

自予营北渚，数至两山间。临路爱山好，出山愁路难。山花如水净，山鸟与云闲。我欲抛山去，山仍劝我还。只应身后冢，亦是眼中山。且复依山住，归鞍未可攀。

这首诗，每联都出现"山"字，这样故意不避重字的诗歌，其实可以算作杂体诗中的复字诗，是一种游戏的诗法。由于它出现了犯重的诗病，因而打破了我们对诗歌语言的期待视野，于是产生了谐趣。

除了复一字，还有复两字三字的。如杨万里的《月夜观雪三首》其二，复"雪""月"：

月光雪色两清寒，见月初疑是雪团。看得雪光还似月，元来雪月一般般。

又如王安石的《谢公墩》，复"我""公""墩"：

我名公字偶相同，我屋公墩在眼中。公去我来墩属我，不应墩姓尚随公。

这样的复字诗，其谐趣的具体体现，在于诗歌形式上。上面所引的几首诗，随着所重复的字越来越多，声文上的绕口感也越来越强烈。但内容的谐趣，则需要具体问题具体分析。不过话说回来，既然诗人采取这样形式上的复字的游戏诗法，其实主要还是为营造谐趣服务。上述三首诗，也不难看出内容上的谐趣。这里说的是由重复的字词所产生的谐趣。

还有一种俳谐诗，则是通过重叠拖沓的拙句而故意造成一种絮絮叨叨、啰啰唆唆的表达效果来营造谐趣。在探讨这种手法之前，我们首先来看一下韩愈的《画记》这篇文学史中非常著名的文章（节选）：

杂古今人物小画共一卷。骑而立者五人，骑而被甲载兵立者十人，一人骑执大旗前立，骑而被甲载兵行且下牵者十人，骑且负者二人，骑执器者二人，骑拥田犬者一人，骑而牵者二人，骑而驱者三人，执羁靮立者二人，骑而下倚马臂隼而立者一人，骑而驱涉者二人，徒而驱牧者二人，坐而指使者一人，甲胄手弓矢铁钺植者七人，甲胄执帜植者十人，负者七人，偃寝休者二人，甲胄坐睡者一人，方涉者一人，坐而脱足一人，寒附火者一人，杂执器物役者八人……❶

不管此文后来引发了多少学者的赞誉，但我们如果是第一次看到韩愈这篇文章，肯定会哑然失笑。韩愈此文记录一幅画的内容，可基本是平行罗列地记录，并没有任何高妙新警的议论或者深沉的感慨寄托，

---

❶ （唐）韩愈著，马其昶校注：《韩昌黎文集校注》卷二，上海古籍出版社1986年版，第86页。《画记》原文较长，此处节录其文。

简直已经没有"文学性"可言了。它的句式缺少变动，且这样逐字逐句的描绘方式，也古所未见。虽然这篇作品引起了后人诸多争议，大加赞誉者有之❶，但不碍苏东坡毫不留情地批评其为"近似甲乙账"。

所以这样平行呆板的句法，为文法所不许。而作为"诗者，文之精气"❷ 的诗歌，就更求语句的灵动与结构的安排有致。因而就有一些诗人，故意用呆板的、笨拙的句型来营造谐趣。如梅尧臣的《戏寄师厚生女》：

> 生男众所喜，生女众所丑。生男走四邻，生女各张口。男大守诗书，女大逐鸡狗。何时某氏郎，堂上拜媪叟。

前三联都用对比式的平行句型来描写，句法笨拙而呆板，显得相当滑稽。当然这种滑稽的营造，主要也是为最后一句"何时某氏郎，堂上拜媪叟"的打诨服务。这首诗调侃友人谢师厚生了女儿后的郁闷心情。古人重男轻女意识强烈，生了男孩，大家都很高兴，在邻居间奔走相告；生了女孩子，大家都很郁闷，夫妻二人只能闷在房间里，大眼瞪小眼，吃惊得"各张口"。男孩子长大了，可以"守诗书"，考取功名；女孩子长大了，只能嫁鸡随鸡嫁狗随狗。所以，在女孩子刚出生时，谢师厚就已在心里把她抛弃了，只盼望她什么时候能带个乘龙快婿来。这句话还是重男轻女意识的强烈体现。作者故意用重叠的句式，巧妙地把谢师厚的郁闷心理传达出来，显得相当滑稽。

这种用平行、呆板的句法来营造谐趣的方式，在宋诗中也是较为

---

❶ 如清人浦起龙认为："画为《出猎图记》，是白描手，点墨不逾分外，有所应，有所止，吾不难其变而贵其朴。"徐幼铮认为："此文佳处，全在句法错综，繁而明，简而曲，质而不俚。"以上诸语见《画记》阎琦辑录评笺，韩愈著，阎琦注释：《韩昌黎文集注释》卷二，三秦出版社 2004 年版，第 135 页。

❷ （宋）赵湘：《王彖支使甬上诗集序》，《全宋文》第 8 册，第 356 页。

常见的。最典型的如黄庭坚的《演雅》，一口气罗列了 42 种动物的形态，完全是游戏为诗的动机。《演雅》虽然是平行罗列，但每一句诗对动物的描述，还算追求语法的稍加变化，但有些诗人完全就缺少变化了。比如梅尧臣的《李仲求寄建溪洪井茶七品，云愈少愈佳，未知尝何如耳，因条而答之》，一连用"末品无水晕，六品无沉柤。五品散云脚，四品浮粟花。三品若琼乳，二品罕所加。绝品不可议"几个平行句来描写茶的品级，也类似韩愈《画记》里"甲乙账"的写法，明显也是一种谐谑意图。王安石的《和刘贡甫燕集之作》，开篇就一口气罗列"冯侯天马壮不羁，韩侯白鹭下清池。刘侯羽翰秋欲击，吴侯蔕萼春争披。沈侯玉雪照人洁"五个人的平行结构，也有一丝谐趣。又如冯京的《答伯庸》："孔子之文满天下，孔子之道满天下。得其文者公卿徒，得其道者为饿夫。"其主旨非常严肃，并不怎么好笑；但是，其形式上的俳谐性是当下即见的：因为它的句型过于稠叠紧密，且没有押韵，简直很难说是"诗"。

除了用平行呆板的句法来营造谐趣外，还有一种情况，则是用句意的扭结来营造谐趣。如邵雍的《花月长吟》：

少年贪读两行书，人世乐事都如愚。而今却欲释前憾，奈何意气难如初。每逢花开与月圆，一般情态还何如。当此之际无诗酒，情亦愿死不愿苏。花逢皓月精神好，月见奇花光彩舒。人与花月合为一，但觉此身游蕊珠。又恐月为云阻隔，又恐花为风破除。若无诗酒重收管，过此又却成轻辜。可收幸有长诗篇，可管幸有清酒壶。诗篇酒壶时一讲，长如花月相招呼。有花无月愁花老，有月无花恨月孤。月恨只凭诗告诉，花愁全仰酒支梧。月恨花愁无一点，始知诗酒有功夫。些儿林下闲疏散，做得风流罪过无。

这首诗写得颇为拖沓，有种絮絮叨叨的言说效果。而这种言说效果的产生，其一，主要是通过诗、酒、花、月这四个意象密集稠叠地表达；其二，则在于句型的重叠与拖沓，如"又恐月为云阻隔，又恐花为风破除""可收幸有长诗篇，可管幸有清酒壶""有花无月愁花老，有月无花恨月孤""月恨只凭诗告诉，花愁全仰酒支梧"这些句型基本都是平行句。同时，它的句法过于紧凑、结构逻辑过于单一。如"花逢皓月精神好，月见奇花光彩舒"是两个分说的平行句，下面"人与花月合为一，但觉此身游蕊珠"则是总说，上下两句是一个分总结构。下面"又恐月为云阻隔，又恐花为风破除"，与上面构成转折结构。而"若无诗酒重收管，过此又却成轻辜"，与上句又构成一个转折结构。下面"可收幸有长诗篇，可管幸有清酒壶"，又来了一个转折，同时与下面"诗篇酒壶时一讲，长如花月相招呼"，又是一个分总结构。下面"有花无月愁花老，有月无花恨月孤。月恨只凭诗告诉，花愁全仰酒支梧"，则与上面又是一个总分结构。可见，由于意象的重复、句型的重叠以及过于清晰且单一的逻辑承接，整首诗显得絮絮叨叨、极其拖沓，因而具有了极大谐趣。当然，其谐趣产生的最后一方面，则是由于作者使用了词语出位的手法。诗歌的用词夹杂了诸如"收管""招呼""告诉""支梧""有功夫""风流罪过"等词，这些词，虽然并不俚俗，不过用在诗歌里，却拉大了词语本身与描写对象的语境张力，反而将话说得更新鲜有趣，使诗歌呈现出新奇、陌生的效果（这种词语出位的俳谐手法，参见下文）。这几种手法的交相运用，使诗歌显得谐趣横生。

而前文提到的孔武仲的那首诗，其谐趣的产生，这种"牙儿秀且厚，郑郑已生齿。翁翁尚未见，既见想欢喜。广孙读书多，写字辄两纸。三三足精神，大安能步履。翁翁虽旧识，伎俩非昔比"的絮絮叨叨的罗列也占了很大原因。

四、词语出位

在各类文学体裁中，诗歌因受意境表达取向的制约，故而是最注重语言风格的统一性的文体。因为只有语言风格统一，才有可能使意境完整不破碎，从而达到"意境浑融"之类的艺术高度。可有些诗人，会故意在诗句中使用几个与整体风格不协调的词语，拉大词语本身与所形容对象的语境张力，使风格失衡，从而塑造谐趣。笔者权且把这种方法叫作词语出位。

不妨来看一首杨万里的《又和风雨二首》其一：

东风未得颠如许，定被春光引得颠。晚雨何妨略弹压，不应犹自借渠权。

诗意为东风本来不大，但它被春光"勾引"而变得"癫狂"了。晚雨应该"弹压"一下，不要让它这么肆虐。很容易看出，作者在这里把东风、春光和晚雨都拟人化了。拟人化并不是产生谐趣的专用修辞，这首诗歌的诙谐意蕴，实则由"颠"（癫）、"引"、"弹压"、"借权"这几个词的出位使用造成。这几个词并不算非常俚俗的词，但用在诗里，却使诗歌显得非常滑稽。

形容风吹得很大，像用"狂""骤""紧""急"这类的词不乏其例，但用"疯癫"的"癫（颠）"来形容东风，把原本属于人类非理性情感的词加在东风之上，就非常出位了。"勾引"的"引"也是如此。这些词的使用，形式上使诗句风格失衡，内容上拉大了词的意蕴与所形容事物的语境张力，因而产生了谐趣。三四句里的"弹压""借权"两词，也是如此。这本来是用在人类的政治活动中的词，而用在无生命的自然物上，也是非常出位的用法。

又如邵雍的《首尾吟》（共一百三十四首，其四十九）：

> 尧夫非是爱吟诗，诗是尧夫会计时。进退云山为主判，陶镕水竹
> 是兼司。莺花旧管三千首，风月初收二百题。岁暮又须行考课，尧夫
> 非是爱吟诗。

这首诗的谐趣，也体现在"会计""进退""主判""陶镕""兼司""管""收""考课"这些出位之词的使用上。这些词都是属于会计事务和经济活动里的，嵌在诗句里，形式上非常突兀，同时又引导内容，把写诗这种不计较利害的艺术创作比作锱铢必较的会计活动，就显得相当好笑。

这种词语出位的手法，是宋人为了塑造谐趣经常使用的。比如邵雍的《闲适吟》，描写春暖花开的热闹场面时，写"残腊也宜先作策，新正其那便要功"，用了"作策"与"要功"（邀功）这两个原本属于军事活动中的词，就使得诗句充满谐趣。张耒的《老舅寓陈，诸况不能尽布，以二诗代书，得闲为和佳也》写"断送光阴须美酒，惟应此事费经营"，用"断送"这样的贬义词来形容消磨春光，用"费经营"这个一般用来形容经营重大事情的词来用作对美酒的经营，也显得相当诙谐。陈师道形容自己诗情勃发时是"只信诗书端作祟"（《和黄预病起》），用"作祟"把诗情比为一种疾病，也显得相当滑稽，以致受到纪昀"'作祟'二字亦不雅"的批评❶。这种词语出位的手法，黄庭坚尤其喜欢使用，如：友人送酒，则说是"青州从事斩关来"（《行次巫山，宋楙宗遣骑送折花厨酝》）；友人张耒不屑于与新党辩论，则说是"张侯

---

❶ （宋）陈师道著，（宋）任渊注，冒广生补笺：《后山诗注补笺》卷七，中华书局1995年版，第260页。

真理窟，坚壁勿与战"（《奉和文潜赠无咎篇，末多见及，以"既见君子，云胡不喜"为韵》）；自己写诗，则说是"囊中尚有毛锥子，花底樽前作战场"（《将次施州先寄张十九使君三首》其二）；夸大蚊子的声音为"雷"，西风吹起，蚊子消失，则说是"夜半蚊雷起，西风为解纷"（《和凉轩二首》其一）；用小姬来暖脚，心里不安，则说是"小姬暖足卧，或能起心兵"（《戏咏暖足瓶二首》其一）……诸如此类，不胜枚举。不难看出这些句子都具有谐趣。

由形式的变异而造成的谐趣，主要就包括以上四种手法。这四种手法，由于解构的是读者对诗歌语言、句法等这些文体形式层面的期待视野，所以其俳谐的意蕴，有时候并不需要深究其内容，而从语言与句法的表面上、形式上就可以得见。

第二节　由塑造滑稽性所产生的谐趣

作为一种抒情文学，诗歌在塑造形象方面，虽然不如小说、戏剧等叙事文学来得具体细致，但是在诗歌中，不言而喻，其中还是有一系列形象存在的。诗歌中的人物形象、事件形象、动作行为、情感情绪乃至诗歌意象等等，都可以归入形象的范畴。由于人类思维中"图式"的作用，人们在观看自然他者时，都有一种既成的观念积淀。而又根据结构主义的看法，人们在认识事物时，不可避免地带着认识中的"逻各斯中心主义"：在诸如意义／形式、灵魂／肉体、直觉／表现、理智／情感、美／丑等等二元对立的思维结构中，"高一等的命题是从属于逻各斯，所以是一种高级呈现，反之，低一等的命题则标示了一种堕落。逻各斯中心主义故此设定第一命题的居先地位，参照与第一命题的关系来看第二命题，认为它是先者的繁化、否定、显形或瓦解"❶。所以当"高一等"的命题被"低一等"的命题解构时，谐趣就会产生。这种谐趣，又叫滑稽性。

如王安石的《和王乐道烘虱》前四联：

秋暑汗流如炙輠，敝衣湿蒸尘垢涴。施施众虱当此时，择肉甘于虎狼饿。咀啮侵肤未云已，爬搔次骨终无那。时时对客辄自扪，千百所除才几个。

这几句作者对自身形象的刻画非常滑稽。"秋暑汗流如炙輠，敝衣湿蒸尘垢涴"，意为虽然已是秋天，但暑气仍然未退，作者汗流浃背，如同油车在流油一样；在这炙热的天气里，作者穿着破旧的衣服，随着汗水的蒸发，身上一层厚厚的污垢也随之掉落下来。这些话塑造自己的丑态，作为一个士大夫居然如此不注意个人卫生，可笑性不言而喻。"咀啮侵肤未云已，爬搔次骨终无那。时时对客辄自扪，千百所除才几个"，这几句也非常可笑：在虱子的咬啮下，作者大动干戈，想把它们抓下来，但却几无所获。人类在小小的虱子面前竟然无可奈何，这种场景也是相当滑稽的。

除了刻画人物形象的丑拙，对自然事物，也能进行审丑的刻画，从而产生滑稽性。如赵鼎臣《蔡兴兵曹谢曾秀才见和梅花诗，复此韵为谢》前两联：

诗如病疥歇复发，最忌春花与秋月。袖中缩手苦禁之，技痒不堪时一掣。

这几句话以生病来比喻作诗，也显得相当好笑。之所以好笑，乃是因

---

❶ ［美］乔纳森·卡勒著，陆扬译：《论解构：结构主义之后的理论与批评》，第 79 页。

为作诗本来是一件风雅之事，可用近乎粗俗的生病来比喻它，就显得很滑稽了。同时这个滑稽的比喻，也带动了其他语句的滑稽性。春花与秋月，本来是美的诗料，可是在作者这里成了"诗病"的"病根"。忍不住作诗，则是说自己旧病复发，"技痒"了。这些都相当滑稽。这是以粗俗之事来解构风雅之事。

又如由五代入宋的诗人朱贞白的《咏月》：

> 当涂当涂见，芜湖芜湖见。八月十五夜，一似没柄扇。

这首诗，即是以粗俗的语言与意象来解构本应是雅洁的月的意象。"当涂当涂见，芜湖芜湖见"，语句拖沓而重叠。"一似没柄扇"，把雅洁的月亮，比喻为凡俗而有缺陷的物件，也显得相当滑稽。

再如夏竦的《江州琵琶亭》：

> 年光过眼如车毂，职事羁人似马衔。若遇琵琶应大笑，何须涕泣满青衫。

这首诗的谐趣，在于以世情真理推翻了矫揉造作。白居易作《琵琶行》，描写了一位因老见弃的商人妇，同时联想到自身，抒发"座中泣下谁最多，江州司马青衫湿"的天涯流落之叹。可夏竦以此为触发，反用其意，意为人生苦短、职事拘縻，如果遇到琵琶歌舞，高兴还来不及，哪里有时间难过伤心呢？这首诗解构了前人对琵琶落泪事件所包藏的意蕴，使之在"若遇琵琶应大笑，何须涕泣满青衫"的及时行乐思想面前，不免有些矫揉造作，所以也产生了谐趣。

以上所引之诗，其产生谐趣的原则都为滑稽性，但具体刻画手法，可以说是各异其趣，倘若一一枚举，本书无法穷尽。好在文学创作中的一些修辞手法提供了分门别类的便利。而就产生谐趣的手法来说，宋人常用的有比拟、对比、夸张这三种。

一、比拟：拟物、拟典

比拟是文学作品中常用的修辞手法，不过，如果比拟要产生谐趣，那就必须加一些限制条件，即笔者在前面常常提到的，用比体的某些否定属性去比附本体，解构本体"高一层"的内涵。这种比拟，在宋代俳谐诗中常用的，有拟物的手法。拟物由于将人类与动物或者其他无生命之物进行比附，常常突出了人类的某些否定性的要素，因而其谐趣也是立竿见影的。

比如宋初诗人许洞的《嘲林和靖》：

寺里掇斋饥老鼠，林间吟嗽病猕猴。豪民遗物鹅伸颈，好客临门鳖缩头。

这首诗一共用四个动物形象来比拟林逋。其中"饥老鼠""鹅伸颈""鳖缩头"这三个形象都具有谐趣。"饥老鼠"，突出了林逋"寺里掇斋"时那种饥不择食的滑稽样，"鹅伸颈"与"鳖缩头"，突出了林逋嫌贫爱富的悭吝性格，这些喻体，解构了林逋作为一个士大夫的崇高人格，突出了其否定性的品质，所以具有谐趣。至于用"病猕猴"来比喻其咳嗽声，则没有谐趣。因为生病是一种人自然而然就会出现的现象，所以"病猕猴"并不对林逋的某些精神属性造成解构。所以拟物的原则，还是要遵循本体与喻体之间"高一等"与"低一等"的关系，喻体的属性往往是"低一等"的，它用以解构本体的"高一等"属性，而倘若没有这层关系，则不会产生俳谐。南宋诗人周紫芝的《蔡长源以老马见借，驽甚，戏作》也是如此：

　　羸骖已老莫嗔渠，涉世迂疏我自愚。马不能言当臆对，未知吾孰
与君驽。

这首诗以马之驽来比拟自己涉世迂疏，在本体与喻体之间，也有一层
"高一等"与"低一等"的关系，所以产生了谐趣。

　　而有些拟物的诗歌，虽然诗歌中没有明确出现本体的形象，但
其实还是存在的，即存在于我们自己的期待视野中。比如文同的《百
舌鸟》：

　　众禽乘春喉吻生，满林无限啼新晴。南园花木正繁盛，小小大大
皆来鸣。藏枝映叶复谁使，不肯停住常嘤嘤。就中百舌最无谓，满口
学尽群鸟声。自无一语出于己，徒尔嘲哳夸纵横。朝朝泊我高柳上，
叫破一窗残月明。幽人稳睡正酣美，无计可奈遭尔惊。少年挟弹彼谁
者，安得为我来五更。

春暖花开，众鸟嘤鸣，其中有一只百舌鸟，也在快乐地欢叫，不过，
它的叫声，却没有一句是自己的，而都是从别的鸟那里学来的；虽然
如此，它还洋洋自得、自夸自耀，显得非常滑稽。这首诗，虽然没有
出现本体，可是背后，无疑是有一个人的形象存在，而作者用百舌鸟
为喻，就突出了那些只知剽窃、没有原创思想并且还洋洋自得的人的
可笑性。

　　除了以动物比拟人类之外，还有以无生命之物比拟人类的，当然，
其俳谐的产生，还是要符合"高一等"与"低一等"的关系。这常常分
两种方法。一种方法是选取事物与人类的某种偶合性来进行比拟，比
如宋初诗人陈亚的《嘲人面黑》："笑似乌梅裂，啼如豉汁流。眉间粘帖
子，已上是帻头。"用"乌梅裂""豉汁流"两个物象来比拟人的滑稽之

态，显得相当好笑。另一种方法，则是先把无生命之物有情化，然后再比拟人。如王安石的《招杨德逢》："山林投老倦纷纷，独卧看云却忆君。云尚无心能出岫，不应君更懒于云。"说友人懒于云，这首先是将云有情化了，赋予了云属于人类的某种属性。又如张守的《友人惠猩猩毛笔一枝，秃甚，作诗戏之》："猩毛意重鹅毛赠，老不中书一怅然。宜付削毫贫郑灼，政堪握笔晋僧虔。判冥即合防抛失，瘦冢宁甘便弃捐。瓦砚蓬窗吾臭味，秃翁相对且忘年。"先将猩猩毛笔赋予"老不中书"的有情化属性，然后再比拟自己，有浓厚的自嘲意味——虽然作者没有使用明显的可以凸显比拟的修辞语，但是，从最后一句"秃翁相对且忘年"，一个老不中用的秃翁与一支老不中书的猩猩毛笔相伴而对，其实也是一种比拟结构。

宋诗的特色是资书为诗，因而宋人还喜欢使用另外一种比拟的手法，即选取一些人物典故来比拟本体。由于这些典故本身就是滑稽可笑的，因此也能解构本体，从而产生谐趣。比如杨时的《吴子正招饮，时权酒局，不赴，作诗戏之》：

寒炉火冷浮青烟，劲风刮面如戈铤。凝阴不动天欲雪，竟日兀兀成拘挛。[4]

广文才名四十年，天寒坐客犹无毡。参军官小技能薄，寂寞冷坐诚宜然。[8]

忘形杜老偶相觅，传呼歌舞开华筵。嗟予简书固可畏，不得对饮檐花前。[12]

谩有糟浆逆人鼻，汝阳口角空流涎。可能更似苏司业，只与时时送酒钱。[16]

诗歌第5句里的"广文"，即是杜甫《醉时歌》《戏简郑广文兼呈苏司

业》等诗歌里提到的郑虔郑广文。杜甫《戏简郑广文兼呈苏司业》诗
云："广文到官舍，系马堂阶下……才名三十年（一作"四十年"），坐
客寒无毡。"故而杨诗"广文才名四十年，天寒坐客犹无毡"，用以上典
故来比拟友人，突出友人的穷态，相当好笑。第9句"忘形杜老偶相
觅"，综用杜甫《醉时歌》中"得钱即相觅，沽酒不复疑。忘形到尔汝，
痛饮真吾师"语典事典。杜甫的《醉时歌》，是一首激愤与幽默交织的
诗歌，作者描写了"诸公衮衮登台省，广文先生官独冷"的郑广文，并
以"杜陵野客人更嗤，被褐短窄鬓如丝。日籴太仓五升米，时赴郑老
同襟期"自嘲，把自己刻画为一个穷酸潦倒的老头子。所以杨时这句
用杜甫的典故比拟自己，也是为了突出自己的可笑性。第13、14句
"谩有糟浆逆人鼻，汝阳口角空流涎"，"汝阳"指唐汝阳王李琎，杜甫
《饮中八仙歌》云"汝阳三斗始朝天，道逢曲车口流涎"，也是位滑稽的
人物。时杨时监酒税，故云"谩有糟浆逆人鼻，汝阳口角空流涎"，以
汝阳王自比，表现自己空对酒务之中的酒糟而口腹之欲得不到满足那
种滑稽状。第15句提到的"苏司业"，即杜甫《戏简郑广文兼呈苏司
业》中的苏源明，杜诗云："才名三十年，坐客寒无毡。赖有苏司业，
时时与酒钱。"杨时诗的意思是说，自己无法像苏司业那样，时时赠予
友人酒钱。一则突出友人的贫穷，二则突出自己的忙碌与贫穷，也显
得相当好笑。这首诗的谐趣的意蕴，主要是自己与典故中的滑稽人物
的比拟所带来的。

二、对比

对比也是产生谐趣的重要方法。在对比中，常常含有高低、美丑、
好坏等一系列相反性质的比较，而在这种比较中，具有正面性质的形
象往往会引起读者的期待，具有负面性质的形象往往使读者的期待落

空，所以对比这种方法，本身就会产生一种期待与落空的张力，故而它几乎不需要我们读者期待视野的介入就可以产生谐趣。宋代许多俳谐诗，其基本的结构，所用的都是对比的方法。对比又可分为两种情形。

一种是横向的对比，即人与人之间或场景与场景之间的对比。如晏殊的《社日戏题呈任副枢》：

> 开樽幸有治聋酝，把叶能无送燕章。所惜近停司饮会，不如村叟醉秋光。

这里的由"近停司饮会"所导致的无酒可喝的作者，与"村叟醉秋光"形成了一层对比。作为一个身居高位的士大夫，还不能像村里的老头子一样在秋光下自由自在地喝酒，这无疑是非常滑稽的自嘲。

又如王禹偁《寄潘阆处士》：

> 烂醉狂歌出上都，秋风时节忆鲈鱼。江城卖药长将鹤，古寺看碑不下驴。一片野心云出岫，几茎吟发雪侵梳。算应冷笑文场客，岁岁求人荐子虚。

这首诗用的也是对比的结构。前三联写潘阆的潇洒旷达，尾联写自己，与友人形成了对比。如果单纯地写自己"岁岁求人荐子虚"，恐怕并不俳谐，可是这一行为跟前面的潘阆一对比，才突出了自己的可笑性。自己日日钻营，结果还比不上"烂醉狂歌出上都，秋风时节忆鲈鱼"这样无所事事的潇洒。

除了人物与人物之间的对比，情境与情境之间，也可以对比。如苏轼的《傅子美召公择饮，偶以病，不及往。公择有诗，次韵》：

樊素阿蛮皆已出，使君应作玉筝歌。可怜病士西窗下，一夜丹田
手自摩。

如果单独地来看"可怜病士西窗下，一夜丹田手自摩"这句话，其谐趣
并不怎么强烈。可是，当把这一情境置于"樊素阿蛮皆已出，使君应
作玉筝歌"这种歌舞热闹的场面的对比之下，那就突出了作者当下情
境的可笑性，显得相当滑稽。

又比如孔平仲的《戏张子厚》：

子厚夸善棋，益我以五黑。其初示之赢，良久出半策。波冲与席
卷，揉攘见败北。我师如玄云，汗漫满八极。子厚若残雪，点点无几
白。是时秋风高，万里鹰隼击。鹌鹑伏深枝，顾视颇丧魄。勒铭亭碑
阴，所以诧棋客。

这首诗写作者与友人对弈。前三联就写得颇为好笑："子厚夸善棋"，
友人的自吹自擂，首先就调动了读者的期待心理，可是结果是"揉攘
见败北"，惨败而归，这就把读者的期待解构了，产生了谐趣。后面作
者描写两人棋局的场景，用对比的手法，也颇为有趣。作者的局面是
"我师如玄云，汗漫满八极""是时秋风高，万里鹰隼击"，而友人的局
面是"子厚若残雪，点点无几白""鹌鹑伏深枝，顾视颇丧魄"，不仅
比喻生动，而且相形之下，衬得友人的棋技更加可笑了。

由对比所产生的谐趣，其潜在的原则，还是要遵循滑稽的无害性。
当用以对比的要素是无关紧要的、并不会产生某种伤害与痛苦时，那
就能产生谐趣。可是，如果用以对比的要素过于沉重，以致并不能让
读者得到某种程度的心理状态的放松，那么谐趣的意蕴就会减弱甚至
消失。比如杜甫的《醉时歌》前两联："诸公衮衮登台省，广文先生官

独冷。甲第纷纷厌粱肉，广文先生饭不足。"前一联还算有点谐趣，广文先生的"官独冷"这一状态还并不算沉重。而后一联，谐趣的意蕴则极大削弱了。因为当我们看到因吃不饱饭而饿肚子的人时，大概是不会产生一种心理上的轻松感的。从这个意义也可以说，诗文当中的谐趣，并不是截然有或者截然无的问题，而是谐趣的程度有多深的问题。

还有一种对比，则是纵向对比，它常常表现为今昔对比结构。比如陆游的《偶过浣花感旧游戏作》：

忆昔初为锦城客，醉骑骏马桃花色。玉人携手上江楼，一笑钩帘赏微雪。宝钗换酒忽径去，三日楼中香未灭。市人不识呼酒仙，异事惊传一城说。至今西壁余小草，过眼年光如电掣。正月锦江春水生，花枝缺处小舟横。闲倚胡床吹玉笛，东风十里断肠声。

这首诗歌，如果把过去现在两个场景分开来看，其实都不怎么幽默，特别是尾联"闲倚胡床吹玉笛，东风十里断肠声"，这个"断肠声"，就写得比较悲哀了。可是作者用了对比结构，这就使得诗歌充满了谐趣。作者先回忆了自己过去在成都时的那段有声有色的浪漫生活，可现在，时过境迁，却是"闲倚胡床吹玉笛，东风十里断肠声"。过去的情性与当下的处境一对比，就突出了当下处境的可笑：现在连一个陪伴的美女都没有。这就显得非常滑稽。

又比如王禹偁的《五更睡》：

数载直承明，宠深还若惊。趁朝鸡唤起，残梦马驮行。左宦离双阙，高眠尽五更。如将闲比贵，此味敌公卿。

这首诗中，作为可笑的因素，是过去的情形。过去作者作为一个京官，要天天早朝，生活充满了紧张感。可现在，离开了京城，可以一觉睡到大天亮，这就衬得过去的那种生活是多么可笑。事实上，如果仅仅是单纯地描写"数载直承明，宠深还若惊。趁朝鸡唤起，残梦马驮行"这种紧张生活的话，其谐趣的意蕴并不强烈；可诗歌用了对比结构，使那种紧张的生活还不如一觉睡到大天亮的生活来得潇洒快意，就使上面的情形显得非常滑稽。以上说的是过去与现在的对比。

当然，不管是横向对比还是纵向对比，其对比的两者往往是一对平衡的要素。人物与人物、情境与情境的对比，这是一种空间的平衡；过去与现在的对比，是一种时间的平衡。这种结构的平衡，是对比这一修辞手法本身就蕴含的结构特征。然而，宋代许多俳谐诗，其对比的要素往往并不是平衡的结构，但也能产生谐趣。

如范成大的《中秋卧病呈同社》：

> 人间佳风月，浩浩满大千。俗子不解爱，我乃知其天。以此有尽姿，玩彼无穷妍。受用能几何，北溟一杯然。天公尚龃龉，不肯畀其全。卧病窘诗料，坐贫羞酒钱。琼楼与金阙，想像屋角边。如闻真率社，胜游若登仙。四者自难并，造物岂我偏。

这首诗，其实也是包含了对比的结构，尽管对比的要素并不十分平衡与明显。中秋时分有"人间佳风月，浩浩满大千"，而且作者还自以为非常能欣赏良辰美景，而嘲笑那些对良辰美景"不解爱"的"俗子"，希望以有限之身来领略无边美景（以此有尽姿，玩彼无穷妍）。但是实际的情形，却是作者自己又贫又病。因为生病，所以连诗情都没有了（卧病窘诗料）；因为囊中羞涩，所以就不能对着美景喝酒作乐（"坐贫羞酒钱"）。这样一层对比，就把作者当下的情态写得十分可笑。这层对比，本质上说，是主观愿望与落空现实的对比，可是这里的主观愿望，却是通过客观的景物呈现出来的，所以两者的对比结构，其实略有失衡。

又如周紫芝的《伯瞻作酒官，植竹局中，见索鄙句》：

> 虞郎种粟秋不收，一生坎轲多穷愁。有才无命百寮底，人笑猕猴
> 骑土牛。蚤时脱身隐吴市，晚岁作吏分糟丘。贵人官高印如斗，君独
> 鸡栖马如狗。骑曹只可呼马曹，漫仕何人知漫叟。平生好竹心未阑，
> 小分云岭青檀栾。横窗尚恐翠露薄，得雨便作秋声寒。向来曲糵一扫
> 尽，风月已足供蹒跚。吾门如市心若水，箕坐不知身是官。念我平生
> 绝韵友，相从久结无情欢。君当下榻我亦往，风雨对眠听梦残。

这首诗可以分成两个对比的部分，以"漫仕何人知漫叟"这句为界。前
面部分，用拟物与对比的手法，写出了友人"一生坎轲多穷愁"的可笑
性。但后面部分，写友人雅好竹子的行为，其实也含有一层对比，故
而也有一层滑稽。一般来说，雅好竹子的行为，是文人雅士才有的行
为；不过，前面既然已经把友人的官职写得那么不堪，简直不类文人
雅士了，故而后面写其雅好竹子，其实也有了一层对比：这位友人，
"种粟秋不收"，简直连饭都吃不饱，可是他不种粟，反而种起了竹子
这类无用之物，这就突出了其性格中一些荒悖的因素，显得相当滑稽。
这层对比，本质上说，是人物的两种不同的性格的对比，可是前一种
性格，主要是通过其具体的处境表现出来的，所以说两者的对比也并
不平衡。

三、夸张

夸张是文学作品中常用的修辞手法，单纯的夸张并不会产生谐趣，
如果要产生谐趣，则需要突出人物形象中的一些否定性要素，因而可
以说，能够产生谐趣的夸张必然是一种否定性的夸张，或者说即便是

一种肯定性的夸张，其最终的导向依然是否定的。

如张耒的《王都尉惠诗求和，逾年不报，王屡求索，而王许酒，未送，因次其韵以督之》：

> 酸寒杜陵老，痛饮遗身世。云安小县曲米春，遥知美味无多子。犹令此老气如虎，傲兀几以醉为累。争知侯家美酒如江湖，金铛犀杓与之俱。玉壶晓倾春水决，银槽夜滴秋雨疏。主人文章足宾客，许致曲生来坐侧。三杯脱帽我家风，渴如旱田占雨虹。冷官如瓶君未见，腹惟贮水冰生面。鸣鞭走送烦驺骖，坐对朝寒北风起。未欲烦公大作宴，老夫自斟看深浅。

这首诗写作者觊觎友人的美酒，突出了其口腹之欲。单纯地说口腹之欲，其实也并不俳谐，但作者用夸张的手法，把口腹之欲进行夸大，就解构了人物的精神性因素，显得非常滑稽了。作者觊觎友人的美酒，把其夸大为"侯家美酒如江湖""玉壶晓倾春水决，银槽夜滴秋雨疏"。又说自己渴酒如甚，"渴如旱田占雨虹"。而无酒可喝，就如同"腹惟贮水冰生面"。夸张的程度越深，就说明自己越馋涎，显得非常滑稽。

除了对人物情状进行夸张之外，宋人还喜欢把一些细末之事进行夸张。这种夸张，能够拓展否定性表意的空间，使形式远远地超越内容，小题大做，这也可以产生谐趣。如孔平仲的《使纸甚费》：

> 家贫何所费，使纸如使水。亲交或见遗，自买不知几。[4]
> 置之几案间，数轴俄空矣。作字本不工，学书非不喜。[8]
> 不知何故尽，疑若有神鬼。若云随置邮，性复懒笺启。[12]
> 间或强为之，皆出不得已。横斜若幡脚，龃龉如雁齿。[16]
> 数易仅能成，纷纷多废委。叙致失轻重，畏慎防触抵。[20]

往往已缄封，时时又删洗。遂令巾衍竭，大半或缘此。[24]

昔无楮先生，云自蔡伦始。假令行竹简，秃野未供使。[28]

人生有知慧，不若愚且鄙。古来取卿相，未必皆经史。[32]

谁教识点画，空耗五斗米。咄嗟为此诗，又是一张纸。[36]

不难看出这首诗的题材属于"小题"。因为这样的题材，几乎没人写过。同时，这个题材本身就包含了可笑的因素。纸墨是士大夫身份的象征，是他们开展一切文化活动的基础；而作为一个士大夫，居然舍不得用纸，本身就说明了这个士大夫做得并不成功，这就包含了作者身上一些否定性的要素。故而这一小题大做之后，这种否定性的因素便得到了突出。

1—10句，描写因为买纸而使作者"家贫"的可笑状。作者买了许多纸，可依然不足支用，"置之几案间，数轴俄空矣"。第9、10句，"不知何故尽，疑若有神鬼"，故作傻问，显得相当好笑。哪里是鬼神的原因呢，只是自己写字太多罢了。11—24句，作者描写了一次给友人写信的事情。作者在给友人写信时，因为想把字写得漂亮一点，所以常常数易其稿，"数易仅能成"，乃至要装入邮筒时，还"往往已缄封，时时又删洗"。这些也写得非常好笑，明明知道纸张的使用已经很浪费了，但出于一些无关紧要的原因，还要继续浪费，这就突出了作者的滑稽性。25—34句，作者开始自嘲：自古以来，能位至卿相的人，未必都是文人出身，可能并不需要用纸。是谁教会我读书写字，整天在纸上涂涂画画，让家里变得如此贫苦呢？这个自嘲也非常幽默。最后，作者来了一个打诨而出：这样写了这么多，又一张纸耗去了。作者把"使纸甚费"这一题材进行小题大做，而且每一段描写都指向自己的可笑性，故而使得整首诗充满谐趣。

再如梅尧臣的《永叔赠绢二十四》：

凤皇拔羽覆鹌鹑，鹌鹑幸脱僵蒿蓬。昔公处贫我同困，我无金玉可助公。[4]

公今既贵我尚窘，公有缣帛周我穷。古来朋侪义亦少，子贡不顾颜渊空。[8]

复闻韩孟最相善，身仆道路哀妻僮。生前曾未获一饱，徒说吟响如秋虫。[12]

自惊此赠已过足，外可毕嫁内御冬。况无杜甫海图坼，天吴且免在褐躬。[16]

瘦儿两胫不赤冻，病妇十指休补缝。厨中馁婢喜有望，服鲜弃垢必所蒙。[20]

梁上君子切莫下，吾非陈寔何尔容。

这首诗也是属于小题大做的类型。写的虽然是友人惠绢，不过从内容上可以看出，作者其实是渲染自己如何之穷。贫穷并不是一个诙谐的要素，但是，诗歌中作者处处在夸张自己因贫穷而谨小慎微的心理，对欧阳修这一赠绢之举如何感恩戴德，这就比较可笑了。第1、2两句就写得很好笑，说凤凰拔一根毛盖在鹌鹑身上，就可以免除鹌鹑冻死在草堆里，这当然是用一种夸张的说法来拍欧阳修的马屁。5—12句还是如此，用子贡不照顾贫穷的颜回、韩愈不照顾落魄的孟郊来反衬欧阳修对自己的照顾，这些话又是夸张，也是拍欧阳修的马屁。13—20句，还是用了夸张的手法，说友人惠赠绢帛，让自己觉得过于贵重了，不仅可以使自己一家抵御寒冬，甚至连女儿的嫁妆都有了。自己的儿女可以免于像杜甫的儿女"海图坼波涛""天吴及紫凤，颠倒在裋褐"那样的衣不蔽体。瘦弱的儿子，两只脚不会受冻了，自己生病的妻子，也不再需要辛苦地缝补衣裳。厨房里那位饿着肚子的奴婢也喜出望外，因为这些绢做成了衣服之后，可以遮盖她满身的污垢了。如果看到梅尧臣的日子过得这么贫穷，我们可能不会发笑，但我们也知道他是在夸张，因为只是一匹绢而已，怎么可能到这个地步呢？所以这些小题大做的夸张，都写得非常滑稽。最后，作者来了一个"打猛诨出"，他对不存在的"梁上君子"说：你们千万不要从梁上下来，我不是陈寔，不会对你们进行道德教化。如果你们真的要来偷我的绢，我决不会宽贷你们。这首诗以友人赠绢为触媒，夸大了获赠后的喜悦情形，其实是以调笑自己因贫穷而导致的谨小慎微的滑稽状，来发欧阳修悦笑。这种小题大做和夸张，都是非常诙谐的。

像这种小题大做的诗歌，在宋代俳谐诗中也经常可以见到。像笔者在第四章"宋诗与游戏"中提到过的欧、梅等人在酬唱活动中所作的一些"白兔诗""鹤诗"也均有不同程度的小题大做的意味。另外，诸如梅尧臣《次韵和永叔石枕与笛竹簟》，王安石《疥》《用前韵戏赠叶致远直讲》《和王乐道烘虱》，司马光《和王介甫烘虱》，苏轼《夜烧松明火》，黄庭坚《长句谢陈适用惠送吴南雄所赠纸》，邹浩《醉饮》，韩驹《分宁大竹取为酒樽，短颈宽大，腹可容二升，而漆其外，戏为短歌》《湖南有大竹，世号猫头，取以作枕，仍为赋诗》，李复《调李教授》、张耒《围棋歌戏江瞻道兼呈蔡秘校》《止酒赠郡守杨瑰宝》，唐庚《疟疾寄示圣俞》，李光《仲兄去岁落一齿，书来怅然，作诗以宽其意》，程俱《园居荒芜，春至草生，日寻野蔬以供匕箸。今日枯桥间，得蒸菌四五，亦乞食之。自笑穷甚，戏作此诗一首》，朱松《负暄》，范成大《嘲峡石》《嘲蚊四十韵》等，都是小题大做的俳谐诗。

第三节 由逻辑的错位与断裂而产生的谐趣

如笔者在绪论中指出的，逻辑的错位，也能产生谐趣。关于这种谐趣的产生机制，其实还是遵循读者的心理从紧张到放松的原则。正如美国小说家阿瑟·考斯特勒指出的："思路突然从一个母体向另一个由不同的逻辑与'游戏法则'所控制的母体转化。但某些情感由于具有强大的惯性与顽固性，因而跟不上这种敏捷的思想跳跃，并被理性所抛弃，于是它们便以笑的形式沿着阻力最小的渠道发泄出来。"❶ 因为思维的"惯性与顽固性"，故而集中了读者的思维强度，而这种强度被理性抛弃时，它就忽然落空，造成了紧张感的消解。笔者结合俳谐诗的具体情况，把这种逻辑的错位分为逻辑颠倒与逻辑跳跃两种类型。

一、逻辑颠倒

宋人常常巧用逻辑颠倒之法塑造谐趣，有主客颠倒、因果颠倒、本质与现象颠倒等多种方法。因逻辑颠倒以后，常常会导致一种现实中不存在的结果，显得相当荒唐，这样一来谐趣就产生了。如宋初诗僧释文兆的《诗一首》：

河分岗势司空曙，春入烧痕刘长卿。不是师兄偷古句，古人诗句犯师兄。

江少虞《宋朝事实类苑》载："宋九释诗，惟惠崇师绝出，尝有'河分岗势断，春入烧痕青'之句，传诵都下，藉藉喧著。余缉遂寂寥无闻，因忌之，乃厚诬其盗。闽僧文兆以诗嘲之曰：'河分岗势司空曙，春入

---

❶ 转引自［美］保罗·麦吉著，阎广林等译：《幽默的起源与发展》，南京大学出版社1992年版，第16页。

烧痕刘长卿。不是师兄偷古句，古人诗句犯师兄。'"❶

这属于典型的主客颠倒。本来，惠崇抄袭了司空曙和刘长卿的诗句，就抄袭这一行为而言，抄袭者惠崇是主体，被抄袭者司空曙和刘长卿是客体，可释文兆却说不是惠崇抄袭司空曙和刘长卿，而是他俩抄袭惠崇。唐代的诗人抄袭宋代的诗，这无疑是不存在的，所以这样一颠倒就显得非常好笑，这是属于荒唐的笑。陈亚讽刺魏周辅抄袭的诗歌《和魏周辅》，也具有异曲同工之妙：

昔贤自是堪加罪，非敢言君爱窃诗。叵耐古人多意智，预先偷子一联诗。

又如两宋之交一个叫郑广的海盗的《上众官》诗：

郑广有诗上众官，文武看来总一般。众官做官却做贼，郑广做贼却做官。

这首诗即是颠倒了表象与本质的逻辑。表面上，官是官贼是贼，泾渭分明，但是在郑广眼里，官员看似为民做主，但实则剥削压榨反为贼；盗贼看似劫掠民众，实则劫富济贫胜于官。作者颠倒表里逻辑，讽刺得相当诙谐。不过这首诗的谐趣，是属于"机智"的谐趣，也就是说，作者点破了本质以后让读者为其机智的洞见所倾倒。

再如黄庭坚的《到桂州》：

桂岭环城如雁荡，平地苍玉忽嶒峨。李成不在郭熙死，奈此百嶂千峰何。

---

❶ （宋）江少虞：《宋朝事实类苑》（上），第438页。

这首诗，颠倒了主次。李成与郭熙，是宋代著名画家，以善画山水为名。绘画山水需要山水提供材料，所以山水为主，李成、郭熙为次。而"李成不在郭熙死，奈此百嶂千峰何"，意为现在李郭二人已死，那么拿这些山山水水如何是好呢？好像李郭二人一死，这些山水就失去了存在的意义，这反而是李成、郭熙为主了。这句话写得相当滑稽。这个滑稽，也是属于"荒唐"的范畴，因为黄庭坚说的情况，现实中是完全不存在的，并不是李成与郭熙死了，人们就不能欣赏自然的美景了。另外，这首诗作于黄庭坚被贬于黔州之途，带着贬谪的悲哀，还处处不忘调笑，也可见黄庭坚一种幽默洒脱的姿态。

在宋代俳谐诗中，这种颠倒逻辑的做法，其颠倒的要素也是多种多样的，难以一一穷举。不过宋人集中使用的，是如下两种。

二、转悲为乐

考虑到在诗歌情感表达中，表达悲哀的传统是如此强大而牢固，所以用乐的词句来转化悲哀，往往就能解构这种牢固的思维指向，从而产生谐趣。正如笔者在第三章中指出的，这种转悲为乐的方法，宋人非常喜欢使用。不过仔细分析，其所产生的谐趣的内涵，却是各异其趣的。

其中一种谐趣，是上面提到的由解构读者对强大而牢固的悲哀表达的思维指向而来。这种以乐写悲的方式，提供了一种不同的视角，从而使读者对强大而牢固的悲哀表达的思维指向忽然落空了，谐趣也就随之产生。

如吴芾的《偶苦耳聋》：

衰年已是病双瞳，那更新添两耳聋。山外钟声元不到，窗前鸡唱亦难通。便遭谤骂安能累，纵有笙歌也是空。每恨肚皮从旧窄，而今却做得家翁。

作者年衰耳聋，这是无奈的晚年况景。象征禅意的山外钟声听不到了，象征田园风味的鸡鸣也消失了。可是，反过来想一想，这样的话，别人的诽谤与嘲骂，也就不会进耳朵了；寻欢作乐的笙歌，现在也是空空如也。以前为这些嘲骂所困扰，显得自己肚量也小了；现在耳聋之后，反而肚量大了起来，可以做一个又稳重又快乐的老爷爷了。这首诗解构了悲哀的书写，提供了另一种观照方式，因此显得谐趣横生。

王庭珪的《题王主簿逸老堂》也是如此：

人生异趣各有托，年少何如老人乐。老来万事不挂眼，乐处勿忧儿辈觉。疾雷破山吾不惊，亦赖天教闲处着。两部池蛙当鼓吹，万叠云山作屏幕。此时真似地行仙，拍酒何须万斛船。不爱白日升青天，不爱腰缠十万钱。但爱百年三万六千日，日对芳樽聊自逸。明日花开花更好，定知不向愁中老。

一般来说，老年人面对着即将完结的生命，比少年人要更加悲哀一点。可是作者却说"年少何如老人乐"，这首先就把悲哀解构了。然后从第二联以下，作者提供了另一种观照视野：老了以后，能够自得其乐，雷霆惊而不变色。所有的一切呈现出快乐的色彩：青蛙的叫声可以当作音乐"鼓吹"，万叠云山更是一种美景。不须求仙，无须再汲汲于对财富的追求。可以日日对饮芳樽，更不会像少年那样为赋新词强说愁了。

这种转悲为乐的方式，由于提供了一种对于悲哀的转化视角，故而除了给予读者以笑的满足外，还反映了作者身上潇洒乐观的精神。

不过，这种转换，本质上就是一种安慰模式。悲哀是令人痛苦的，而乐的成分是一种安慰，它能够把人从悲哀中解脱出来。但是相比痛苦，有时候，这层安慰却是空洞的，甚至是微不足道的。回顾一下王庭珪的诗就可以发现，虽然对于这层安慰，作者写得言之凿凿、煞有介事，可是从本质上说，它也不免显得过于轻巧。像这种"疾雷破山吾不惊"的淡定，何必非得老年人才能达到？对"两部池蛙当鼓吹，万叠云山作屏幕"的美景的欣赏，也不是老年人的专利，只要有闲逸之心，任何人都能发现美。所以这种安慰模式，只是作者竭力想象建构出来的。人衰老的过程，是不可逆的，而这种安慰的模式，却是虚构、可逆的；所以相比悲哀的沉重，这种乐的安慰，显得微不足道。从中我们还可以看出另一种谐趣，即安慰的内容本来就是空洞、可笑的，而故意找这种空洞、可笑的安慰，其实从本质上来说，是解构了人类的理性精神，凸显了非理性的色彩，这是一种从属于"滑稽"的谐趣。

再如范成大的《时叙火后，意不释然，作诗解之》：

潘郎晓衾梦蘧蘧，舞马竟与融风俱。前驱炎官后热属，席卷不贷渊明庐。君家十年四立壁，震风凌雨啼妻孥。平生白眼盖九州，闭户不纳结驷车。清贫往往被鬼笑，付与一炬相揶揄。井里木刊乌鼠赭，汝则暂戏吾何辜。天阙悠悠虎豹怒，叩阍上诉非良图。作诗聊复相料理，甑堕已破空踟蹰。浮生适来且适去，况此茅屋三间余。扫除劫灰得空阔，新月恰上东墙隅。幕天席地正可乐，为君鼓旗助歌呼。

这首诗写友人的家里失火后，友人非常伤心，作者以诗歌安慰他。不过安慰的言辞，就比较滑稽了。着火后友人家里的东西一概不剩，只剩下三间破茅屋。作者说，把里面的灰烬扫去后，房间空空荡荡，正好东墙隅有升起的新月，因为视野没有遮挡，所以月亮看起来就更清亮了。房子没了，那就可以像刘伶一样，潇洒地"幕天席地"了。毫无疑问，这些都是调侃之辞。

三、反语

宋人还喜欢用反语的手法来营造谐趣。反语是指在表达过程中，突然地接续一个倒错的逻辑，从而令读者错愕不已，因此在这错愕的同时，就产生了笑。同时，反语虽然用的是颠倒的逻辑，但由于同时它能揭示事物的一些本质性的特性，故而这种笑，又常常跟妙悟、机智结合在一起。

如黄庭坚的《宋楙宗寄藁州五十诗三首》：

五十清诗是碎金，试教掷地有余音。方今台阁称多士，且傍江山好处吟。

诗歌的尾联即是采用反语的手法。"方今台阁称多士"，即指现在政治清平、野无遗贤，既然如此，那么有才华的友人也应该在"台阁多士"之列；可是作者接以表示友人不遇的"且傍江山好处吟"，这种逻辑的颠倒，过于出乎意料，所以让我们产生了笑。同时，友人的"且傍江山好处吟"，无疑也揭示了"方今台阁称多士"的粉饰性与虚幻性，讽刺得十分诙谐，因此也让我们产生了一层妙悟的笑。

又如王揆的《六快活诗》：

湖外风物奇，长沙信难续。衡峰排古青，湘水湛寒绿。舟楫通大江，车轮会平陆。昔贤官是邦，仁泽流丰沃。今贤官是邦，剟啖人脂肉。怀昔甘棠化，伤今猛虎毒。然此一邦内，所乐人才六。漕与二宪僚，守连两通属。高堂日成会，深夜继以烛。帏幕皆绮纨，器皿尽金玉。歌喉若珠累，舞腰如素束。千态与万状，六官欢不足。因成快活诗，荐之尧舜目。

这个诗题中的"快活"两字，就是一种反语。作者来到长沙，发现"今贤官是邦，刳啖人脂肉。怀昔甘棠化，伤今猛虎毒"，政治十分败坏。可是在这种败坏的政治里，却有六个快活的官员。他们日日宴饮，穷极奢豪之风。可是，他们的快活，无疑是建立在老百姓的痛苦之上，正是造成这种政治败坏的根源。所以这个反语"快活"，十分诙谐地讽刺了这些硕鼠。

这种反语的手法，宋人大量使用，尤其以苏轼为最，且基本上都是讽刺世情政治的。像笔者在第三章中提到的《送钱藻出守婺州得英字》："吾君方急贤，日旰坐迟英。黄金招乐毅，白璧赐虞卿。子不少自贬，陈义空峥嵘。""吾君方急贤"，结果却造成了友人"子不少自贬"的局面，这样宋神宗"急贤"的行为本身就显得很好笑。《成都进士杜暹伯升出家，名法通，往来吴中》："欲识当年杜伯升，飘然云水一孤僧。若教俯首随缰锁，料得如今似我能。"友人出家了，作者说：如果你不出家，进入"俯首随缰锁"、被人呼来喝去的官场，那么想必现在和我一样能干了。这个"能干"也是反语。又如其《常润道中有怀钱塘，寄述古五首》其一"从来直道不辜身，得向西湖两过春"，直道不辜身的结果，却是两次贬往杭州；《闻正辅表兄将至，以诗迎之》"生逢尧舜仁，得作岭海游"，"生逢尧舜仁"的结果，却是使自己被贬到岭海，这也是一种反语，十分诙谐。另外，刘攽《寄荆公》"青苗助役两妨农，天下嗷嗷怨相公。惟有蝗虫偏感德，又随车骑过江东"、李纲《荔枝五首》其五"百马崩腾耆旧悲，只今戈戟暗江湄。自知疏拙蒙恩重，犹得南来食荔枝"、吕南公《次韵彦臣感怀》"若教眼底不识字，应已脱除穷困名"等等，都是由反语所带来的诙谐。

四、逻辑跳跃

在诗歌中，逻辑的跳跃也能产生谐趣。所谓逻辑的跳跃，即是诗人们在写诗时，常常忽然穿插一个与上下文的语境、语言风格、情节逻辑、意象内涵等差异很大的词句，这种手法切断读者连贯的语句思维，造成一种出其不意的效果，因此也能产生谐趣。这也是宋代诗人们在创作俳谐诗时常用到的手法。

如张耒的《阿几》：

小儿名阿几，眉目颇疏明。日来书案傍，学我读书声。[4]
男儿事业多，何必学读书。自古奇男子，往往羞为儒。[8]
阿几笑谓爷，薄云无密雨。看爷饥寒姿，儿岂合贵富。[12]
翁家破箧中，惟有书与史。教儿不读书，更欲作何事。[16]

看到小儿子学自己读书的样子，作者把他训了一通，叫他不必读书了，因为"自古奇男子，往往羞为儒"。这首诗如果按照我们惯常的逻辑，在这第8句以后，一般来说是要再把"自古奇男子，往往羞为儒"这句话的意绪延伸下去，举几个古代奇男子的例子来加强论证。可是下面，一个出乎意料的局面出现了：这个小孩子听了爸爸的教训，不但不领情，居然反过来嘲笑起爸爸："爸爸你真是好笑，所谓'薄云无密雨'，龙生龙，凤生凤，老鼠的儿子打地洞，看你这股饥寒穷酸的样子，我就知道我这一辈子也就这样了。况且你的破箱子中，只有几册书，你不让我读书，那还叫我做什么呢？"这几句话写得非常好笑。首先，它出人意料，使得逻辑断裂了。不仅我们关于诗句如何接续的惯常逻辑断裂了，而且龆齿小儿嘲笑父亲的权威，这在古代社会怎么说也是非常小概率的事情——这也是一层逻辑的断裂。同时，作者作为一个成年人，其见识还不如一个小孩子，这就突出了作者的可笑性，因此也产生了谐趣。

又如唐庚的《讯囚》：

> 参军坐厅事，据案嚼齿牙。引囚到庭下，囚口争喧哗。[4]
> 参军气益振，声厉语更切。自古官中财，一一民膏血。[8]
> 为吏掌管钥，反窃以自私。人不汝谁何，如摘领下髭。[12]
> 事老恶自彰，证佐日月明。推穷见毛脉，那可口舌争。[16]
> 有囚奋然出，请与参军辨。参军心如眼，有睫不自见。[20]
> 参军在场屋，薄薄有声称。只今作参军，几时得骞腾。[24]
> 无功食国禄，去窃能几何。上官乃容隐，曾不加谴诃。[28]
> 囚今信有罪，参军宜揣分。等是为贫计，何苦独相困。[32]
> 参军喋无语，反顾吏卒羞。包裹琴与书，明日吾归休。[36]

这首诗描写了一位参军审问犯人的场面。参军在堂上趾高气扬、义正词严地向囚犯训话：官仓中的财物，一分一毫都是老百姓们的膏血，你这个掌管钥匙的小吏，竟然监守自盗，把官家财物据为己有，简直就像摘你嘴上胡须一样轻松容易。不过你错了，你似乎以为谁都奈何不了你，孰料天网恢恢，疏而不漏，如今你罪行败露，证据确凿。任你巧舌如簧，也无从抵赖！这是诗歌的1—16句。

这位参军义正词严，说得滴水不漏，似乎犯人的罪行真是证据确凿了。可是，意想不到的一幕发生了。这位犯人开始了申辩。不过他的申辩方式非常特别，并不是对自己罪行本身的申辩，而是将矛头对准了这位高高在上、道貌岸然的参军，这就有一层逻辑的跳跃。他说，这位老爷，你虽然很聪明，可是，就像眼睛看不到自己的睫毛一样，你竟不找一找自己的问题。以前你在圈子里，稍稍有些名气，如今飞黄腾达做了参军。但你无功食禄，跟窃贼有何区别？只不过是上面宽容，对你不苛责。说白了，我窃物，你窃禄，大家没什么区别，都是为生活奔波而已，何必把我绑起来？这段话说得很好笑，参军训囚反被囚训，一方面，它岔断了上面连贯的思路，产生了谐趣；另一方面，这段话由囚犯说出，它解构了参军那种道貌岸然的样子，凸显了其卑微，也显得非常滑稽。最后，参军听到这些话，羞赧得说不出话来，准备明天就辞职不干了。一场正剧就以闹剧的结果草草收场。

　　宋人对这种逻辑跳跃的谐趣塑造之法，还有理论的自觉，谓之"打猛诨出"。所谓打猛诨出，就是在诗歌的结尾插入一句"诨话"，这种"诨话"，往往与诗歌前面的语言风格、情节逻辑、意象内涵等差异过大，所以让读者在逻辑出乎意料地跳跃之时，感受到谐趣。这种幽默诗法的发明权，一般归属到黄庭坚身上。陈善《扪虱新话》引黄庭坚语："作诗正如作杂剧，初时布置，临了须打诨，方是出场。"❶不管这是不是黄庭坚的原话，黄庭坚的诗歌确实有大量这种打诨而出的自觉实践。这在前面的章节中，笔者已经陆续举过一些例子，如《演雅》《题伯时顿尘马》《戏赠世弼用前韵》《王充道送水仙花五十支》，均是打诨而出的具体实践。又如其五古长诗《子瞻诗句妙一世，乃云效庭坚体，盖退之戏效孟郊、樊宗师之比，以文滑稽耳。恐后生不解，故次韵道之》，前八联用诸如"我诗如曹郐，浅陋不成邦""赤壁风月笛，玉堂云雾窗"这类较为典雅的句子来赞美苏轼诗歌的高妙，且谦虚地把自己抑为下等。可最后两联，却说到自己的儿子身上，以"小儿未可知，客或许敦庞。诚堪婿阿巽，买红缠酒缸"打诨而出。将自己的

---

❶ （宋）陈善：《扪虱新话》卷八，《全宋笔记》第五编·十，第67页。

儿子戏比为"敦庬"，说可以把自己儿子与苏轼的孙女"阿巽"配婚，诙谐地表达自己的才华不如苏轼的意思。又如其五古长诗《次韵章禹直开元寺观画壁，兼简李德素》，前十九联，以"灵山远飞来，不可以智测。龙神湛回向，拥卫立剑戟"诸如此类典雅的语言，描写了一幅壁画中的图景，最后一联以"不须谈俗事，只令人气塞"的大白话打诨而出，把对政治时局的丧气感非常诙谐地传达出来，也显得相当好笑。诸如此类，不胜枚举。

不过，这种打猛诨出的幽默诗法，其实欧阳修、苏轼等人也提到过，并自觉地运用到创作实践中。如《苕溪渔隐丛话》引《王直方诗话》载："欧阳公《归田乐》四首，只作二篇，余令圣俞续之。及圣俞续成，欧阳公一简谢之云：'正如杂剧人上名，下韵不来，须副末接续。'"❶ 副末在杂剧中的功能就是打诨，如《梦粱录》云"副净色发乔，副末色打诨"❷。故而欧阳修于此话后又说"家人见诮，好时节将诗去人家厮搅，不知吾辈用以为乐耳"。这里是把整首诗歌的功能都看作打诨了，同时又反映了欧阳修对诗歌的游戏功能的自觉认识。所以我们看到欧阳修的诗歌中，经常也有一些打诨的语句。如其《病中代书奉寄圣俞二十五兄》，一共有 44 句，前面 42 句，主要回忆了自己与梅圣俞的交游，虽有"少年事事今已去"的盛时难再之叹，但又说自己是"惟有爱诗心未歇"，诗情还没有尽去。因此希望梅尧臣作一篇诗，来追忆过去的盛况。不过最后两句，却说"少低笔力容我和，无使难追韵高绝"，这当然是一句诨话。而且最后这句诨话，又解构了整首诗的严肃性：之所以要用如此长句回忆自己与梅尧臣的旧游，原来是因为诗病又犯，想与梅尧臣切磋。又如著名的《水谷夜行寄子美、圣俞》，长达

❶ （宋）胡仔：《苕溪渔隐丛话》（前集），第 210 页。
❷ （宋）吴自牧：《梦粱录》卷二十，丛书集成初编本。

48 句，前 46 句怀念与苏舜钦、梅尧臣的交谊，并赞美了梅诗"譬如妖韶女，老自有余态。近诗尤古硬，咀嚼苦难嗺。初如食橄榄，真味久愈在。苏豪以气轹，举世徒惊骇。梅穷独我知，古货今难卖"的古硬诗风。不过最后一句，作者却宕开一笔，说"问胡苦思之？对酒把新蟹"。之所以大张旗鼓地夸赞梅尧臣，原来是因为自己对酒把新蟹时，缺少一位酒友，想让他过来。这当然也是一句诨话，让人发笑。同时这样一句诨话，也使整首诗显得不那么严肃了，使诗歌充分发挥了"诗可以群"的交际功能。当然，欧阳修的打诨而出，往往是用彻彻底底的玩笑话进行打诨，其艺术手法并不怎么高明。

至于苏诗中打诨的情况，则要高明许多。何薳《春渚纪闻》载："先生（指苏轼）在黄日，每有燕集，醉墨淋漓，不惜与人。至于营妓供侍，扇书带画，亦时有之。有李琪者，小慧而颇知书札。坡亦每顾之喜，终未尝获公之赐。至公移汝郡，将祖行，酒酣奉觞再拜，取领巾乞书。公顾视久之，令琪磨砚，墨浓取笔大书云：'东坡七岁黄州住，何事无言及李琪。'即掷笔袖手与客笑谈。坐客相谓：'语似凡易，又不终篇，何也？'至将彻具，琪复拜请，坡大笑曰：'几忘出场。'继书云：'恰似西川杜工部，海棠虽好不留诗。'一座击节，尽醉而散。"❶ "东坡七岁黄州住，何事无言及李琪"预设了冲突的机制，而"恰似西川杜工部，海棠虽好不留诗"的打诨，解构了这层冲突，故让人在轻松之余欢笑捧腹。

不过，如果我们再把目光往前追溯，可发现这种打猛诨出的手法，却是从"集大成"的杜甫就开始了。杜甫《缚鸡行》："小奴缚鸡向市卖，鸡被缚急相喧争。家中厌鸡食虫蚁，不知鸡卖还遭烹。虫鸡于人何厚

❶（宋）何薳：《春渚纪闻》，《全宋笔记》第三编·三，第 242 页。

薄，吾叱奴人解其缚。鸡虫得失无了时，注目寒江倚山阁。"前三联辩论人类贵鸡贱虫的难题，最后一联把这个难题完全抛弃，把书写注意力跳脱到"注目寒江倚山阁"的博大情境中，显得相当奇特。所以这样一种奇特的收尾，反而给诗歌留下了无穷的意味：人世间的得失纷纭，正是类同这种鸡虫得失，倘若杜甫因此被困在这种鸡虫得失里，那境界就不免狭小。而正是因为打猛诨出，反而开阔出了另一片"注目寒江倚山阁"的博大胸次。这种诗法，比起单纯的讽刺怒骂，无疑要有趣得多、高明得多。而从宋人对杜甫打诨而出的这一手法的继承中，也可以看出杜甫的一枝一叶对宋人的启发。而这种手法被黄庭坚发扬光大后，更得到了宋人的普遍认同。如张元幹云："文章盖自造化窟中来，元气融结胸次，古今谓之活法。所以血脉贯穿，首尾俱应，如常山蛇势；又如风行水上，自然成文；又如优人作戏，出场要须留笑，退思有味。非独为文，凡涉世建立，同一关键。"这段话值得注意的是，宋人不仅仅停留在一种文学风格的幽默上，还把这种幽默与立身为人、"涉世建立"联系起来，这正是宋人独特的审美趣味与生命意识。

打猛诨出的艺术效果，除了能够产生谐趣，让人发笑以外，有时候，它还对诗歌的主旨、意蕴起到了提升的作用。因为诗歌的结句，从功能结构上来说，常常有总结全篇、深化主旨的作用。所以用打诨的手法，往往使诗歌的游戏性更为突出。就如黄庭坚的《演雅》，非得有一句"江南野水碧于天，中有白鸥闲似我"的打诨，才能使读者理解黄庭坚在诗歌中的游戏用心。同时，这一游戏，又深化了诗歌的主旨：要以谐乐的眼光来看待世人的营营役役和政治的无谓争端。这正是把黄庭坚那份潇洒出尘的主体心性凸显了出来。

又如苏轼的《杨康功有石，状如醉道士，为赋此诗》：

楚山固多猿，青者黠而寿。化为狂道士，山谷恣腾踩。误入华阳洞，窃饮茅君酒。君命囚岩间，岩石为械杻。松根络其足，藤蔓缚其肘。苍苔眯其目，丛棘哽其口。三年化为石，坚瘦敌琼玖。无复号云声，空余舞杯手。樵夫见之笑，抱卖易升斗。杨公海中仙，世俗那得友。海边逢姑射，一笑微俯首。胡不载之归，用此顽且丑。求诗纪其异，本末得细剖。吾言岂妄云，得之亡是叟。

这首诗，以赋为诗，记载了友人的一块石头的来历本事，似乎言之凿凿，信而有征。像这样的诗歌，由于不在言志缘情的传统体系中，所以按照过去的研究范式，我们很难体味作者的用心所在。但是，当我们看到最后"吾言岂妄云，得之亡是叟"这句的打诨，就恍然大悟，原来作者写此诗，就是借书写这种虚妄之事进行趣味游戏。谁说游戏的诗歌没有合法性？它不仅是苏轼雄文大手的典型体现，而且还让我们读者得到愉悦。

又如黄庭坚的《题郑防画夹五首》其一：

惠崇烟雨归雁，坐我潇湘洞庭。欲唤扁舟归去，故人言是丹青。

这首小诗，是打猛浑出的绝佳妙用，试为详细解说。该诗的意义较为畅朗，不似黄庭坚诗的典实横陈、义理充塞。诗意为：惠崇的烟雨归雁图，使诗人恍若置身于潇湘洞庭。铺陈了这层意思，诗人再进一步，做起了"欲唤扁舟归去"的林泉渔隐梦。孰料，梦还没开始，不解风情的友人立刻当头棒喝：这只是一幅图画罢了，哪里得扁舟载你归去？

这首诗以一幅画出发，虚构不可能的事情，尤可见游戏的意蕴，且最后又用一句拙句打诨而出：不管是观看此图的诗人、诗人的朋友，还是这首诗的读者，心里都明白这是一幅画而已，画中的扁舟，当然也不会载迎作者归去，自然无须再用这样的"废话"来提醒一番。然此句伤于拙，亦成于拙，为一时生花妙笔，因为非故人的当头棒喝，不足以衬托出黄庭坚内心对于江湖渔隐是何等渴切，以至于仅仅是一幅画，就能触发如此寄兴深远的林泉幽思，并陷溺其中，想要"归去"，这就隐含了深刻的悲哀。

此诗作于元祐二年（1087），时黄庭坚辟著作佐郎，入史馆，担任神宗实录的检讨官。元祐之政，以旧党的纷纷回朝、新党的陆续出贬拉开序幕。但在旧党得志之后，其内部亦因政见之不同而旋告分裂。而党争的内容，也由熙丰时代的政见之争恶化为你死我活的意气之争，其状更为惨酷。处于党争旋涡中的文人，时遭不虞之毁，动辄得咎。如黄庭坚修神宗实录，"以私意去取"王安石变法，后成为其"绍述"谪贬的一条罪状。而苏轼则因策题风波而两遭指谤等，均可见元祐党争之惨酷。所以这首诗，也是黄庭坚处于旋涡中心时，不安于位的畏祸心理与强求解脱官场桎梏、回归自然的真实写照。但与陶渊明《归去来兮辞》那种直抒胸臆的风格不同，黄庭坚把悲哀深深地隐藏了，并最终用打猛诨出的俳谐手法隐曲地透露出来，有以乐写悲，倍增其哀乐的特殊效果。

余　论

　　本书以俳谐诗为切入口，主要考察了宋代俳谐诗与宋代诗学背景、宋人主体精神、审美趋向与生命意识的联系，得出以下结论。

　　从诗学背景来说，传统中由言志、感物、缘情所逐渐积淀下来的并且在唐诗中达到顶峰的一套诗美范式，已经无法满足宋人对诗歌的多元功能的要求。或者说，它已经无法更好地表现宋人特有的时代精神。从传统的诗学理论与诗歌实践中可以看出，在言志方面，古人所偏向的往往是一些忧国忧民、经世载道的严肃之志；在感物、缘情方面，古人所提倡的是由气物交感而形之于抒情主体并由抒情主体所抒发的具有强烈情感浓度且偏重悲哀情绪的抒情诗。可是，从宋人的诗歌创作实践中我们也可以看出，宋人所言之志，有时候并不忧国忧民、经世载道，反而是一些诸如饮食之欲、生活之乐的细碎化志向。而宋人对悲哀的扬弃，则抽离了诗歌中最为"感动激发人意"的一个要素。因而，宋人多以诙谐幽默的精神解构言志的严肃性，以戏谑调笑的动机来转化悲哀的深广性，在此过程中，使诗歌旨趣偏于俳谐一端。

　　宋代俳谐诗的兴盛，也关乎宋人的主体精神、审美趋向与生命意识。

　　正如本文所论述的，宋诗与前人诗歌所不一样的地方，在于其并非单纯地来对悲哀进行浓墨重彩的渲染，以期"感动激发人意"。宋人所着意的，乃在于如何用各种谐乐的言辞与观照，来对悲哀进行转化，进而超越悲哀。之所以如此，是因为要体现他们举重若轻、潇洒旷达的主体精神。

宋人普遍重视诗歌的游戏功能。这种对诗歌游戏功能的重视，乃是由于宋人集官僚、学者、文人于一身的复合型人才结构，具有多层次、丰富的人生实践。诗歌成了他们学识与才力的展现。同时，以诗为戏，本身又有多元化的表现形态，它在以欧阳修为文坛盟主的仁宗诗坛上，表现为对诗歌破闷解颐的消遣性、娱乐性的重视，且由于带着游戏的旨趣，往往使诗歌突破传统的艺术规则而呈现出种种新变，把注重题材和文字的趣味性甚至是审丑、好怪的美学好尚带入诗歌。这种游戏性，到了苏轼手中，则成为对诗歌意义有效性的消解，变成普遍的戏谑调笑，进而与其游戏人间的生命意识形成关联；到了黄庭坚手中，则变成了以游戏的笔法来揭示实相真理。

除此之外，宋人对生活与自然万物采取趣味的观照，有意识地用诗歌捕捉生活中异乎寻常而又悄然而逝的一些意外事件，记录自然万物在某一瞬间的灵性色彩。这种态度，也使得宋诗充满了谐趣。

所以说，宋诗的俳谐，已经不仅仅是一些简单的插科打诨、嬉戏调笑而已，它于传统中言志感物缘情的体系之外，开出了另一种诗可以笑的功能，而这一功能，又是与宋人主体精神、审美趋向与生命意识息息相关的。

参考文献

一、古籍文献

（汉）班固:《汉书》，中华书局 1964 年版。

（汉）司马迁:《史记》，中华书局 1982 年版。

（汉）许慎撰，（清）段玉裁注:《说文解字注》，上海古籍出版社 1981 年版。

（晋）陈寿:《三国志》，中华书局 1959 年版。

（晋）杜预注，（唐）孔颖达正义:《春秋左传正义》，中华书局影印阮刻《十三经注疏》本 1980 年版。

（梁）刘勰著，范文澜注:《文心雕龙注》，人民文学出版社 1962 年版。

（梁）钟嵘著，曹旭集注:《诗品集注》，上海古籍出版社 1994 年版。

（唐）杜甫著，仇兆鳌注:《杜诗详注》，中华书局 1979 年版。

（唐）房玄龄等:《晋书》，中华书局 1974 年版。

（唐）韩愈著，马其昶校注:《韩昌黎文集校注》，上海古籍出版社 1986 年版。

（唐）韩愈著，阎琦注释:《韩昌黎文集注释》，三秦出版社 2004

年版。

（唐）徐坚：《初学记》，中华书局 1962 年版。

（五代）刘昫等：《旧唐书》，中华书局 1975 年版。

（宋）蔡絛：《铁围山丛谈》，上海师范大学古籍整理研究所编：《全宋笔记》（第三编·九），大象出版社 2008 年版。

（宋）蔡襄：《端明集》，文渊阁四库全书本。

（宋）蔡正孙：《诗林广记》，中华书局 1982 年版。

（宋）晁说之：《晁氏客语》，上海师范大学古籍整理研究所编：《全宋笔记》（第一编·十），大象出版社 2003 年版。

（宋）陈鹄：《耆旧续闻》，上海师范大学古籍整理研究所编：《全宋笔记》（第六编·五），大象出版社 2013 年版。

（宋）陈善：《扪虱新话》，上海师范大学古籍整理研究所编：《全宋笔记》（第五编·十），大象出版社 2012 年版。

（宋）陈师道：《后山诗话》，（清）何文焕辑：《历代诗话》，中华书局 1981 年版。

（宋）陈师道：《后山谈丛》，上海师范大学古籍整理研究所编：《全宋笔记》（第二编·六），大象出版社 2006 年版。

（宋）陈师道著，（宋）任渊注，冒广生补笺：《后山诗注补笺》，中华书局 1995 年版。

（宋）陈郁：《藏一话腴》，民国适园丛书本。

（宋）范镇：《东斋记事》，上海师范大学古籍整理研究所编：《全宋笔记》（第一编·六），大象出版社 2003 年版。

（宋）费衮：《梁溪漫志》，上海师范大学古籍整理研究所编：《全宋笔记》（第五编·二），大象出版社 2012 年版。

（元）高楚芳编：《千家注杜工部集》，明万历九年刻本。

（宋）葛立方：《韵语阳秋》，（清）何文焕辑：《历代诗话》，中华书局 1981 年版。

（宋）何薳：《春渚纪闻》，上海师范大学古籍整理研究所编：《全宋笔记》（第三编·三），大象出版社 2008 年版。

（宋）洪迈：《容斋随笔》，上海师范大学古籍整理研究所编：《全宋笔记》（第五编·五），大象出版社 2012 年版。

（宋）洪迈：《夷坚志》，中华书局 1981 年版。

（宋）胡仔：《苕溪渔隐丛话》，人民文学出版社 1962 年版。

（宋）黄彻：《䂬溪诗话》，丁福保辑：《历代诗话续编》，中华书局 1983 年版。

（宋）黄庭坚著，（宋）任渊等注：《黄庭坚诗集注》，中华书局 2003 年版。

（宋）惠洪：《冷斋夜话》，上海师范大学古籍整理研究所编：《全宋笔记》（第二编·九），大象出版社 2006 年版。

（宋）计有功：《唐诗纪事》，上海古籍出版社 1955 年版。

（宋）江少虞：《宋朝事实类苑》，上海古籍出版社 1981 年版。

（宋）孔平仲：《谈苑》，上海师范大学古籍整理研究所编：《全宋笔记》（第二编·五），大象出版社 2006 年版。

（宋）黎靖德编：《朱子语类》，中华书局 1986 年版。

（宋）李昌龄：《乐善录》，《续古逸丛书》影宋刻本。

（宋）李焘：《续资治通鉴长编》，中华书局 1992 年版。

（宋）刘攽：《中山诗话》，（清）何文焕辑：《历代诗话》，中华书局 1981 年版。

（宋）刘克庄：《后村诗话》，中华书局 1983 年版。

（宋）刘克庄：《后村先生大全集》，四部丛刊初编本。

（宋）陆游著，钱仲联校注:《剑南诗稿校注》，上海古籍出版社1985年版。

（宋）欧阳修:《归田录》，上海师范大学古籍整理研究所编:《全宋笔记》（第一编·五），大象出版社2003年版。

（宋）欧阳修:《六一诗话》，（清）何文焕辑:《历代诗话》，中华书局1981年版。

（宋）欧阳修著，洪本健校笺:《欧阳修诗文集校笺》，上海古籍出版社2009年版。

（宋）庞元英:《谈薮》，上海师范大学古籍整理研究所编:《全宋笔记》（第二编·四），大象出版社2006年版。

（宋）彭乘:《续墨客挥犀》，上海师范大学古籍整理研究所编:《全宋笔记》（第三编·一），大象出版社2008年版。

（宋）普济:《五灯会元》，中华书局1997年版。

（宋）阮阅:《诗话总龟》，人民文学出版社1987年版。

（宋）邵伯温:《邵氏闻见后录》，上海师范大学古籍整理研究所编:《全宋笔记》（第四编·六），大象出版社2008年版。

（宋）邵伯温:《闻见录》，上海师范大学古籍整理研究所编:《全宋笔记》（第二编·七），大象出版社2006年版。

（宋）沈括:《梦溪笔谈》，上海师范大学古籍整理研究所编:《全宋笔记》（第二编·三），大象出版社2006年版。

（宋）施德操:《北窗炙輠录》，上海师范大学古籍整理研究所编:《全宋笔记》（第三编·八），大象出版社2008年版。

（宋）释文莹:《湘山野录》卷上，上海师范大学古籍整理研究所编:《全宋笔记》（第一编·六），大象出版社2003年版。

（宋）司马光:《涑水记闻》，上海师范大学古籍整理研究所编:《全宋笔记》（第一编·七），大象出版社2003年版。

（宋）司马光：《温公续诗话》，（清）何文焕辑：《历代诗话》，中华书局1981年版。

（宋）宋祁：《宋景文公笔记》，上海师范大学古籍整理研究所编：《全宋笔记》（第一编·五），大象出版社2003年版。

（宋）苏轼：《仇池笔记》，上海师范大学古籍整理研究所编：《全宋笔记》（第一编·九），大象出版社2003年版。

（宋）苏轼：《东坡志林》，上海师范大学古籍整理研究所编：《全宋笔记》（第一编·十），大象出版社2003年版。

（宋）苏轼著，（明）茅维编：《苏轼文集》，中华书局2004年版。

（宋）苏轼著，（清）王文诰辑注：《苏轼诗集》，中华书局1982年版。

（宋）苏轼著，邹同庆、王宗堂校注：《苏轼词编年校注》，中华书局2002年版。

（宋）苏象先：《丞相魏公谭训》，上海师范大学古籍整理研究所编：《全宋笔记》（第三编·三），大象出版社2008年版。

（宋）孙奕：《履斋示儿编》，文渊阁四库全书本。

（宋）陶谷：《清异录》，上海师范大学古籍整理研究所编：《全宋笔记》（第一编·二），大象出版社2003年版。

（宋）王谠撰，周勋初校正：《唐语林校正》，中华书局1987年版。

（宋）王得臣：《麈史》，上海师范大学古籍整理研究所编：《全宋笔记》（第一编·十），大象出版社2003年版。

（宋）王辟之：《渑水燕谈录》，上海师范大学古籍整理研究所编：《全宋笔记》（第二编·四），大象出版社2006年版。

（宋）王灼：《碧鸡漫志》，上海师范大学古籍整理研究所编：《全宋笔记》（第四编·二），大象出版社 2008 年版。

　　（宋）魏庆之：《诗人玉屑》，中华书局 2007 年版。

　　（宋）魏泰：《东轩笔录》，上海师范大学古籍整理研究所编：《全宋笔记》（第二编·八），大象出版社 2006 年版。

　　（宋）魏泰：《临汉隐居诗话》，（清）何文焕辑：《历代诗话》，中华书局 1981 年版。

　　（宋）吴自牧：《梦粱录》，丛书集成初编本。

　　（宋）徐度：《却扫编》，上海师范大学古籍整理研究所编：《全宋笔记》（第三编·十），大象出版社 2008 年版。

　　（宋）许顗：《彦周诗话》，（清）何文焕辑：《历代诗话》，中华书局 1981 年版。

　　（宋）薛居正等：《旧五代史》，中华书局 1976 年版。

　　（宋）严羽著，郭绍虞校释：《沧浪诗话校释》，人民文学出版社 1983 年版。

　　（宋）杨延龄：《杨公笔录》，文渊阁四库全书本。

　　（宋）叶梦得：《避暑录话》，上海师范大学古籍整理研究所编：《全宋笔记》（第二编·十），大象出版社 2006 年版。

　　（宋）叶梦得：《石林诗话》，（清）何文焕辑：《历代诗话》，中华书局 1981 年版。

　　（宋）佚名：《道山清话》，上海师范大学古籍整理研究所编：《全宋笔记》（第二编·一），大象出版社 2006 年版。

　　（宋）佚名：《江南余载》，上海师范大学古籍整理研究所编：《全宋笔记》（第一编·二），大象出版社 2003 年版。

　　（宋）岳柯：《桯史》，中华书局 1981 年版。

　　（宋）曾敏行：《独醒杂志》，上海师范大学古籍整理研究所编：《全宋笔记》(第四编·五),大象出版社 2008 年版。

（宋）曾慥：《高斋漫录》,上海师范大学古籍整理研究所编：《全宋笔记》(第四编·五),大象出版社 2008 年版。

（宋）张表臣：《珊瑚钩诗话》,（清）何文焕辑：《历代诗话》,中华书局 1981 年版。

（宋）张端义：《贵耳集》,上海师范大学古籍整理研究所编：《全宋笔记》(第六编·十),大象出版社 2013 年版。

（宋）张戒：《岁寒堂诗话》,丁福保辑：《历代诗话续编》,中华书局 1983 年版。

（宋）赵令畤：《侯鲭录》,上海师范大学古籍整理研究所编：《全宋笔记》(第二编·六),大象出版社 2006 年版。

（宋）郑樵：《通志》,中华书局 1987 年版。

（宋）周必大：《二老堂诗话》,（清）何文焕辑：《历代诗话》,中华书局 1981 年版。

（宋）周紫芝：《竹坡诗话》,（清）何文焕辑：《历代诗话》,中华书局 1981 年版。

（宋）周遵道：《豹隐纪谈》,《说郛》本。

（宋）朱弁：《风月堂诗话》,中华书局 1988 年版。

（宋）朱彧：《萍洲可谈》,上海师范大学古籍整理研究所编：《全宋笔记》(第二编·六),大象出版社 2006 年版。

（宋）祝穆：《事文类聚》,文渊阁四库全书本。

（宋）庄绰：《鸡肋编》,中华书局 1983 年版。

（金）王若虚：《滹南集》,文渊阁四库全书本。

（元）脱脱等：《宋史》,中华书局 1985 年版。

（元）王构：《修辞鉴衡》,文渊阁四库全书本。

（明）安磐：《颐山诗话》，文渊阁四库全书本。

（明）冯梦龙：《古今谭概》，中华书局 2007 年版。

（明）郭子章：《六语》，《四库存目丛书》，齐鲁书社 1997 年版。

（明）胡应麟：《诗薮》，中华书局 1958 年版。

（明）胡震亨：《唐音癸签》，上海古籍出版社 1981 年版。

（明）王士祯：《带经堂诗话》，人民文学出版社 1963 年版。

（明）徐师曾：《文体明辨序说》，《文章辨体序说、文体明辨序说》合印本，人民文学出版社 1962 年版。

（明）许学夷：《诗源辩体》，人民文学出版社 1987 年版。

（明）杨慎著，王仲镛笺证：《升庵诗话笺证》，上海古籍出版社 1987 年版。

（清）陈衍：《宋诗精华录》，上海古籍出版社 2009 年版。

（清）董诰等编：《全唐文》，中华书局 1983 年版。

（清）黄以周等：《续资治通鉴长编拾补》，中华书局 2004 年版。

（清）纪昀等纂：《四库全书总目提要》，河北人民出版社 2000 年版。

（清）黎翔凤撰，梁运华整理：《管子校注》，中华书局 2004 年版。

（清）彭定求等编：《全唐诗》，中华书局 1980 年版。

（清）阮元校刻：《十三经注疏》，中华书局 1980 年版。

（清）万斯同等：《明史》，中华书局 1974 年版。

（清）王先谦辑：《庄子集解》，中华书局 1987 年版。

（清）薛雪：《一瓢诗话》，人民文学出版社 1979 年版。

（清）严可均辑校：《全上古三代秦汉三国六朝文》，中华书局 1958 年版。

（清）张尔岐：《蒿庵闲话》，丛书集成初编本。

（清）赵翼：《瓯北诗话》，人民文学出版社 1983 年版。

二、著作

［德］阿多尔诺著、王柯平译：《美学理论》，四川人民出版社 1998 年版。

［美］奥森著、左健译：《喜剧理论》，南京大学出版社 1992 年版。

北京大学古文献研究所编：《全宋诗》，北京大学出版社 1998 年版。

陈子展：《诗经直解》，复旦大学出版社 1983 年版。

程树德编：《论语集释》，中华书局 1990 年版。

丁传靖编：《宋人轶事汇编》，中华书局 2003 年版。

龚维才：《幽默的语言艺术》，重庆出版社 1993 年版。

韩经太：《宋代诗歌史论》，吉林教育出版社 1995 年版。

［日］吉川幸次郎著，李庆等译：《宋元明诗概说》，中州古籍出版社 1987 年版。

［美］卡勒著，陆扬译：《论解构：解构主义之后的理论与批评》，中国社会科学出版社 1998 年版。

［德］康德著，邓晓芒译：《判断力批判》，人民出版社 2012 年版。

劳翠勤：《建除体初探》，四川大学中文系《新国学》编辑委员会编：《新国学》第七卷，巴蜀书社 2008 年版。

李维武编：《徐复观文集》，湖北人民出版社 2002 年版。

马积高：《历代辞赋研究史料概述》，中华书局 2001 年版。

［美］麦吉著，阎广林等译：《幽默的起源与发展》，南京大学出版社 1992 年版。

欧小牧：《陆游年谱》，人民文学出版社 1981 年版。

［苏］普罗普著，杜书瀛等译：《滑稽与笑的问题》，辽宁教育出版社 1998 年版。

钱穆：《中国文学论丛》，生活·读书·新知三联书店 2002 年版。

钱锺书：《管锥编》，生活·读书·新知三联书店 2007 年版。

钱锺书：《宋诗选注》，生活·读书·新知三联书店 2002 年版。

钱锺书：《谈艺录》，生活·读书·新知三联书店 2001 年版。

任二北：《优语集》，上海文艺出版社 1981 年版。

任绍伟：《幽默笑话语言学》，吉林人民出版社 2004 年版。

商务印书馆编辑部编：《辞源》，商务印书馆 1980 年版。

王国维：《人间词话》，云南人民文学出版社 2016 年版。

王国维：《宋元戏曲史》，华东师范大学出版社 1995 年版。

王毅：《中国古代俳谐词史论》，上海古籍出版社 2013 年版。

魏裕铭：《中国古代幽默文学史论（先秦至宋）》，南京大学出版社 2010 年版。

伍蠡甫等主编：《西方文艺理论名著选编（中卷）》，北京大学出版社 1986 年版。

伍蠡甫等主编：《西方文艺理论名著选编（下卷）》，北京大学出版社 1987 年版。

肖瑞峰、刘跃进主编：《跨界交流与学科对话：宋代文史青年学者论坛》，浙江大学出版社 2015 年版。

徐元：《趣味诗三百首》，上海古籍出版社 1993 年版。

徐元诰：《国语集解》，中华书局 2002 年版。

许总：《宋诗史》，重庆出版社 1992 年版。

鄢志化：《中国古代杂体诗通论》，北京大学出版社 2001 年版。

闫广林、徐侗：《幽默理论关键词研究》，学林出版社 2010 年版。

袁珂校注:《山海经校注》,上海古籍出版社 1980 年版。

袁行霈主编:《中国文学史》,高等教育出版社 2005 年版。

曾枣庄、刘琳等编:《全宋文》,上海辞书出版社、安徽教育出版社 2006 年版。

曾枣庄主编:《苏诗汇评》,四川文艺出版社 2000 年版。

章培恒、骆玉明主编:《中国文学史新著》,上海文艺出版社 2007 年版。

郑凯:《先秦幽默文学论》,暨南大学出版社 1992 年版。

周冠生主编:《新编文艺心理学》,上海文艺出版社 1995 年版。

周裕锴:《宋代诗学通论》,巴蜀书社 1997 年版。

周裕锴:《文字禅与宋代诗学》,高等教育出版社 1998 年版。

朱刚、刘宁主编:《欧阳修与宋代士大夫》,上海人民出版社 2007 年版。

朱光潜:《诗论》,生活·读书·新知三联书店 1998 年版。

祝尚书:《漫话宋人集句诗》,中华书局编辑部编:《学林漫录》第十四集,中华书局 1999 年版。

祝尚书:《宋人总集叙录》,中华书局 2004 年版。

三、研究论文

荼志高:《〈滑稽小传〉撰者"乌有先生"为周紫芝说——兼论周紫芝的俳谐文创作观念》,《云南民族大学学报(哲学社会科学版)》2014 年第 2 期。

常玲:《论诚斋谐趣诗的三味》,《文学遗产》2000 年第 5 期。

陈兰村、葛永海:《文化人格的压抑与自救——论古代文人的自嘲意识》,《贵州社会科学》2001 年第 2 期。

陈湘琳:《哀痛·哀恸·孤独:欧阳修晚年的生命底色》,《浙江学刊》2010 年第 3 期。

程章灿:《文儒之戏与词翰之才——〈文房四友除授集〉及其背后的文学政治》,《清华大学学报（哲学社会科学版）》2017 年第 5 期。

登魁英:《两宋词史上的滑稽词派》,《中国文化研究》1996 年第 4 期。

杜晓霞、张海燕:《论苏轼小品文的幽默与诙谐特征》,《青岛农业大学学报（社会科学版）》2009 年第 4 期。

冯沅君:《汉赋与古优》,《中原》1943 年第 2 期。

韩经太:《论宋诗谐趣》,《中国社会科学》1993 年第 5 期。

侯体健:《复调的戏谑:〈文房四友除授集〉的形式创造与文学史意义》,《学术月刊》2018 年第 2 期。

胡明伟:《打诨是参禅、作诗、作杂剧的媒介——兼论宋代的戏剧思想》,《南都学坛》2002 年第 5 期。

李建军:《宋代俳谐赋论析》,《北京大学学报（哲学社会科版）》2011 年第 5 期。

李扬:《宋代俳谐词的审美形态及其嬗变》,《人文杂志》1997 年第 4 期。

刘成国:《论王安石的翻案文学》,《浙江社会科学》2014 年第 2 期。

刘成国:《宋代俳谐文研究》,《文学遗产》2009 年第 5 期。

刘扬忠:《北宋的民族忧患意识及其文学呈现》,《长江学术》2006 年第 4 期。

路成文:《北宋宫廷"赏花钓鱼宴"及其文学、政治意义》,《黄冈师范学院学报》2007 年第 1 期。

尚永亮、钱建状:《贬谪文化在北宋的演进及其文学影响——以元祐贬谪文人群体为论述中心》，《中华文史论丛》2010 年第 3 期。

沈松勤、姚红：《"崇宁党禁"下的文学创作趋向》，《文学遗产》2008 年第 2 期。

沈松勤：《北宋文人与党争》，人民出版社 1998 年版。

沈松勤：《士人贬谪与文学创作——宋神宗至高宗五朝文坛新取向》，《中华文史论丛》2013 年第 1 期。

苏瑞隆：《汉魏六朝俳谐赋初探》，《南京大学学报（哲学·人文科学·社会科学）》2010 年第 5 期。

童庆炳：《文学理论教程》，高等教育出版社 2004 年版。

王德明：《从陆游的"戏作"看其诗歌创作的幽默调侃风格》，《中国文学研究》2008 年第 2 期。

王毅：《"俳谐"考论——以诗词为中心》，《文艺理论研究》2012 年第 5 期。

王毅：《论宋代俳谐词中的〈庄子〉内蕴》，《重庆社会科学》2005 年第 1 期。

王兆鹏：《建构灵性的自然——杨万里"诚斋体"别解》，《文学遗产》1992 年第 6 期。

吴晟：《黄庭坚"以剧喻诗"辨析》，《文学遗产》2005 年第 3 期。

熊海英：《"游戏于斯文"——论北宋集会诗歌的竞技与谐谑性质》，《中华文化论坛》2008 年第 1 期。

姚华：《论宋诗对俳谐传统的吸收与抒情转化——以"俳谐式拟人写物"为中心》，《文学遗产》2018 年第 4 期。

姚华：《诗到相嘲雅见知：论宋代交游文化语境中的"戏人之诗"》，《浙江学刊》2017 年第 3 期。

张丽华：《论苏轼的俳谐词》，《曲阜师范学院学报（哲学社会科学版）》2004 年第 3 期。

周裕锴：《宋代〈演雅〉诗研究》，《文学遗产》2005 年第 3 期。

祝尚书：《论宋代的鹿鸣宴与鹿鸣宴诗》，《学术研究》2007 年第 5 期。

四、硕士博士学位论文

陈性前：《苏轼诙谐诗歌研究》，安徽大学 2010 年硕士学位论文。

李锦：《唐代幽默文学研究》，陕西师范大学 2006 年博士学位论文。

王毅：《宋代俳谐词研究》，南京师范大学 2003 年硕士学位论文。

熊海英：《北宋文人集会与诗歌》，复旦大学 2005 年博士学位论文。

徐可超：《汉魏六朝诙谐文学研究》，复旦大学 2003 年博士学位论文。

徐煜辉：《黄庭坚的戏题诗研究》，安徽大学 2012 年硕士学位论文。

郁燕莉：《宋代禽言诗研究》，浙江工业大学 2011 年硕士学位论文。

赵欣：《明代诙谐文学研究》，云南大学 2019 年博士学位论文。

图书在版编目（CIP）数据

宋代俳谐诗研究/周斌著.—杭州：浙江大学出版社，
2022.12

ISBN 978-7-308-23372-9

Ⅰ.①宋…　Ⅱ.①周…　Ⅲ.①宋诗－诗歌研究　Ⅳ.
①I222.744

中国版本图书馆CIP数据核字(2022)第239359号

宋代俳谐诗研究

周　斌　著

责任编辑	闻晓虹
责任校对	张培洁
封面设计	周　灵
出版发行	浙江大学出版社
	（杭州市天目山路148号　邮政编码　310007）
	（网址：http://www.zjupress.com）
排　　版	杭州林智广告有限公司
印　　刷	杭州高腾印务有限公司
开　　本	880mm×1230mm　1/32
印　　张	9.125
字　　数	218千
版 印 次	2022年12月第1版　2022年12月第1次印刷
书　　号	ISBN 978-7-308-23372-9
定　　价	48.00元